文学天地

Literature World

第一辑

《文学天地》编委会　编

山东大学出版社

图书在版编目(CIP)数据

文学天地. 第一辑/《文学天地》编委会编. —济南:山东大学出版社,2020.8

ISBN 978-7-5607-6678-2

Ⅰ. ①文… Ⅱ. ①文… Ⅲ. ①中国文学—当代文学—作品综合集 Ⅳ. ①I217.1

中国版本图书馆 CIP 数据核字(2020)第 151555 号

策划编辑 傅 侃
责任编辑 傅 侃
封面设计 牛 钧

出版发行 山东大学出版社
社　　址 山东省济南市山大南路 20 号
邮政编码 250100
发行热线 (0531)88363008
经　　销 新华书店
印　　刷 济南万方盛景印刷有限公司
规　　格 787 毫米×1092 毫米 1/16
　　　　 15 印张 201 千字
版　　次 2020 年 8 月第 1 版
印　　次 2020 年 8 月第 1 次印刷
定　　价 49.00 元

Preface

卷首语

大学中文系或文学院培养学生的方向到底是什么？说法不一。但目前至少公认为语言、文学知识型的。在知识以外，强调一些创新能力，也就是调查研究能力，包括撰写论文和调查报告的能力，却很少强调文学写作能力。自古以来学问与文学似乎就不属于一个领域，李白、杜甫并不究心于写学术著作，而颜师古、刘知己也不究心于诗文创作。宋代理学大兴，程、朱、周、张、陆俱臻高诣，清人姚鼐明确区分义理、辞章、考据三界，可谓名副其实。然而司马迁写《史记》，上究天文，下通地理，穷古今之变，称得上百科全书式的学者，却也文采照辉千古，鲁迅赞其作为“史家之绝唱，无韵之离骚”，今天研究思想史、学术史、文化史、文学史无不溯源于《史记》，堪称义理、辞章、考据兼擅其长。欧阳修于诗于词于古文无不胜场，而于史学则修《新唐书》《新五代史》，于金石学则撰《集古录》，于经学则著《诗本义》，于目录学则撰《崇文总目》，也是学问、文学兼有其长的典范。至于近人，则鲁迅、郭沫若、闻一多、陈寅恪、叶圣陶、钱钟书、沈从文、季羡林，也是学问、文学两擅其长的能手。中国文化的辉煌不就是由这些文化巨匠共同谱写的吗？大学如果不关心文学的培养，在某种意义上也就是没有温度的培养，没有感情的培养，没有美的培养。很难想象一个质木无文的人可以从文学院毕业，可以大讲其中国文化。当然大学进行文学培养，不限于文学院，其他文理工医各科无不如此，没有文学，很难对得起大学这个称号。基于这样的思考，我建议山东大学文学院组织一本发表文学作品的刊物，叫作《文学天地》。希望它成为师生展示文学素养的园地，成为大学的纪念。同时也希望通过这份刊物增进与海内外同道的交流，君子以文会友，以友辅仁，是所望也。

杜泽逊

2020年4月14日

Contents

目　录

诗　歌 Poem

戏　剧 Drama

评　论 Review

经　典 Classic

特约
Special Works

七七级和《蓝眼睛黑眼睛》

文——马瑞芳

我至今还清楚地记得1980年我给山东大学中文系七七级上“中国古代文学史”的事情。

山东大学中文系对古代文学的教学一直当重头戏来唱，中文系的学生在四年之中，有两年半要上中国古代文学史。我给七七级上明清文学史时，他们已是三年级。

当年我读书的时候，中文系的古代文学是两门课：中国古代文学史和中国古代文学作品选。每周上六节，一般是四节文学史，两节作品选。“文革”后，两门课合成了一门，教文学史时顺带上几节作品选，每周四学时。一学期下来是七十二学时。

为了讲这七十二学时课，我整整备了一年课，写下将近二十个备课本。为什么如此费劲？因为此前我从来没有讲过课。我是1978年初才调到山东大学的，身份是“随迁”。“文革”后让“文革”中从大学调出的教师归队，我的先生牛运清归队时，把我一起带回到山东大学。他到现代文学教研室,给七七级讲当代文学史。我到古代文学教研室,第一个教学任务,就是给七七级上明清文学史。

可以想象,在“文革”后百废待举的情况下,我这个本来是报纸编辑的人要担当起大学基础课,多么困难,多么棘手。

为了上课,我跟七七级一样,开始了苦读岁月。到现在,图书馆的朋友还常常提起,我如何每周一次从大图书馆、小图书馆,大包小包地搬运线装图书。有些图书,比如《红楼梦》和《聊斋志异》那是家里早就有的,有些图书,比如明清文人的集子,我在上课之前根本还没见过。于是,《李梦阳集》《李崆峒集》《渔洋山人精华录》……一本一本,几百上千页地看去,边读边做笔记。实际上,在讲课时,它可能仅占三五分钟的内容。而这三五分钟的内容经常要用一周或更多的时间才能“啃”下来,才能知道这位作家在文学史上到底应该占有什么样的地位,才能用三五分钟的时间,把几函书的内容归纳出来。也有的书不能搬回家看,比如《金瓶梅》就要求在图书馆阅读,而且只能是教明清文学的教师有权阅读。这样一来,我给七七级备课,实际成了自己对古代文学“恶补”的过程。

20 世纪 70 年代末最后两年,我们家的灯几乎没有在半夜三点以前熄灭过。两个青年教师,为了给“文革”后第一届大学生上课,通宵达旦研读。有时,是我在山东大学苦读,先生在复旦大学苦读。他当时参与“文革”后第一部《中国当代文学史》的撰写,经常待在复旦大学。他们的《文学史》后来被几十家高校采用。

我发现,七七级学生,因为是“文革”后的第一届学生,他们特别珍惜这来之不易的学习机会,他们真是像饿狼扑食一样学习知识。我的“新儒林长篇小说系列”第三部《感受四季》写到泗海大学“文革”后七七级的学生如何通宵读书,校方如何建立“通宵教室”。我的老师周来祥教授参加《感受四季》讨论会时曾经用考据学家的语气说:“泗海大学的许多人和事,我都能从山东大学找到原型。”周先生所说的“原型”,很重要的一种,就是当年山东大学中文系七七级的苦读进入了我的小说,成为泗海大学励精图治的重要内容,成为党委书记铁磊在决策时的参考。

但更多进入我的小说,变形地进入我的小说的,是《蓝眼睛黑眼睛》。

七七级的期末考试,一直留在我的记忆里,主要是因为一件极小的事。

我给学生出的考试题目中有一道"解释题",要求用简练的语言对试题提出的问题做解答。题目是"家家收拾起,户户不提防"。标准答案就是要求学生写出这两句在明末清初流行的话语出自哪两部戏剧,概括了什么内容。在萧涤非先生主编的《中国文学史》上,这条话语放在小注里边。

试卷一发,坐在第一排的男生李新说:"马老师,您出这样的难题,我们可都没有提防啊。"

我随口说:"李新你给我老实点儿,不然我就把你叉出去!"

到了《蓝眼睛黑眼睛》里,这段生活的真实变成了这个样儿:

> 米丽刚刚想松一口气,忽听水辛笑嘻嘻地说:"米老师,你好恶毒啊,怎么出这么难的题?"
>
> 米丽低头去看,原来水辛指考卷上一道解释题:"家家收拾起,户户不提防。"她板了脸说:"水辛,注意一下课堂纪律,不许随便说话!"

现实生活中的李新不可能在考场上对老师说出"好恶毒"的话来,小说人物水辛却可以这样说;现实生活中的我,不可能说出"不许随便说话"那样中规中矩的话来,小说人物米丽却可以这样说。

这就是现实和小说的不同。现实是小说的素材,也仅仅是素材。

更多做了《蓝眼睛黑眼睛上》素材的,居然是七七级当年的一个不太重要的方面:他们和外国留学生的交往。当年七七级的部分同学有个"外事任务",有几个同学到留学生楼帮助留学生学习,有男同学,也有女同学。记得当时去的同学,都经过严格的挑选,是所谓"政治可靠",能够"拒腐蚀"的好学生,而他们的主要任务,是帮助外国留学生学习汉语,特别是口语。我从学生那里听到许多留学生的趣闻。也有的留学生不满意在留学生楼居住,希望寻找更好的语言环境,要求住到普通学生的宿舍,跟中国同学"三同"——同吃、同住、同学习。当时住到七七级男生宿舍的,是瑞典留学生傅瑞东。这位金发碧眼的北欧青年跟中国学生、中国老师的交往,成了《蓝眼睛黑眼睛》的素材。有的考证者甚至说:傅瑞东就是《蓝眼睛黑眼睛》里边马尔克的原型。

还是那句话,现实生活中的真实人物和故事,是小说的素材,也仅仅是素材。现实中的傅瑞东有位来自美国的华裔女朋友,小说中的马尔克却爱上了子午大学的丛雪,而且发生了一系列有趣事件。这位丛雪,很像当年七七级几位最美丽聪明的女孩的组合，她有女生A的清纯，女生B的聪慧，女生C的善解人意，女生D的执着……却不是她们中的任何一个。因为改革开放初期的政治氛围，当年七七级的女生都有对外国留学生“敬鬼神而远之”、划清界限的觉悟。像小说里的丛雪，迈出跟外国留学生相知相恋一步，只能是小说人物。

七七级是个难忘的班级，因为这个班级，我开始了我人生的学术求知之旅，也开始了我文学创作的求新之路。

马瑞芳，1942年4月生，1965年毕业于山东大学中文系。任山东大学文学与新闻传播学院教授、古代文学专业博士生导师，古代文学学科学术带头人，兼任中国作家协会全国委员会委员、中国红学会常务理事、复旦大学古代文学研究基地学术委员、山东省作家协会副主席。主要著作有：专著《蒲松龄评传》《聊斋志异创作论》《幽冥人生》《神鬼狐妖的世界——聊斋人物论》《从〈聊斋志异〉到〈红楼梦〉》等；“新儒林系列”长篇小说《蓝眼睛黑眼睛》《天眼》《感受四季》；散文随笔集《学海见闻录》《假如我很有钱》《野狐禅》《女人和嫉妒》《漏泄春光有柳条》等；2005～2007年担任中央电视台百家讲坛“说聊斋”主讲；2008年担任江苏电视台“趣话红楼梦”主讲。马瑞芳教授的学术活动主要体现在古代文学研究和当代文学创作两方面，她的创作被评论界称为“教授文学”。

与小树林一起成长

——寄语山大文学院同学

文——赵德发

这些年，我多次到山东大学中心校区，或是参加关于我作品的研讨会，或是在文学院的安排下给同学们作讲座。来后住进学人大酒店，都要抽空在校园里走一走，到小树林坐一坐。

说起“小树林”，好多山大人都懂。那一片位于图书馆西面、文史楼东面的树林子，一些山大毕业生即使身在五洲四海，即使白发满头，也都深切怀念那个地方。他们当年在那里可能读过书，可能谈过恋爱，可能与同学畅谈过理想，争辩过是非。总之，小树林承载了他们的青春记忆。好多人回母校，都要去那里看一看，这似乎成了一种仪式。

我去小树林，不是为了怀念青春，因为我在山大读书时已经是青春不再。我是去看那些树，回忆“梦想成树”的时光。

我入学时是33岁，在中文系作家班就读。我们是通过参加成人高考入学的，“成人”二字曾把我的心灵严重灼伤。我们不是本科生，两年后只能拿到一个专科毕业证书。我感觉低人一等，在那些小我十多岁的本科生面前深感自卑。他们的言谈举止，在我看来是“趾高气扬”。这其实是我自卑心理的一个投射，人家那叫“自信”，叫“青春焕发”。

他们真是优秀。20 世纪 80 年代,大学没有扩招,能考上大学尤其是山东大学这种国家重点大学的学生,必须出类拔萃。有一些本科生到作家班聊天,他们那些深刻而犀利的见解,以天下为己任的情怀,让我打心眼儿里佩服。还有一个男生,谈锋极健,且爱飙英语,竟然是一个精神病患者,刚回家休学一年回来。他为何得病?因为在家乡一直是学霸,一直数第一,到山大发现同学们都很牛,这就让他极其痛苦,进而精神崩溃。这个例子,从反面证明了山大学子智商平均数之高。所以在我看来,那些同学都是“小树林”里的“钻天杨”,挺拔向上,前途无量。

我自知无法与他们相比,因为我是戴着“成人”帽子进来的,迈过的门槛比他们低。但我“非成人”时干什么去了?我 14 岁便辍学,帮父亲挣工分养家去了。多亏我 15 岁当了民办教师,23 岁时考上公办教师,才改变了农民身份。我 24 岁时突生一念,要当作家,即使被调到党政部门工作,30 岁当上县委组织部副部长也不死心。33 岁那年春天,得知山大要办作家班,我不理会众多亲友的规劝,决然报考,就在那个龙年的秋天踏进了山大校门。

那时,我只是文学界的一棵小草,没多少作品,默默无闻。我有时候到图书馆借来书,到小树林里坐着,看身边那些高高的树木,一次次向自己发问:你能在文学界快快成长,长成一棵树吗?答案是一个字:“难。”我甚至觉得这个梦想永远不可能实现。因为我小时候没上几天学,虽然从 27 岁起读了三年电大,但那是业余的,学到的东西不足以给一个作家提供必需的营养。

好在,山大给了我和我的同学以充足的雨露。中文系主任孔范今先生为办好作家班费尽心血,并亲自讲授中国现代文学。他还安排袁世硕、狄其骢、吴开晋、牛运清、马瑞芳、张可礼、解洪祥等著名教授给我们上课,连同好多才华横溢的中青年教师,一个个登上作家班的讲台,向我们传授真经,对我们悉心栽培。

除了认真听课,我们还大量读书。那时思想解放的洪流汹涌澎湃,八面来风在校园里冲撞激荡,我读的书既多且杂。我有时候坐在小树林里,头顶的树叶在响,手中的书页在响,心灵深处也有了对于天籁、对于真知的微妙回应。那感觉,真叫一个幸福!

在山大的第二个学年，我的创作终于有了突破。短篇小说《通腿儿》发表后得到读者好评，获《小说月报》第四届百花奖，这让我找到了自信，找到了由草变树的感觉——尽管我这棵树在文学森林里并不起眼，但毕竟身处其中了。

三十年下去，2019 年 8 月底，山东大学在威海举办中国小说论坛国际研讨会，文学院院长杜泽逊先生让我在论坛开幕式上致辞。我讲了在山大求学的经历，满怀感恩之情说道：不才如我，倘若没有在山大读书的经历，是难圆“作家梦”的。

我们那届作家班毕业后搞过几次聚会，都是纪念入学多少年，而不是毕业多少年。为什么？是我们觉得自己还是山大学生，一直在享受山大的恩泽。2018 年秋天我们举办入学三十年聚会活动，我写了一首七律，其中有这么两句：“常闻夏雨催新果，莫怨秋风撼老枝。”

叫作“赵德发”的这棵树，现在已经老了。虽然人生到了后半场，秋风强劲，我感觉到了它那摧枯拉朽的威力，但我依然怀念在山大享受春风雨露的时候，每次忆起都是感奋不已。我想，世事真是奇妙，像我这样一个 30 岁之前没有任何文凭的农家子弟，也竟然有了在山大读书的经历，在山大成长的幸运。

年过花甲，我也看惯了世事无常。譬如成长与挫折，譬如成功与失败，譬如理想与现实，譬如设想与意外。就像这个鼠年的春天，疫情嚣张，山大师生谁也想不到竟然无法开学，小树林里会空空荡荡；想不到全国无数人会被禁闭在家，会染病倒下，再不能观赏今年的春花。

然而，世事无常，人心不能无常。向真、向善、向美，是人类永恒的天性。天行健，地势坤，人类社会也会继续向前、向好、向强。就像山大中心校区的树林，山大各个校区的树林，遍布地球的树林，在经历寒冬或各种摧残之后，依然会发新叶长新枝，热爱着浩瀚天空与日月星辰。

十年树木，百年树人。山大建校近 120 年来，培养了多少人才呀。“一树十获者，木也；一树百获者，人也。”那些从山大走出来的无数成功者，即使在百年之后，也可能会以另一种方式活着：凭其一生的业绩、著作、思想、德行，成为文明森林中长久存在的一棵树。

这样的活法，我做不到。因为我的思想没多少价值，我的作品可能速朽。然而,虽不能至,心向往之。

与山大一起进入21世纪20年代的同学,大概是“90后”和“00后”了。我当年读书时认识的本科生,应该是你们的父母辈。等到疫情结束,你们重聚山大,小树林里肯定又是生机勃勃。我想向你们说:走进山大,是我们的殊胜之缘;与那些树木一起成长,是我们的珍贵经历。拍拍树干,寄存愿想,十年后、二十年后、三十年后,再来回望一番,不知意下如何?

2020年3月3日

赵德发,1955年生,山东省莒南县人。曾当过教师、机关干部,1988~1990年在山东大学中文系作家班学习,中国作家协会全委会委员、山东省作家协会原副主席。自1980年开始创作,至今已发表、出版各类文学作品800万字,大量作品被转载并获奖。主要作品有长篇小说“农民三部曲”《缱绻与决绝》《君子梦》《青烟或白雾》,“宗教文化姊妹篇”《双手合十》《乾道坤道》以及《人类世》《经山海》。先后获第三届人民文学奖,《小说月报》第四、八届百花奖,首届齐鲁文学奖,第一、四届泰山文艺奖,第四、五、七、十一届山东省精品工程奖,《中国作家》鄂尔多斯文学奖,2019年长篇小说《经山海》荣获第十五届精神文明建设“五个一工程奖”等。

狩猎者的道德

文——周晓枫

笔会。忘了何时何地，只记得行走在风景区里。谢大光老师由于发现了我创作方向上的明显调整，给出一句判断："从此，你将抛弃，也被大众审美所抛弃，再也不会老少咸宜，不会受到普遍欢迎，你将走上一条偏僻的小众道路，甚至遭受非议，你做好心理准备了吗？"瀑布盛大，从高处跌落、自杀的水，我的回答为了盖过喧响，音量比平常大，有点宣誓的调门："当然！这是我选择的道路，我愿意为此承担代价。"

事实上，我的散文集销量不佳，从来没有受到过什么"老少咸宜"的欢迎；好在我的作品数量有限，不会频繁给出版社编辑找麻烦。从来没有获得的财富放弃起来非常容易，所以我态度坚决。

不过，我倒是一直偏爱口音很重的文字，无论阅读还是创作。这使我偏离读者，更靠近往往只存活于边缘地带的真理或偏见。年少时候，像许多人一样，我或许有过类似甜软的糯玉米阶段。后来发现，为什么文摘类型的抒情散文得不到由衷的尊重？我想，它们更像是品德老师发出的声音，这些"对人生有建设性的故事"，励志，却也限制成长。正是"老少咸宜"的安全，使人丧失孤独的探险者才能目睹的极境。书写某种"真善美"的文字，我疲倦，体会不到挑战的难度与快意，几乎是被迫放弃。我这只软体动物，想试试危险的压强。即使失去外在的舆论声援，我认了——与标准答案的出入,将是我遭遇的灾难或者自由。

写作是最孤独的劳动,我因此理解不够坚持的作家甚至放弃艺术原则,以谋求即刻显现的安慰或奖赏。当我们的精力越来越多用于创作之外的经营,以丧失文学尊严的方式来换取所谓“声名”的另一种尊严,那才是真正的危机。因为,艺术道德的受损,是权力的虚幻性所无法修补的——我们将被审美的王国所驱逐,部分或全部地,沦为机会主义信徒。我偏爱俄罗斯白银时代的几位诗人,写作让他们失去安全、自由乃至生命,而写作者的尊严,恰恰建立在这种“失去的勇气”之中。相比之下,太想从写作里赢得荣誉,反而失去写作者的尊严。多少中国当代作家曾幻想伟大得有如天堂建筑的作品,而今面对的,却是被推倒一片的作为残局的生活。

想想自己,我亦卑怯。我的转折不过是小数点后微不足道的调整,既不存在任何英雄主义色彩,也无涉受害者的心理反弹。好在,我的脆弱不至于如此不堪,能够承受得起一些有贬义词和怀疑的句子。

知易行难。理论上想得通,落到实践,我难以摆脱局限,常常受制于善良所带来的软弱。所以我需要一边写作,一边校正自己。美,在今天不仅指古典主义的形式,现代和后现代意义的美所产生的效果,可能未必是使观众或读者感到愉悦,也许是不适、震撼乃至对抗中的反感——但美,正因挣扎而得以扩大自己的疆域。我不想混淆概念,在强词夺理的态度中颠倒美丑,但至少,早非少年的我们应该承认,在理念上泾渭分明的美与丑,事实上存在着融合而难以言明的巨大交集。

我们描绘魔鬼的五官,并非由于爱慕,也许是为了通缉的需要。正如天才的美国小说家奥康纳所言:“对魔鬼的充分认识能够有效地抵制它。”常常,对邪念矫枉过正而发育为美德。是的,那发酵的基础,正是尽力想被自身刻意隐藏和试图消灭的恶意。正如,之所以能形成清澈的雨滴,来源于最初的一粒灰尘。瞬间萌生的邪恶,常会惊吓到自己,于是进入无声的自律与自惩,并在自我恐吓中完成另类而有效的自我教育。那种恶念,重量那么轻,构不成辽阔黑暗,只是黑暗最袖珍的部分……宝贵得像一粒酝酿开花的黑种子。

写作,并不能使我们驾驭万物,我们愿望中的文字道德也无法统一世界。唯有诚实运笔,表现自身的混沌,我们才能把脆弱转换成直面真相的果敢;也唯有完成这个阶段,我们所追求和达至的温暖,才具有真正的不毁之力。我知道自己写得并不好,如果说还能有点不一样,无他,得益于当初不算太晚的觉悟,以及不再犹疑的贯彻。

英国文艺批评家约翰·伯格表达绘画中的“逼近”概念,也可广泛应用于整个艺术创作领域:“逼近即意味着忘记成法、声名、理性、等级和自我。”当我们内心受到袭扰,创作上就很难保证纯粹。事实上,声誉这种东西就像套在狼脖子上的铃铛,行动时带来夸张的喧嚣,将使我们无法捕获到猎物。合格乃至优异的狩猎者,视线里只有猎物,为了完成有效的扑杀,它无惧于追随猎物进入绝对的黑暗之境。没有左顾右盼的胆怯。唯有这种坚决和坚持,逃亡中的猎物才会被激发出最大的活力。写作者和他的题材之间,应该保持这种互为危险的生死关系;那些在凶险面前止步者,输于猎物的智慧,将饿死途中。

一只完美的猎豹,无意于顾影自怜地欣赏自己的体态与造型,无意于清点和折算皮毛上的钱币花纹,它在专注的追逐中甚至忘记自己的身份是不是猎豹。作为一只热衷模仿的野猫,我也耸立自己的背脊,让紧张的爪钩小心探出自己柔软的肉垫。

周晓枫,著名作家,1969 年 6 月生于北京,1992 年毕业于山东大学中文系。做过 20 年文学编辑,先后在中国少年儿童出版社、《十月》杂志社、《人民文学》杂志社任职。现为北京作家协会驻会专业作家。出版有散文集《上帝的隐语》《鸟群》《斑纹:兽皮上的地图》《收藏:时光的魔法书》《你的身体是个仙境》《聋天使》《巨鲸歌唱》《有如候鸟》等。曾获鲁迅文学奖、朱自清文学奖、冯牧文学奖、冰心散文奖、庄重文文学奖、《十月》文学奖、人民文学奖等奖项。

小说
Novel

天空的孩子

文——王 涛

我出院门的时候，尽管跑得很快，还是被父亲赶上来，在我腰上狠狠地踢了一脚。我没想到他的力气会那么大，腿没站稳，一下子扑倒在地。我还没有爬起来，父亲又冲到我身边，在我屁股上很结实地来了一下。我觉到了尖锐的疼痛，生怕他再继续踹我，赶紧爬起来，一瘸一拐地朝门外逃去。刚出院门，一只大篮筐就重重地砸在我身上。“不把柴禾拾满篮筐，”父亲恶狠狠的话也追出来，“别想再回来吃饭。”门板随着“咣当”一声关上了。

望着脚前那只硕大的藤编篮筐，我有些发呆。原想今儿到街上好好地玩来着，父亲却还是不肯放过我，暑假已经快过了一个月，我几乎天天被父母赶着上山下田，又是割草又是拾柴，又是放羊又是牧鸭，还没有痛快地玩上一回。我明白父亲为什么不肯放过我，也知道他为什么对我这么凶。放假前，作为校长的父亲就被打成了“走资本主义道路的当权派”，被全体师生们狠狠地批斗了几回，这个假期里他也没得安生，三天两头地要去公社汇报思想改造问题，衣兜里似乎永远揣着厚厚的检讨材料，每次回来都要在灯下一遍遍地修改，光劣质烟头就差不多扔了半地面。父亲的心情不好，自然就对我没有好态度了。虽然我加着小心，还是不时地被他暴打一顿。我对父亲充满了怨恨，可又丝毫没有办法，真的担心回家来不让吃饭，便只好背起篮筐，朝大门口吐口唾沫，悻悻地往街上走去。

大街上，和我差不多大的孩子们正在玩游戏，纷乱的喊叫声震得两边的树木乱颤,也吸引得我快步朝他们跑去。这些玩游戏的孩子几乎都是我的同学,他们分成了两帮,一帮在打尜,一帮在打瓦。打尜的孩子是清一色的男生,而打瓦的孩子里却掺杂了几个女生。我先跑到打尜的孩子们身边,放下篮筐,一边看他们打一边伺机加入。但我知道,这需要一个机会,也就是说,要有一个人下来,我才能顶替上去。可他们都玩得不亦乐乎,没有一个人顾得上理我,间或有一双眼睛瞥我一下,也是毫无表情。终于有一个孩子出了事,飞起的尜击打在他的头上。那孩子"哎哟"一声大叫,急忙用两手护住前额,血水还是从手指缝里渗出来。他一边叫喊着一边快步跑走了。大家都有些呆怔,只有我感觉万分高兴。机会终于来了,我抖擞起精神朝他们中间走去。我的手心早就痒得不行了。

但他们拦住了我。"不许你进来。"领头的狗剩凶凶地朝我说。

"对,我们不和你玩。"剩下的孩子也都对我说。

"为什么?"我不解地问他们说。

"你爹是走资派,"狗剩翻起一双疤瘌眼,用鄙夷的眼神看我,"你是走资派的狗崽子。"

"就是,"孩子们也都向我做鬼脸,"我们才不和狗崽子玩呢。"

我怔怔地看着他们。真是没有想到,由于父亲的问题,伙伴们不光疏远了我,而且公然排斥我了。这一刻,我对父亲充满了前所未有的怨恨,屁股上又隐隐地疼开了。我不敢再迎接伙伴们敌视的目光,赶紧垂下头,默默地退到一边。

尽管缺少一个人,大家还是又兴致勃勃地玩起来。听着他们热烈的叫喊声,我心里一阵阵颤抖。过了好久,我才抬起头,但却没有看打尜的伙伴们,而是朝着打瓦的孩子们发起愣来。也许他们能接纳我?我在心里问自己。但我只向他们走了两步便又站住了。我不想再受到歧视,落个难堪的下场。在呆呆地看了他们一会儿后,我还是背起篮筐,独自往远处走去。孩子们纷乱的叫喊声渐渐远了,我心里还不时地胀疼着。我扭过头,看着背在肩上的篮筐,在心里暗暗发誓,就是回家不让吃饭,或者被父亲揍死,我也不会去到山上拾柴。为什么大家都能玩,而我却要去干活,就因为父亲是走资派么?

在镇子头,我看见了小菊。看到小菊,我低落忧伤的心情才觉得好些了。在我童年的生活里，小菊是我唯一要好的伙伴，我们不仅是邻居，还是同桌，也就是说，我们不仅在家里常在一起玩，在学校里更是形影不离。说实话，我打心眼里喜欢小菊，当然首先是因为她长得美丽。在许多情况下，我都会悄悄斜起头，仔细地朝她脸上打量，她柔和的脸部轮廓，长密的眼睫毛，高挺的小鼻子，丰满的红嘴唇，甚至脸上的几个雀斑和耳边的几根绒毛，都深深吸引并打动了我，让我一遍遍地看个不停。有时上课我也这样专注地看她，以至都忘记了听课，被老师发现了还不知道，直到粉笔头砸到了头上，才猛地清醒过来。有时老师没有发现，小菊却有些不好意思起来，回过红润着的脸，嗔怪地看我一眼，如果我不把目光立刻移开，她还会举起铅笔，在我头上轻着敲一下。说实话，我真的愿意被她敲击额头，即使有些疼，也是一种多么美好的享受呀。所以有时我故意不把眼睛移开，而且还用挑衅的目光鼓励她来敲我的额头。自然，这极有可能要被老师看见，便不仅是我，连同小菊也要受到一顿呵斥了。我知道小菊受了我的连累，担心她会和我过不去。可事实证明，小菊从来都不生我的气，而且还待我越来越好，不仅在学习上帮助我，还把她带来的零食偷偷地分给我。我乐意吃她的东西，但学习却不大提高，每次考试都不及格，我知道这都是小菊给我造成的，也就是说，只要我和小菊坐在一个位置上，我的成绩就永远上不去。好在那时候并不注重学习，学校里三天两头搞大批判，只要能把批判稿写好就行了。

小菊胳膊上也挎着个篮筐，只是比我背上的小得多，看来她也是要去山上拾柴，正好与我同路哩。“小菊。”我叫她一声，并打算朝她跑过去。

小菊扭过头，向我看了一眼，目光里却有了些惊慌。她想朝我说什么，却没有说出来，转过身，就要朝一边跑。

我有些愣怔，在我的印象里，小菊从来还没有不理过我，今儿怎么对我冷淡起来了？“小菊，”我还是朝她叫喊，“我和你一起上山。”

“你、你别过来。”小菊忽然跺了一下脚，声音里还带着些哭腔。说完，她就急急地朝远处跑去。

我呆呆地看着她，一时回不过味儿来。小菊，小菊她真的在躲避我了，也就是说，像那些不和我玩的伙伴那样，她也因为我是“走资派”的狗崽子而讨厌我了？望着小菊的背影消失在那边的树丛后，似乎过了好久，我才反应过来。这一刻,我心里觉到了前所未有的疼痛,别人歧视我倒没什么,小菊,小菊她怎么也……我丢下手里的篮筐,并在上面狠狠地踢了一脚,好像踢在了小菊身上。我又想到了父亲,并由父亲想到了小菊的母亲。想到小菊的母亲,我心里才忽然好受了些。我的父亲是走资派,小菊的母亲也不是什么好东西,兴许比我父亲还不光彩哩。

小菊的母亲是个寡妇。像小菊一样,小菊的母亲长得也很有姿色,再加之善于打扮,便给人一种妖里妖气的印象,在街上风摆柳似的走过去,总是引得男人们朝她身上看。便有许多不好的说法在她身后传开来。虽然我还不大懂得那些话的真正意思,但却知道是与坏男人有关系,而且是一种为人所不容的不正当关系。果然,没过多久,人们就把她和一个进到她家去的男人堵住了,不由分说地将几双破烂的鞋子挂到了门上。但门板打开后,却是革委会主任走了出来。主任已经穿好了衣服,一边摊开两手摇晃着,一边朝那些围观的人嘟囔:"美女蛇。"说完,主任就把手背在身后,悠荡着肥胖的腰板走了。人们愣怔了一霎,突然反应过来:原来是屋里的美女蛇诱惑了咱们的领导干部,简直罪该万死呀!人们愤怒起来,冲进屋去,将那个还在整理衣衫的寡妇揪出来,让她弯腰站在日头下,又把那几双破鞋从门上摘下来,挂在了她细长的脖子上。似乎这还不够,几个早就对她有看法的女人又吐出唾沫,狠狠涂抹到她那张白白的脸上去。围观的人越来越多,一拨去了一拨又来了,直到天黑,大家还不放她走。后来还是小菊给人们下了跪:"爷爷奶奶,大爷大娘,叔叔婶子,哥哥姐姐……"小菊一个头又一个头地朝人们磕,都快就把额头磕出了血,才有人出来说情,让寡妇回她的屋去了。从那以后,寡妇就病倒了,要不是小菊精心伺候,真怕要起不来床了。那些日子里,小菊也算是遭够了罪,不仅要独自一人做家务,还要忍受人们的白眼。在整个乌龙镇,也许没有小看她的也就是我了。但我万万没有想到,当我父亲被打成"走资派"后,小菊却看不起我了。这个时刻,我对小菊的怨恨越来越强烈。"好一个忘恩负义的东西,"我在心里恶恶地朝她叫骂,"看我不好好地治你一回才怪哩。"

不知不觉间来到了鱼人河边。在这里,我又看见了小菊。让我没想到的是,此时,小菊正蹲在一块石头后,两手捂在眼前,轻声地啜泣着。我吃了一惊,小菊她哭什么哩?我没有想明白,却觉到了万般的快意。哭吧哭吧,我悄自在嘴里叨念,叫你再疏远我。但过了一小会儿,我心里便不安开了,毕竟我是那么喜欢小菊,实在不忍心看她哭。我想走过去安慰她一下,但又怕她不理我。正在犹豫间,我忽然看见河面上冒出一颗头来,随即一张黑黝黝的细身子也探了出来。我一下子便认出,是六指在洗澡。

“小菊不要脸,”六指两手拍打着屁股叫喊,“偷看俺的光腚哩。”

小菊越发把脸埋到了手里,两个肩膀抖得更厉害了。

六指更得意了,干脆把腿间的小鸡鸡挺起来:“小菊连俺的前边也看到了,脸皮比她娘的都厚。”

我这才明白过来,原来是六指在捉弄欺负小菊哩。六指个狗东西,居然干这种下流的事,真是该死。我气不打一处来,真想冲上去,狠狠地教训六指一顿。但我刚往前走了两步,便又停住了脚,想到刚才小菊对我的冷淡,我才不该去帮她什么的,相反,她受了欺负我高兴才对呢。可不知为什么,我却一点也高兴不起来,毕竟小菊并不真正让我讨厌,看到她委屈地哭泣,我甚至还有些难过哩。我再也看不下去了,丢掉篮筐,将背心一脱,大步朝河水里走去。

“六指,”我一边走一边警告他说,“不许你欺负小菊。”

六指这时也看到了我,神情有些惊慌,急忙将身子缩回水里。“你少来管闲事,”六指翻着白眼说,“我和小菊逗着玩,没你什么事。”

“你耍流氓,”我也下到了水里,一副义正词严的样子,“我就是要教训你。”

六指真的怕了,但眼珠一转,又有了什么鬼点子。“对了,”他低下声音对我说,“我听见小菊说你的坏话来着。”

我看出他是在挑拨离间,才不上他的当呢。我没有理会他的话,径直来到他面前,用愤怒的目光看着他。

六指知道这一计不管用,便真的害怕起来,不敢和我较量,回身便朝一边游去。“我知道你和小菊好,”他一边拼命地拍水,一边扭回头来朝我嘟囔,“你才是流氓。”

六指自认为水性好,以为我追不上他。可他哪里知道我心里正憋气得不行呢,这回终于找到了发泄的对象,哪里会轻易地放过他去。我很快便赶上了他,先捉住他一只脚,使劲往后一拉,六指的整个身子便沉到了水下。过了一会儿,六指才挣扎着钻出水面,但只喘出一口气,又被我按住了头顶。我只轻轻地一摁,六指又不见了影子。这回过的时间更长,水面上的涟漪渐渐消失了,六指还没有浮上来。但凭我对他水性的了解,应该不会出什么事的。可老是看不见他,我还是止不住有些紧张。我转动着头颅,无意间朝岸边一看,咦,狗日的六指已经开始朝岸上爬了。原来他一个长长的猛子将我甩开了。我又有些兴起,转过身子,很快便游到了岸边。六指大概也累得不行了,一上岸就倒在了地上,两手支着地,像狗一样大口地喘息。我走上岸,很轻易地扑倒了他。我们在泥泞的草地上交缠在一起。

不知扑腾了多久,我们都快要动弹不动了,可还是互相不服气,用两手抓着对方的身子,不肯轻易松开。小菊终于赶过来了。“行了,你们别打了。”小菊一边叫喊一边来掰我们的手指。小菊的力气不大,却一下子就把我们的手拿开了。我和六指丢开了对方,都长长地喘出了一口气,绷紧的身子渐渐放松下来。

在我们躺在地下歇息的时候,小菊一直陪伴在我们身边不远的地方,却将脸转向了一边,似乎在朝着远处的某个地方望着。我看不见她的目光,却真切地感到了她神情的伤感和忧郁。喘息了一会儿,我和六指又不约而同地爬起来。六指坐了起来,才意识到自己还光着身子,突然变得害羞开了,赶紧用两手护住两腿间,惊慌失措地朝他放在一棵树下的衣服跑去。小菊虽然没有掉头看他,却不禁笑了一下。小菊笑的样子真好看。看到她开心地笑了,我才觉得放下了心。

六指穿好了衣服,却并没有走开,就那么坐在树下,一边摆弄他那根多余的手指,一边怯怯地朝我和小菊看。我知道六指不想就这么走掉,除了我和小菊外,恐怕也没有几个人和他玩。前几天,六指的哥哥因为偷东西被人抓住了,同学们便也对六指有了看法。其实,六指的哥哥偷东西也不是什么稀罕事儿。由于家里人多,长期以来,六指一家都在为吃喝寻找各种方法。粮食不够吃,六指和他的几个哥哥便去挖野菜、剥树皮,有时还去捕鱼虾、捉鸟兽。六指在吃上从来没有讲究,一旦饿极了,便逮住什么吃什么,那一回,有人从树洞里捉了几只肥胖的虫子,问他敢不敢吃?六指将虫子接到手里,满不在乎地说:“这个有什么,我连蛇都敢吃,还怕这个?”说着，就把虫子送进嘴里，“咯嘣咯嘣”地咀嚼开了，虫子白色的黏稠液体顺着他的嘴角淌下来。我们看得目瞪口呆，等回过神儿，都一个个掉开头，弯下身子呕吐起来。从那以后，再也没人敢开六指的玩笑了。六指一家弄不够吃喝，饿得实在煎熬不住，便只好打起了歪主意，秋庄稼还没有成熟，他的哥哥就在夜色的掩护下，到田间偷着收割去了。其实这在乌龙镇也不算是什么秘密，只是六指的哥哥太狡猾，暂时还没有被人捉住。但总有马失前蹄的时候，几天前的那个夜晚，六指的哥哥终于被护青的人们抓获了，先按在地下狠狠地暴打一顿，随后便锁进了生产队的牛棚里，一连关了三天三夜。六指的哥哥被打断了一条腿，又流了很多血，疼得像鬼一样嚎叫。但人们却不去管他，甚至都没有送一口饭让他吃。六指的哥哥倒在地下，再也起不来了。直到第四天上午，人们才将已经半死的他拖出牛棚，在革委会主任的主持下，召开了全村规模的批斗大会。六指的哥哥虽然没死，但那条腿看来要作废了，头上也被扣了一顶“破坏革命生产的坏分子”的帽子，不仅自己抬不起头，连六指都受到了连累。先前，不论在街上还是在学校里，六指都和大家玩得很好，可自从他哥哥出了事，大家便都疏远了他，好像他也成了坏分子似的。想到这些，我仿佛才明白过来，怪不得他在这里惹逗小菊，像我和小菊一样，他也是没有什么好玩的了，才这样犯贱呀。这样一想，我也不好再怎么怨恨他了。“同是天涯沦落人”，我忽然想起了在书上刚刚学过的这句话。一时间，我心里又莫名地难受开了。

六指忽然站起身，走到一个水坑边，探下手去，随便一摸，便抓上来一条草鱼。原来他已经捉到了鱼，而且都放到了这个水坑里。草鱼在六指手里不住地摆动，肥白的肚腹在日头下闪着粼粼的光波。六指把鱼举过头顶，猛地朝地下摔去。“啪”的一声，草鱼落到地下，只轻轻翻转了一下，便不再动了。我呆呆地看着六指，不明白他为什么要摔死辛苦捉来的鱼？小菊也掉过脸，惊骇地朝他看。在我们的注视下，六指把鱼从水坑里一条条举起来，然后轮番摔死在地上，直到坑里没有鱼了，他才不甘地歇下手。不一会儿，地下就横七竖八地躺满了死去的鱼儿，血水从鱼身子的破损处淌出来，染红了青草的叶片。六指蹲下身子，望着那些在他手下死去的鱼儿，脸上浮出快意的笑。我和小菊交换了一下眼光，嘴上没说什么，但心里都明白，尽管六指脸上含着笑，可他心里比那些鱼还疼痛呢。这样，我便打定主意要和六指好好地玩了。

于是,我和小菊还有六指离开河边,慢慢地朝山上走去。我和小菊是去拾柴,六指则想猎获野物,正好同路呢。来到山上后,我和小菊也无心拾柴了,不觉间跟六指一起捉起野物来,拾柴多辛苦,还是狩猎有意思呢。有我们的帮助,六指也很高兴,许诺说等逮到了野物,也有我们一份。按照他的设想,我们应该抓到一只小鸟或者小兽,然后由他拾掇出来,架到火上烤熟了分吃。想到吃烤肉的情景,我们的嘴里都涌满了口水。平时我们甚至连饭都吃不饱,哪里又能轻易吃到肉呢?所以我和小菊都对六指充满了期待。但这一天我们的运气不好,尽管六指使尽了各种招数,我和小菊也在一边认真帮忙,可最终没能捉到一只小鸟或者小兽。我们沮丧得不行,也累得不轻,天就要晌午了,我们还没有拾一根柴呢,想到大人的警告,我们也不敢往回走。那段时间里,我们觉得真是没意思极了。

就在这种情况下,我首先听到了一声羊的叫声,“咩——”我脱口而出,“羊!”我这样一说,六指和小菊也听到了。山上哪来的羊?自然,不用怎么往下想,我们便都明白了,是羯子和他的母羊来了。

果然,没过多久,羯子和他的母羊就从离我们不远的树林里走出来。我们似乎愣怔了一霎,便不约而同地朝他们跑去。

这个外号叫“羯子”的人是我们乌龙镇的一个光棍,也是一个恶霸地主的狗崽子。打我们记事起,这个老光棍就叫“羯子”,至于他的大名叫什么,我甚至都想不起来,好像他平时根本就没什么大名。但仔细想来,一个人不可能没有大名而只有一个和羊有关的外号,我们之所以不大知道,恐怕是因为他这个外号太响亮了,以至于把他的大名都给淹没了。是的,羯子的这个外号与他本人的关系太密切了,几乎打我们记事起,他的身边就有一只羊,也就是说,羯子给我们留下的一直是一个牧羊人的形象。但羯子虽然养羊,却只养一只羊,而且那只羊也永远是一只母羊。羯子当然是个男人,一个男人养一只母羊似乎应该,又好像不应该,我们也有些说不清楚。

听大人们说,羯子的父亲是乌龙镇有名的恶霸地主,时常欺压善良无辜的老百姓,许多人对他怀有刻骨的仇恨。一九四八年土改时,获得了翻身的穷苦人挥着土枪和镢头,冲进羯子家的大院内,将恶贯满盈的老地主活活地砸死了。曾经显赫一时的大院落从此败落下来。那个时候，羯子才刚满十三岁，由于没有做过恶，人们便把他留了下来，于是，那个败落了的大院落也便只剩他孤身一人了。当然，那时他还不叫羯子，也没有想到在以后的日子里会做一个光棍，会养一只母羊。由于是地主的狗崽子，当然不会有女人愿意跟他过活，经过几番实验和折腾后，他终于知道自己不可能找上女人来了，遂打消了那个不切实际的念头。为了给自己找一个伴儿，他选择了养羊，而且是养一只母羊。许多的情况下，人们都看见他牵了那只母羊，到山野里去放牧。关于他的生活，大家知道得很少，只有他在野外放羊的时候，人们才远远地看到一些。这样，在人们的印象里，好像他从来就是一个牧羊人似的。于是，那个“羯子”的外号便自然而然地落到了他身上，仿佛是专门造出来供他使用的一般。

关于“羯子”一词的含义，我查过字典，也请教过许多人，得出的同一结论是：一，指公羊；二，特指阉割过的公羊。关于第一点，放在羯子（此处指人）身上倒很合适，因为他毕竟是个男人嘛，但第二点呢？羯子又没有被阉割过，为什么还要把这层含义强加到他身上呢？难道只是因为他没有找上女人来么？我想，也只能从这一点上来理解了。孤身一人生活，羯子的日子便格外难过，人们从他那个破败的院落经过时，总是会听到他发出狼叫一样的哭声。自打养了那只母羊后，他的脸上才有了些笑模样。但不久便有人传言说，羯子拿他那头母羊当女人了，经常把身子趴在母羊屁股上，过一回做男人的瘾。也不知道这事是否属实，反正只要一见羯子和他的母羊在一起，人们就会发出会心的微笑。但却没人当面向他说破这事，不知道是不肯还是不敢。人们在看过羯子几眼后，总是要把目光长时间地停留在那只母羊身上。说来奇怪，羯子饲养的这只羊还真是不一般，不仅通身没有一根杂毛，而且连一点脏污的地方都找不到。猛一看上去，那羊简直就像一堆刚从天上下来的雪花，不，甚至干脆就是天上的一朵云彩，它似乎永远不会落到地面上来，所以它也就一直那么轻飘着，那么洁白着。真难以相信世界上还有这样干净的动物，更想不明白一贯落魄邋遢的羯子怎么就能把他的羊打扮成这种模样。人们打量着这只神奇的羊，都不停地吧嗒嘴巴，有个别的男人还禁不住夹紧了两腿。羯子似乎也看到了人们眼里羡慕的神情，平静的脸面下似乎也透出了一丝满意的神色，但这一点滴光彩只是不为人觉察地跳闪了一下,便急快地消失了。羯子又重新低下他的头,赶起他的羊,慢慢地朝远处走去。人们望着他和他那只母羊的身影,一时都不知该表示什么好。当然,羯子的羊也会衰老,当一只羊死去后,羯子会立刻从集上牵回另一只来,经他一番饲养后,这只新来的母羊又像它的前任那样洁白无瑕了。人们也便又对他这只新羊发上一通感慨。

此时,在远离村庄的山林里,正当我们烦闷得不知怎么好时,羯子和他美丽的母羊出现在了面前。羯子一看见我们,就不由地将脚停下了。羯子是一个不与人来往也不愿见人的家伙,平时除了与他那只母羊亲近外,从来不主动结交任何一个人。所以羯子在匆促地打量了我们一眼后,回过身去,赶着他的羊就要朝一边走。我和六指、小菊愣了一下,又不约而同地面面相觑,当我们的眼光碰在一起时,好像都看出了闪动在彼此眼睛里的兴奋表情。对,我们是坏分子的狗崽子,伙伴们不和我们玩,我们何不和地主恶霸的狗崽子搞在一起,痛痛快快地玩上一场?这念头一起,我们就有些控制不住自己的脚步,一阵急跑赶上去,将羯子和他的母羊围在了中间。

羯子又一次停下脚,抬起他布满青筋的黑脸,用惊慌的眼神看我们。“你,你们想干,干什么?”他结结巴巴地说。

“羯子,”我热情地朝他说,“跟我们一起玩好吗?”

“对对,”六指和小菊也跟在我后面附和,“我们一起来玩吧。”

“玩?”羯子有些困惑地眨巴眼皮,还往后退了一步,“什么?”他的神情越发不安了。

也许是我们的表情吓住了他。平时,我们哪里正经理会过他,现在如此热情地对待他,甚至还对他发出了邀请,实在是出乎他的意料之外。为了不至于将他吓坏了,我尽力让自己平静下来,用一本正经的口气朝他说,“羯子,没有人和我们玩,也没有人搭理你,你一天到晚老放羊,也实在没趣,咱们不如在一起玩一会儿。”

听到我这么说,羯子在呆怔了一霎后,绷紧的神经也渐渐放松下来。“我放羊很好,”羯子低下头,用轻微的声音说,“我,我不想玩……”

“为什么?”小菊不解地问。

“我,”羯子掉开脸,朝远处望了一眼,“我得放羊去了。”说着,羯子牵起他的羊,就要朝另一边走。

但六指抢在他前头，张开手臂拦住了他的去路。“羯子，”六指大声朝他叫喊，“不要敬酒不吃吃罚酒，我们和你玩是看得起你，要搁在以前，我们才不理你哩。”

羯子又有些慌乱，停下脚，用哀求的目光看我们。“不，不要捉弄我了……”他脸上现出痛苦的表情。

“谁捉弄你了？”小菊不满地说，“我们是真心和你玩。”

“可我，”羯子把目光转到羊身上，“可我不配和你们……”

“没事，”我赶紧安慰他说，“我们也都是狗崽子了，大家都差不多了哩。”

羯子又困惑地眨眨眼，好像一时没明白是怎么回事。

趁他愣神的当儿，我们拥上去，不由分说将他和他的羊拖住。羯子见无法走掉了，又看我们真的没有恶意，才有些安静下来。在我们的拉拽下，无可奈何地坐到了地下。

留住了羯子和他的羊，我们都高兴得不行。但往下玩什么游戏呢？像伙伴们那样去打尜或者打瓦？在山林里似乎不宜于玩那个，再说羯子是个大人了，且比我们大好几倍，他会不会玩这些小孩子的游戏也不一定呢。

羯子也一直纳闷地看我们。“你，你们和我不一样，”他试试量量地说，“你们不会是狗崽……”他不敢朝下说了。

我们没有理会他的话。这时候，我们的目光都落在那只雪白的羊身上，对，和羯子没有什么游戏好玩，不如就玩他的羊吧。六指首先采取了行动，凑到羊跟前，将手指分别举在头两边，一耸一耸地伸张着脖子，做出一个要和羊羝头的架势。那只羊默默地看了他一眼，便掉开了头，一副不理睬他的样子。六指随着又绕到它前面，又要和它去纠缠。

羯子坐不住了，慌忙站起来，伸出两手去阻拦六指。“你，你不能去惹它……”羯子急急地说。

六指回过头来笑他。“我和它玩，”六指不怀好意地嘲笑他说，“你急什么？莫非它真的是你媳妇？”

听了他的话，我和小菊都止不住笑开了。

羯子也涨红了脸。“不管你怎么说，”羯子有些恼怒地说，“也不能去惹它。”

“呵,”六指攥了攥拳头,“你还真上劲了,今儿我偏要……”

“要玩你们和我玩。”羯子用义正词严的口气说。

“和你玩什么?”六指撇了撇嘴说,“你有什么好玩的?”

“随你的便,”羯子也做出一副豁出去的架势,“玩什么都行,只要……”

听着羯子如此坚定的话,我和小菊也有些愣怔,真是没有想到,平时老实窝囊的羯子居然也豪迈硬实起来。六指挠了挠头皮,一时也不知道说什么好。

在羯子和六指较劲的过程里,那只母羊站在一边,抬着头,直直地朝着羯子看。

六指转转眼珠,很快便想出了主意。“要不,咱们玩老头看瓜?”

“老头看……?”羯子眨了眨眼,“这个……”

“好。”我却大喊一声,并使劲拍了一下手。“对,老头看瓜好。”

“什么叫老头看瓜?”小菊小声地问我。

“老头看瓜就是……”我想朝小菊解释,但话到嘴边,却又咽了回去。望着小菊脸上纳罕的表情,我的脸忽然有些热。

“对,”六指也得意起来,用幸灾乐祸的眼神去看羯子,“咱们今天就玩老头看瓜。”

羯子伸直的身子渐渐弯下去,又像他先前那样呈现出憋屈窝囊的样态。“老头看瓜……”羯子在嘴里轻声嘟囔着。

“说呀,”小菊越发用手指捅我,“什么叫老头看瓜?”

我扭过头去不理她。这个小菊,我在心里埋怨她,什么都不知道,可这事让我怎么和你说呢?

羯子干脆蹲到了地下,用两手抱住头,整张身子都显露出尴尬痛苦的形状。

我和六指相视一笑。这一刻,我们心里都觉到了浓烈的快意。在我和六指看来,羯子此时的表现实在是一个典型地主狗崽子的模样,刚才我们还以为和他属于同一类型呢,现在看来,我们要比他高大威风多了。干脆一鼓作气,将那个老头看瓜的游戏在他身上痛痛快快地玩下去。我和六指又互相丢个眼色,在羯子还没有任何防备的情况下,突然便扑上去,一下子把他压倒了。

“别，”羯子反应过来，在我们身下一边挣扎一边叫喊，“别这样……”

在我们按压羯子的时候，小菊也跳跃着围过来，伸张开两手，有心帮我们一把，却又不知道该怎么下手。尽管她还不明白这个游戏该怎么玩，却是本能地觉到了兴奋。那只母羊也在一边直直地看我们，嘴里发着“呜噜呜噜”的响声。

虽然羯子奋力地扑打身子，可他毕竟年岁大了，又加之体弱，力气哪抵得过我和六指两个的大，不一会儿，他便被我们制服了，身子和四肢一节节地软下来。六指骑在他胸脯上，压得他不能动弹，我趁机去解他的腰带。羯子的腰带是根草绳，我轻轻地一拉，他的裤腰便敞开了。羯子的脸面虽然被六指的身子挡着，还是觉到了裤腰的掉落，突然发一声叫，身子一阵猛烈的大动，六指便被掀倒了，我也没能按住他的腿脚。羯子爬起来，就手忙脚乱地朝一边跑。我懊悔得不行，眼看游戏就要成功了一半，却被他逃开了。我和六指也赶紧站起身，磕绊着就朝羯子追赶。可我们才跑了两步，就看见羯子突然跌倒在地。我和六指愣了一下，才明白原来他是被下垂的裤子绊倒了。我们大喜过望，急忙奔过去，再次压住了羯子。“不，”羯子在我们身下大声叫喊，“不要……”

小菊这时候也又跟上来，伸出两手准备帮忙。但她一看我们是在扒羯子的裤子，在猛地一愣后，回身便朝一边跑去。她停在了很远的一个地方，两手遮到眼上，一会儿拿下来，匆促地看我们一眼，又赶紧罩上去。“你，你们，”小菊不知所措地抖动着嘴唇，“你们这是玩什么呢？”

那只同样不知所措的羊也站在另一边，用茫然惊悸的眼神看着我们，嘴里的叫声低沉而哀婉，“咩——”

六指又一次骑住了羯子的上身，并朝我叫着，“快呀。”我响应他的号召，也又一次扒下了羯子的裤子。望着羯子两腿间裸露出来的东西，我和六指都惊呆了。天哪，羯子裆间的东西居然这样大？我们也曾见过许多大人的隐私处，但像羯子这么饱满硬实的物件似乎还从来没有过。我忽然便想起了羯子的外号中关于阉割的那层含义，看来它实在是一点道理也没有，羯子不仅是一只正常的公羊，而且是一只无比强壮发达的公羊呢。

在我和六指愣怔的时候，羯子也又一次挣扎开了。“不，”他一遍遍地叫喊，“不能，你们不能这样……”

羯子的叫声愈发激起我们把游戏玩下去的欲望。六指用两腿压住他的身子,腾出手来,抓住他的脑袋,见我把他敞开的裤腰掀起来了,便使劲朝上扳。

"不,"羯子拼命摆动头颅,同时张开嘴,朝着六指脸上吐了一口,"不行……"

六指脸上沾满了他黏稠的唾沫,又抽不出手来抹擦,不禁有些恼火。"你这个地主狗崽子,"六指一边骂着,一边用膝盖在他胸脯上狠狠顶了一下,"看我不治死你?"

羯子脸上剧烈地抽搐了一下,也许是真的太疼痛了,他暂时停止了动弹。"哎哟……"羯子嘴里发出了呻吟声。

趁着他这短时间的安静,六指给我丢个眼神,等我把他的裤腰高高地撩起来,将羯子的脑袋猛地往前一推,便塞进了他自己的裤裆内。我顺势把他的裤裆口收紧,并拾起他做裤带用的那根绳子,在裤裆口也就是在羯子的脖子里扎了一圈。做完了这一切,我们试着松开手。果然如我们的判断,羯子把头扎在他自己的裤裆内,无论如何也抽不出来了。我和六指对看一眼,脸上遏止不住地露出了喜色。

羯子胡乱挣动了几下,便渐渐歪倒了。羯子倒在地下,像一只硕大的陀螺一般盲目地旋转。"呜呜呜,"羯子从裤裆里发出含混不清的声音,"呜呜呜……"

我们听不出羯子在叫什么,也无心去认真辨识,这时候,我和六指都沉浸在胜利的喜悦中,坐在地下,一边喘息着休歇,一边欣赏自己这个战利品的挣扎。

"你们,"小菊走到我们身边,"你们这是玩的什么呀?"

"这就是老头看瓜,"我得意地告诉她说,"女孩子没见过吧?"

小菊转动着眼珠想了想,似乎也明白了"老头看瓜"的含义,脸腮不禁又一次红了。她也挨着我们坐下,尽管嘴里不再说什么,可眼神也流泻出难得一见的兴奋神色。

我们当然都很高兴,想到伙伴们玩的打尜或者打瓦的游戏,便觉得那些实在没什么意思,我们此刻玩的这个名叫"老头看瓜"的游戏才真正精彩有趣呢。多半天来由于受到冷落和排斥而弥漫在心头的沮丧和不快,都烟似的散去了。

在我们兴奋不已的时候，那只一直在一边打转哀叫的母羊终于走到了羯子身边，低下头颅，用嘴巴一下一下地触碰羯子的身子，试图给他帮上一个什么忙，但却是无可奈何。母羊急得一个劲儿地叫，“咩咩咩——咩咩咩——”

我们呆呆地看着那只母羊，忽然也对它产生了从未有过的好奇。“如果再玩玩它就好了。”我在心里对自己说。我才产生了这样一个念头，就看见六指站了起来，弯拢着腰身，一步步朝它走去。我知道他是要去捉那只羊了，便也招呼了小菊一声，跟着六指朝母羊走去。

这时，母羊也回过了头，身子一动不动，只是用淡然的目光看着我们，好像也等待我们去捉拿它了。但我们才走到它跟前，还没有伸出手去，母羊就掉转身子，腾开四蹄，直朝旁边的密林里跑去，身子裹挟的气流硬硬地扑打在我们脸上。

我们愣了一下，便也回过身，直朝它追去。

母羊急快地跑到一个山头上，仰起脖子，长长地嘶叫一声。幽怨凄厉的叫声像刮过了猛烈的风一般，整个山林都发出了“隆隆”的回声，万千片树叶脱离枝头，纷纷地坠落到地面上，无数只鸟兽也从树木间浮出来，张皇失措地朝四处跑去。母羊在山头上转了个圈子，洁白如云的身影一闪，便消失在远处的林海里。

……

我们一直在山林间寻找到天黑，也没有再看见母羊的影子。望着正从四面涌来的浓稠雾气，我们突然发现，经过这多半天的奔跑，天正在黑下来，我们也已经迷路了。

快要半夜时，我们才总算摸出山林，一瘸一拐地回到了镇子里。

正如我不祥的预感，敲开家门后，我就被父亲捉住身子，用一根结实的麻绳吊到了门梁上。你拾的柴禾呢？父亲红着眼睛，一边用藤条抽打我的后背，一边厉声喝问我。

黎明时分，突然刮起了大风。风停歇后，天空里飘起了零星的雪花。这真是一件奇怪的事，暑热还没有过去，怎么就下起了雪？下雪的时候，全世界的人似乎都沉在了睡梦里，只有我由于身上疼痛而醒着。但望着从天空飘下来的雪花,我也疑心我睡着了,一切不过是我荒唐的梦幻而已。

天亮了,在艳丽霞光的照耀下,地面果然铺上了一层细软的雪花。人们打着哈欠走出屋门,望着眼前的积雪,都惊讶地目瞪口呆。

这天早饭后,我来到街上,看见了六指和小菊,才知道他们回家后也被打了一顿,六指的一条胳膊折了,小菊的脸上有几道深深的血痕。

由于伙伴们依旧不和我们玩,我们三个人只好聚在一起,又朝镇子外走去。望着远处的山林,我突然想到了那只消失了的母羊,并由母羊想到了羯子。

"羯子——"我大叫一声。

"羯子——"六指和小菊也随着我大叫。

我们连滚带爬地朝山里跑去。许多不明所以的人跟在我们后面。

来到昨天和羯子玩游戏的地方,我们停住了脚步。我首先看到了那只母羊。那只洁白的母羊此刻正安静地趴在一个隆起的雪堆边,用僵硬的眼光默默地看着我们。我好像不敢迎视它的目光,便越过它的身子,去注目它身边的那个雪堆。几乎是一霎间,我们便明白了,那个为雪花所覆盖的隆起物是羯子,是被我们玩了老头看瓜游戏的羯子呀。

……

埋葬羯子时,那只母羊也跳进了墓穴里,任我们怎样拖拽也无法弄它上来。后来有人说,就让它随了羯子去吧,反正羯子也没有个伴,就让母羊继续去陪伴他吧。

尽管我和六指以及小菊也被关了一些日子,但由于被我们错误致死的那个人是地主的狗崽子,在交代了一些无关紧要的问题后,很快便被放了出来。与羯子的恶霸父亲相比,我们的父亲母亲和兄长的问题也显得小多了。

在以后的日子里,每当我走上街头,看到那些和我同样大或比我小的孩子们玩游戏时,我便克制不住地想到老头看瓜那个游戏,进而想到在那个游戏中死去的羯子,还有那只也随他死去的羊,一只像雪一样洁白无瑕的母羊。

许多年过去后,我还对每一件白的东西怀有深刻的恐惧,尤其是下雪的日子,我都闭门不出。逢到晴天了,我也不大敢抬起头来,我害怕看见天空中飘动着的云彩。直到有一天,我在一本书上读到了一位哲人的话,他在这句话中说到了羊,一种我们这个宇宙间最善良最美好的动物。“当你仰起头来的时候,你才会看到它,”他深情款款地说,“因为它是天空的孩子。”我觉得他说得太对不过了。对这种善良美好的动物,我们这个世界实在不配拥有它。当我们希望并愿意看到这种动物的时候,我们只能抬起头,到天空里去注目它。

从此以后,每当我抬头仰望天空的时候,我似乎就看到了羯子和他的母羊。它们躺卧在高远宽阔的天空里,垂下头,用宁静温煦的目光看着我,看着大地上忙碌奔走的这些叫作“人”的动物。每一次低下头时,我眼里的泪水都扑簌簌地溅落……

王涛,山东东阿人,中国作家协会会员,国家一级作家。毕业于山东大学中文系,曾任《山东文学》杂志社编辑。在文学期刊发表长、中、短篇小说数十篇,出版有小说集《乌龙镇话语》《乌龙镇笔记》《城市与人》,长篇小说《天宝物华》《天河》《无处栖息》《霍乱年代》《大声呼喊》《巫女阿诗玛》《尺八》《伊甸园》(四部曲,包括《盲瞽预言记》《鳗鲡木兰辞》《鸱鸺风化史》和《饕餮综合征》)等,共计600余万字。作品被《小说选刊》《中华文学选刊》等杂志转载,入选多种文丛、选集,曾获全国“梁斌小说奖”“新市民小说奖”“各省市作家作品联展奖”等多种政府、协会、期刊奖项,并获中国作家协会、山东省作家协会重点作品扶持。

疫情时期的话别

文——胡草漫

1

石涛微信语音呼叫我时,我在改论文,没有听到。

他发来微信说,过些天要离开之江了,现在在湖城,想来看我。

我有些犹豫,告诉他,可能进不来我们小区。

现在疫情严重,门口的保安都很严肃,一改平时的松懈,义正言辞地要你出示身份证、绿码、绿码复核单,每天进门出门都要在你额头上来一“枪”(测体温)。

去小漠书屋吧?他说。

我又犹豫了一下。N95 口罩不多了。出门坐地铁去城北的小漠书屋,又要耗费一个。

我问,书屋有人吗?

许久,他回信说,书屋没人。我待会儿去你学校那边吧。

我让他注意安全,上了 5 号线就给我发条微信。

想来,认识石涛也有两年了,他是我学弟,成封大学本科毕业的校友。成封大学也算是老牌名校,只是因为这些年成封的经济不行,一直下滑。等到石涛上大学那会,我已经毕业五年了,成大也更加不济了。石涛新闻专业毕业后来湖城的中粮公司当内部编辑，不太得志，干了没多久就辞职了。我认识他那会儿，他还在兼职教中学语文，顾上顿没下顿的。

我上本科那会，成大文学院的方老师感慨说，他们当年上大学时怎么能够想象，大学生会找不到工作。我那时也不会想到，百年成大的学生出来也混成这样。

若不是方老师无意中在我组建的“成大书友会”微信群里转了石涛的红楼梦读书会活动公告，我恐怕永远不会认识这个学弟。2016 年 1 月我刚到湖城工作的时候，参加过一次成大校友会，发现里面全是和我聊不来的“成功人士”或者“准成功人士”，后来我就退出了那个热闹的“成大人在湖城”微信群。约我一起去参加校友会的老班长，后来也再没见过，去年我曾经邀请老班长来我家做客，他到周日那天才突然发信告诉我要加班，以后有空再约饭。我心知不会再有以后，但还是礼貌地说“好吧”。

那晚的校友会我只记得两个漂亮性感的“90 后”学妹跳了不知什么舞，一个中年油腻的男校友——校友会的组织者——说他跟我们湖大校长刚在一起吃饭。那个校长还是个人大代表，后来下台了，有次我在学校教工食堂排队打葱油面时，听见他在前面不停地对师傅说，给我沥干点、沥干点！

所以，校友对我来说，就和路人一样。但是方老师欣赏的学生就不同了。方老师是世外高人，从不参加成大的各种会议，也不写论文、不评职称，家里藏书都堆满了客厅、地下室、卧室，把师母气得不轻。

年轻时，我们书友会那一圈朋友都只爱方老师，经常去他家玩，等我们成年后，才越发觉得师母不容易。特别是我到湖城大学当老师后。

有个发小问我这个海归博士一年能拿多少，我说除去 40 万的购房补贴外，每年 20 万。发小吃惊地说，20 万在湖城很一般啊！幼儿园园长一年都有 40 万！

这 40 万购房补贴也不是白给的，如果工作不满 10 年就跳槽，还得退回去，之前也有过像成封大学那一档的“985”高校给我抛来橄榄枝，但是想想要还这 40 万，就只能去租房了。何况，那“985”高校也只给你一年 20 万。话虽如此，我知道像方老师这样的老讲师，不去想办法发论文的，一年就只能拿 10 万——和我们小区的保安差不多。何况我们保安的活多轻松啊,平时没事就坐在那里对着业主微笑,现在有疫情了,又神气地发现他们不只是公仆,更是管家。

石涛那会还没找到工作的时候,我让他住我家,象征性地收了 800 元的月租,他终究不肯,非要转我 1500。他搬了两麻袋的书到我学校办公室——家里实在放不下。这点倒是和有钱买书、没钱养妻的方老师很像。我让他住在次卧,和保安说是房东的朋友。不然,保安对租客是另一副嘴脸……

石涛发微信说上了 5 号线。于是我开始戴手套、口罩,披外套,拿上各类证件,准备出门。我顺手拿了三个 N95 口罩放到背包里。

骑上我的捷安特出了小区,直奔 5 号线终点站。石涛已经先到那等我了。他换了个发型,头发理得和劳改犯一样,和我一样,估计也是这两天理发店开门后才去理的。昨天我的头发还和我在国外读博时一样,和我初中时一样。读博时我留长发是为了省钱,初中时是为了和发小一起耍酷。初中时我们常在一起打架、逃课,后来我爸做过手术后,我就不和他们耍了。那段时间我爸妈付不起店租去摆摊了,我觉得我也得像个人样了。很多年后,我在成大图书馆的机房里和舍友一起打游戏,一个发小突然在 QQ 上冒出来和我聊了几句,我有些感慨岁月沧桑,和他多扯了扯,我的英雄就被舍友砍出了血。发小说羡慕我能上大学,我说在大学里混得也不是很开心,这年头大学生也不好就业。我也忘了怎么就聊到抽烟这个事上了。他劝我千万不要学抽烟啊。后来那年暑假我回老家时还见了那个发小,烟雾缭绕的 KTV 包厢里,有几个浓艳性感的女孩,和我那发小以及几个杀马特的哥儿们挤在沙发上。我发小给我另外搬了个椅子,说,胡哥,点一首?

之后我再没有见过那个发小,连 QQ 消息也没有收到过。我最后听说他是在跑长途汽车,从我们老家西江到广州。我也忘了那晚唱的是什么歌,大概是Beyond的《海阔天空》。

倒是另一个发小后来还经常联系我——就是那个问我一年能赚多少的,他在全国各地做生意,赚了不少钱。那年我考北京的研究生,去他那住,本来是想多住几天的,没想到他成天对我没好脸色,还有些得瑟地说,他今天又招了个女大学生做前台。我在他那住了两晚,就对他说我去我高中同学那住吧,那边离我报考的地方近。他简单干脆地说,好吧。于是,我就在北交大的学生宿舍里住了几晚……

我远远地望见，石涛站在地铁口望向马路对面的湖城大学——2018年春天，他在这里有过短暂的快乐。其实那时我也挺高兴有人和我做伴，每天带他一起去我办公室，他写简历、投简历，我写论文、看论文，带他一起吃学校食堂，组织我的研究生们和他一起玩桌游、飞盘、羽毛球。

大米也曾经来湖大一起玩羽毛球，那时石涛还在追她。我已经忘了第一次见大米是在什么时候，红楼梦读书会是她在大寒书店参加的第一个活动？我从2016年春天开始，就常常去大寒书店参加读书会、电影沙龙。书店在城西一个小巷里，闹中取静，店里装饰得很文艺，店主青头是个梦想当作家的人，他说他想为文艺青年创建一个精神家园。我也不知道我算不算文艺青年，但是我很想认识一些聊得来的朋友——女朋友更好。所以，每当我在办公室里对着电脑忙完五天后，我就骑上我的捷安特，经过荒地、田野、工地、平房、小高层、西式高楼，最后拐个弯，穿过幽暗的林荫路，到达大寒书店——全程一个小时。那时地铁还没通到湖大，公交车要转两趟，去大寒书店最快的方式就是骑单车。所以，当年石涛扛着两麻袋书搬来和我一起住，真是走投无路之举。而他会约大米来偏僻的湖大打羽毛球，也说明他真的情商不高，或许是因为他一米八，长得帅，又觉得自己名校毕业，所以蛮有信心——当然也可能是因为没钱。

大米是个有些忧郁的江南女子，来自之江省的一个小县城，之江似乎盛产这种忧郁的文艺女子。而石涛的个性则是湘南人的火辣，而且这份辣椒馅是藏在白面包子里的。初次在大寒书店遇见时，我这个心理学老师也误以为他温文尔雅。我也忘了他最后是怎么放弃追逐大米的。有一天晚上我从学校办公室骑单车回来，开门后看见家里灯都没有关，而人却不在，一直到半夜十二点后石涛才回来。第二天是周六，当天下午大寒书店有读书会，和往常一样，我没有去学校办公室，待在家里看书，准备下午和石涛一起去书店。

石涛中午才醒，我简单炒了个菜，和他在家吃了午饭。然后他同我讲起昨晚的事：大米发来微信说坐火车回家。石涛问她，是一个人吗。她说是的。石涛便从床上起来，冲出门去火车站送她，不听她反复地劝阻。等石涛到车站时，大米早就上车走了。

我建议他早点把这事挑明了,试着单独约她,我说:“约三次,三次都约不出就算了。”

那时正是春光灿烂的四月,距我们在大寒书店遇见有一个月了。那晚我遇见的还有我后来的老婆杭哥儿。作为回馈,我把自己心底的秘密和他分享了。石涛很开心,说我认识杭哥儿多亏了他。石涛给我介绍杭哥儿时说,这是金大毕业的才女(金大是比成大还好的“985”高校)。

共享秘密后,我俩就相互鼓励、相互帮衬着去追求自己中意的人。那段时间,每周五晚上的红楼梦读书会上都有我、杭哥儿、石涛、大米。杭哥儿最喜欢怼石涛,而石涛总是自信满满地说“宝玉一定是这样”云云。我总是笑着看热闹,而大米总是低头默默看书。

一开始,石涛的情绪还很高涨,志在必得,但半个月后,他就垂头丧气地告诉我,大米说只想和他做朋友。不久,杭哥儿和红楼梦读书会上的另一个女孩莉莉、大寒书店的新店长小漠一起来我家做客。那天我万千准备,最终还是因为石涛煮饭时放多了米,没能让生米煮成熟饭!那个囧啊,那可是杭哥儿在拒绝我两次邀约后终于在第三次答应和读书会的朋友一起来做客啊!幸好莉莉、小漠都很活泼、开朗,分分钟点了外卖米饭,大声笑着说石涛和大米无缘!那时,石涛追大米的事早已不是秘密,但谁也没想到一语成谶。

想来想去,我也只能用之江人不喜欢嫁给外省人来安慰石涛。后来给他放了一个电影:《天堂电影院》。里面的主人公多多,出身卑微,最终没有和他的初恋女友走到一起。那天我们没有去大寒书店。书店的活动和平常一样,但是每次参加活动的人都不同,像我们这样的常客很少,大部分人都只出现一次,能够坚持下来的,大多是我们这样的外省人:在湖城没有一个亲戚,也没几个朋友。老店长青头也曾苦笑:“这是流动的盛宴。”青头那时辞职在家专心写剧本了。不过,后来我听说剧本卖不出去,他又去一个出版社工作了。新店长小漠是1997年香港回归时出生的,高中没读完就辍学想当作家。诗写得很好。

大寒书店主要靠卖饮料创收,别的咖啡店卖三四十,大寒只卖二十。原本书店还能勉强度日,但2018年房东突然说要涨店租,一口气从一年五万涨到十万,让新店长小漠措手不及。我们这些老顾客也曾聚在一起帮着出谋划策:出租书店场地给外面公司搞团建、给中小学老师辅导学生做作业,我还去书店免费讲了十次心理学课,但是就像石涛怎么也煮不熟大米一样,我们怎么也没办法让大寒书店热起来。

所以,2018 年我三十岁的时候,有点悲喜交集:石涛来了又走了,搬出去的时候有些伤心地在大寒书店的微信群里说,谢谢学长带我玩了最好玩的飞盘,看了最好看的电影;十二月的时候,我和杭哥儿领证了,陪我度过三年“青椒”岁月的大寒书店也关门了。

石涛曾说要去参加我和杭哥儿的婚礼,但是湖城的婚礼我们办不起,我们只在各自老家简单请亲戚吃饭,一个朋友也没叫。不过,石涛还是和他那时的女友骆荷给我们送了一个结婚礼物:小王子音箱。

后来他与骆荷分手,杭哥儿看到那个音箱就有些感慨物是人非。整件事至今对我来说仍是个谜。石涛愤怒了大半年,在微博上用各种难听的话骂骆荷,甚至迁怒于成大。石涛也在网上喷自己母校:“希望成大这垃圾学校早点倒闭!”

那段时间,我好几次在微信上劝说石涛:好歹是自己爱过的人,好歹是自己母校——当面也劝说过一次,在小漠书屋里——大寒书店的一些老顾客众筹在城北租了个顶层带阁楼的公寓,一层做书屋,二层住小漠、莉莉等店员。骆荷也是大寒书店的老顾客,之前她和石涛还经常一起参加读书会,分手后,石涛就再也不来小漠书屋活动了。我好不容易约他到小漠书屋见了一面,但他始终不肯和我说具体是怎么分手的。

两个月后,我突然听说他离开湖城去了南边的乌县。

莉莉说:石涛就是书生气太浓了,要来我们房地产行业工作一段时间,沾些痞子气就好了……

2

地铁里没有几个人,大家戴着各色口罩,静静地用手机刷朋友圈看新闻,愤怒或赞颂,热闹的只是网上的新闻,现实中每个人都寂寞地蜷缩在自己的角落,和周围人隔得很远。

一眨眼,两年过去了。石涛望向窗外,但是除了广告,什么也看不见。

那时,如果他再坚持下去,大米是否会答应他?坐在货拉拉的三轮车后面离开胡哥那里时,石涛也曾这样想过。

毕业时,他把那两大麻袋的书从成封寄到湖城,其中有他最心爱的红楼梦人物画册,是难得一见的手绘本。这些书随着他到处漂泊。两年前,他从胡哥那儿搬走,送了好些书给胡哥,其中就有这本画册。如今,他又要从湖城搬去湘南的省城——湘州。他不知道有多少书还值得带过去。大寒书店倒闭后,他捐了不少书给新开的小漠书屋。可是和骆荷分手后,他就再没去过书屋参加活动。剩下的这些书,他仍然觉得太沉重。疫情期间也不方便寄送。

这次他从乌县回湖城,把那些书扛到他父母租住的地方——湖城最南面的一个回迁房里。

开门的是长年在外务工的父亲,他眯起眼,望见石涛戴着口罩进来,后面拖着两箱书。

母亲去菜市场买菜了,父亲留他在这里吃晚饭,石涛说不用了,他去城西见个朋友。

父母租的是合租房里背阴的三卧,阴冷潮湿、空气浑浊,石涛坐了一会儿就忍不住要走了,临走时偷偷给父母塞了一包口罩。

石涛走后,父亲失落地看着地上的两箱书,百感交集。石涛曾是他俩的骄傲和希望:从小儿子读书就好,可是这两年他的工作和感情都很不顺利,父母多问几句他就不高兴、不愿说话,甚至发脾气。

放弃大米时,石涛只有伤感;但和骆荷分手后,他主要是愤怒。

大寒书店关闭前有一个告别诗会。他在人群里瞥见大米静静地站在最后,仍然是那副有些忧郁却不容你接近的神情。那时,他已经和骆荷在一起。他只是默默地看了她一眼,就背过去和骆荷一起忙着给诗会录相。后来,大米就从他们这些人的世界里消失了……

5 号线修得很漂亮,湖城越来越美了。他不知道下次再来会是什么时候。出地铁后,他一眼望见了马路对面湖城大学新建的体育馆,造型优雅,气势恢弘。春风料峭,吹来远处小鸟的歌声。玉兰撑开了饱满的花蕾。路边青草翠绿,路上没有多少行人,倒是有一个人戴着口罩和帽子,站在桥上钓鱼。

然后他望见了捷安特上的胡哥,穿着淘宝网上买的绿色冲锋衣,戴着灰色的帽子和白色的 N95 口罩。

胡哥停下来,从背包里掏出三个口罩给他。

他问,口罩多少钱。

疫情前买的,三四块吧。

现在都几十块一个了。

现在买不到了吧。

石涛看见胡哥眼角和额头上的皱纹又多了几道。想起来,那时他还有过考研的想法,但是和胡哥在一起住了两个月后,他就放弃了这个念头……

那天下午在胡哥家看完《天堂电影院》后,胡哥说他上大一时约过自己从小一直喜欢的女孩,初中的女同学,开着他爸的摩托,脚踏发动的那种,只有一个后视镜的,带着她绕着小小的西江城转啊转。后来约到第三次就约不出了。她说是父母把我们带到了这个世界上,总要听父母的。

就跟《天堂电影院》里演的一样?石涛问。

胡哥点点头,说:多多是对的,他离开家乡后一直没回去。回不去的……2015 年冬天我答辩完就回国了,我原本也想过申请绿卡,但是想想走了就不要再给自己留后路了,免得两头牵挂。我在多伦多搬了六次家,有一年和六个人共用一个厨房、卫生间,住在房东用胶合板隔出的客厅小间里,后来那个自称是我"半个老乡"的湘南人在我答辩前三个月突然说,房子卖了,要我抓紧搬出去。我只好搬到了我朋友尼客尔家里,我在他那住了三个月,他不肯收我房租。他七十多岁了,没结过婚,但是在我回国前的一天晚上,他在他家地下室的影院里给我放了一个电影剪辑,是他珍藏了很多年的:男主角在被拒 50 次后终于追上了他喜欢的人。

他是想说不要随便放弃?石涛问。

嗯。他还说,人还是要结婚的。虽然他对自己这一生很满意。胡哥接着说,回国后我本来打算去以前读研的之师大教书。小城市,花销不大。但是之师的进人程序很慢,那段时间我没工资,在家里待得越来越不舒服,爸妈老吵架,有时也和我吵。好不容易能在家过个春节,亲戚又总问我工资有多少。我舅说,怎么一年只有 15 万,做小工也不止,他可能还觉得我在骗他。但确实就是这个价,国内毕业的博士更低。元宵节的时候我约了我第一次喜欢的那个女同学,她听说我的情况后,问我,为什么要读那么多书?为什么要出国?后来我再没联系她。我觉得不能再在家里待下去,于是就来了湖城,在湖城大学宿舍里住下了。我硕导那时去了湖大,张罗着帮我讨价还价,从一年15万涨到20万,跟湖大签了人才引进合同,二月份就发了工资。那时,有个发小还说,你还不如跟我干,少说也给你50万,跟那些大学校长喝酒聊天,不然像你那样一个学院院长都让你做孙子……

3

我发现石涛变得比以前结实了,不再像白面书生,或许是因为生活的重担。他穿了件黑色风衣,手上只拎了一个红色塑料袋,那三个N95口罩只能放塑料袋里。

这次新冠肺炎,让石涛在老家宅了很久。小地方没什么病人,管得也松,爸妈张罗着给他相亲,很快就和一个小学同学相上了。她在湘州上班,她说不想离开湘州,几个亲戚也都在湘州。所以,石涛就决定辞职离开乌县去湘州找工作。湘州那边物价比乌县还低,离他家乡又近,人脉也广些。

我今年没有回家乡过年,杭哥儿的单位到年前一天才放假,而那时疫情已经爆发,我们取消了辛苦抢来的火车票。母亲很失望。幸好我头一天把爸的药寄回老家了,不然快递都断了。

杭哥儿已经复工了,每天早上六点就要起床,晚上七点后才能回到家。这年头都是“996”。我打电话给杭哥儿,问她今天几点能下班,告诉她,石涛要走了。

啊!他要走了!那以后是不是很难见到他了?杭哥儿在电话那头说。

石涛在我旁边说,要不我改签八点的火车吧。

我问杭哥儿,他改八点的火车,你能赶到吗?

老婆想了想,惋惜地说,也还是赶不到啊,关键是我回家也要一个多小时。

石涛说,这次可能真没办法了,我去火车站也要一个多小时。

于是,我俩就沿着马路在湖大边上走,湖大校门都封了,我俩进不去,只能在大门外找一个路人给我们拍了合影。湖大校门是石涛搬走后才修的,很是气派;照片上石涛规规矩矩地站着——而那次米饭煮糊后的合照上,石涛一手放在裤袋里,一只脚迈开,腼腆地笑着。

这算是你的第二个大学了?

是的。他点点头,人生中重要的一站。

我们聊到之前经常在一起玩飞盘、玩桌游的一个研究生,他毕业大半年了,一直待业在家;他家境好,没什么压力,一般的工作也看不上。

我们想找家店坐下来好好话别,但是找不到——或者没开,或者只能外带。最后,我们坐在地铁旁的一棵树下,望着彼此口罩上的眼睛聊天。

石涛问我这段时间宅在家里做什么。

老样子:读论文、写论文。

最近网上传说要取消唯SCI论文制了,以后对你们老师会不会好一点?

嗨!这东西就跟高考一样,好坏都随他们说呗。我们这种小地方来的人,没什么关系,不拼这个,拼什么?

石涛沉默了一阵,然后突然说:我五月就要领证。

干嘛这么着急?再仔细看看。

我已经想好了。像我这样的,能找到这么好的女孩已经很不错了。

还是要对自己有信心啊。

我们这些小地方来的人,没什么关系,也就是上学时成绩好,出到社会上谁认呢?

我望着前面大学校园里开阔的草地、弯弯的小河、笔直的大树、雪白的高楼,听着春风在耳边低语,似乎在为我回答……

2020年3月3日

胡草漫,本名胡超,山东大学管理学院2009届毕业生,后在浙江师范大学、加拿大多伦多大学读心理学方向硕士和博士,现在杭州师范大学任教,有科幻作品发表。

佐特尔——贝加尔湖畔的一只小熊

文——[德]希尔德穆特·比尔兴

译——黄 清

在遥远的东方有一片十分美丽神奇的土地,它叫西伯利亚。那里有一片广阔的森林,里面生长着闪闪发光的白桦树和古老的绿杉树,清澈的小溪在岩石间潺潺地流淌,动物们在小溪边饮水解渴。熊和狼,狐狸、兔子、紫貂和长着巨大鹿角的麋鹿都在此安家。高山大河流经这片土地,美味可口而又稀有罕见的鱼类生活在大大小小的湖泊中。这其中最大和最深的湖泊便是贝加尔湖了。

小小的村庄中住着一群善良友好的人。他们舒适温暖的木屋由各式各样的木雕品装饰着,十分漂亮且具有艺术气息。菜圃里蔬菜茁壮成长,向日葵顶着笨重的脑袋在围栏边点头摇曳。然而这里也同样坐落着喧杂的大城市，有美丽的教堂，像宫殿一般富丽堂皇的火车站和黯然失色的古旧的市区房屋。

冬天，当霜冻爸爸来到人世间时，暴风雪便在小木屋周边呼啸肆虐。第二天早上大雪一直堆积到屋顶，竟将屋门堵住。江河湖泊结了冰，并且大部分动物也跨入冬眠。

之后人们围坐在温暖的火炉边。铜茶壶中的水“滋滋”作响，在精致古旧的茶杯中沏成的热茶品尝起来也是十分爽口。这时要是再有一两杯伏特加喝上一轮，那可就完美了。

这样一个冬日里，男人们是不会出门到湖面的冰窟里钓鱼的，而是拿出冰刀和颜料盒，做成最美丽的五彩的碗盘和匙勺，有时也会做成孩子们的玩具。

由于不能出门，孩子们有时会变得很不耐烦。然后他们便请求祖母：“巴布莎卡，求求您给我们讲讲关于春天和夏天或者是关于佐特尔这只熊的故事吧！”这些故事可是孩子们最爱听的呢。“那好吧。你们这些烦人的小讨厌啊，真是一刻都不能消停！”巴布莎卡说完便开始叙述起来：

在许多矮小的山丘之间生活着一只熊，名叫佐特尔。他的妈妈亲切地叫他“小佐特”。而实际上他长得已经很高了，为此他对“小佐特”这个称呼感到有些羞愧。但当他的大哥成心嘲弄他并且叫他“佐特尔，你这老白痴”的时候，他无比生气，心里扭成一团。在一番思想斗争后，佐特尔总是变得饥肠辘辘。接着他就去找美味的蘑菇和酸酸的浆果吃上美美的一餐，之后他就心里舒服多了。

在这个不寻常的早晨一切却又如往常一般。吃饱喝足后，佐特尔爬上了他最喜欢的地方——最高的山上。太阳照射下来，晒得他蓬乱的毛发暖暖的。“在山背后的世界大概会是什么样子呢？”佐特尔不禁想道。

他的妈妈早就发觉，她的小佐特已经长大了。而且她也知道，他最终会走出熊的生活圈子，去发现另外他未曾见过的森林草地。

后来佐特尔终于出发了。由于欢喜和强烈的进取心，他的心剧烈地跳动着。天空是湛蓝湛蓝的，树上的叶子清新而鲜绿，五彩斑斓的蝴蝶围着他的鼻子旋转舞蹈。过了不久，他听到一阵轻轻的“嗡嗡”声，并且这声音变得越来越大，这让他激动欢喜地从腹部深处发出低沉的吼叫：“一个蜂窝!”他的鼻子早已嗅到了这美味的蜂蜜,他馋得连口水都要流出来了。然而蜜蜂们可并不懒惰,它们坚决守护着这甜滋滋的美食。它们成群地围着佐特尔飞来飞去,甚至有两只蜜蜂还叮了他嗅觉敏锐的鼻子,真是疼死他了!“好吧,你们够了!”佐特尔一边说一边用自己的右掌安慰自己,他被蜂蜜黏了一身,还把蜂蜜惬意地舔了个干干净净。

然而在他舔舐蜂蜜的时候却并未发觉,树的影子变得越来越长,太阳也渐渐地落下山去。“我已经跑得太远了,”佐特尔叹息道,“我的双腿实在太累了,现在我只需要一个可以睡觉的地方。”他一找到一个舒适柔软的地方躺下,他的眼睛便自动合上,呼呼大睡起来。

佐特尔现在每天都要跑上好几个小时。他穿过冷杉林和茂密的灌木丛,有时也会被带有荆棘的树丛挡住了去路,于是便掉头返回。因此他最喜欢的便是美丽而明亮的桦木林了。树干银光闪闪,越桔和浆果在他脚下蓝红相间。

可是一直跑或一直吃也是十分无聊的。为了消遣取乐他一次又一次爬上树,这还真是挺好玩的!佐特尔找到了最高的那棵树,接着就开始向上爬了:他从容不迫地、慢慢地爬得越来越高,一步一步来,一直到爬上树梢。他累得上气不接下气,环望这片广阔的土地,不禁惊叹:

这种带着深色孔眼的洞穴他可是从来没见过呢,而它们又是属于谁呢?

这很有可能是人们居住的房屋!他飞快地再次爬到洞穴下面去,要是他能立即动身去仔细看看这所有的一切,那就再好不过了。然而他却难以相信这一切。

但当黎明来临的时候,强烈的好奇心让他的内心久久不能平静。在不远的地方,他坐到一块石头上静静等待着。

这时,一束微光射进第一间房屋,接着是第二间、第三间,然后一瞬间四处都明亮起来。“这真是太美太神奇了!”佐特尔想。青烟从烟囱中袅袅升起,一股夹杂着肥肉、洋葱、萝卜和花椰菜的香味直向他扑鼻而来。

“要是我有这么美味的食物当我的晚餐该有多好呀!”佐特尔不禁叹了口气。然而之后他用爪子从地上拔下的一束草根也让他很知足了。“吃草根我也是能吃饱的。”佐特尔想着,不禁有些失落。

干巴巴的草根让他感到极度口渴，现在他不得不喝点水。恰好一条小溪在他身边流过，他大口饮下这无比清凉的溪水。

一恢复精神佐特尔便回到他的石头上。在阳光的照射下，石头还带着些许温度。在这里他能欣赏到这个有着小村庄的山谷里最美妙的景色。

在欣赏风景的时候，天不知不觉渐渐地暗了，余晖给天空抹上了一层淡淡的粉红。现在他几乎看不清任何东西了。

就在这时，不寻常的事情发生在了人们身上：

乐师们演奏起他们的乐器，人们跳起舞来。

一个身穿红裙的小女孩跳得如痴如醉，她高兴地蹦着跳着。佐特尔仔细聆听这音调，时而大，时而小，时而快，时而慢，时而高，时而低。巴拉卡琴、手风琴、手鼓和定音鼓让这一首欢快的舞曲鸣响起来。当卡琳卡的歌声朝佐特尔传来的那瞬间，他显然开始坐不住了。他用后腿站了起来并不停地摇摆。他听着这轻快的旋律欢快地转起圈来，刚开始慢慢地，然后转得越来越快。他不停地跳，不停地跳，直到头晕目眩倒在草地上。然后他还一直嘟哝着："要是我是人类的话，我可是会每天晚上都跳舞的呢。"

这个夜晚佐特尔睡得并不是那么香甜。他激动得久久不能平静，万千思绪在他脑海里回旋萦绕，以至于他做了一个奇特的梦。

秋天来了，在一棵光秃秃的树下孤零零地站着一个穿红裙的小女孩。她是不是在等他呢？正当佐特尔想朝女孩走近的时候，梦却消失了，而第二天清晨他便把这梦忘得一干二净。

之后佐特尔便醒了，他搓了搓眼睛，打了个呵欠，昨晚的"舞会"还让他感到有些倦意呢。

他饿极了，他的胃一个劲儿地"叽里咕噜"地叫。"要是现在有新鲜的鲑鱼当早餐那该有多好呀！"但是可没有那么简单。鱼儿十分灵活敏捷，在河里游来跳去。佐特尔的妈妈在很久以前就教过他怎么捉鱼。他以前经常练习，直到他独自凭着耐心和技巧从河里捉到第一条鱼。但是今天却过得特别快。在佐特尔捉到第一条鱼后，他的胃口变得越来越大，不一会儿他就津津有味地吃完了五条美味的鲑鱼。

一恢复体力他便继续踏上他的旅途。他沿着森林边缘慢腾腾地、无精打采地走着，左看看，右望望，却被大大小小的石头给绊了一跤，于是他便转向迎风而行。至少有上百种不熟悉的气味直钻进他的鼻子里。这附近估计有个城市吧?

他开始大步大步狂奔起来,一直到他看见他所嗅到的东西。“这么多人我还从来没有看到过呢。他们从各自的房屋里走出来,说笑着跑到街道上。这是为什么呢?”佐特尔低沉地吼叫着,他激动地开始自言自语起来:“他们都走进了一间比任何其他房子都更大的美丽的白色房子里,它有金色的葱头型尖塔和好多个像草地那么绿的屋顶。”

过了一会儿,钟声响起,大大小小的钟声在他耳边盘旋回荡。这时佐特尔卸下所有的胆怯,他跑到街道上,然后穿过一扇大门,在人们发现他之前恰好躲到了一个阴暗的角落里。

之后他变得昏昏沉沉。房子里弥漫着一股浓烈的蜂蜡的气味,天花板上的灯架和桌布上平放着的烛台闪耀着明亮而温暖的光芒。当上百支蜡烛点燃的时候,佐特尔出现了。当他的眼睛还没有适应这耀眼的光芒时,他看到在他面前有一堵巨大的挂着各式各样图片的墙。所有图片都镶有一个金光闪闪的框,很显然那是一幅圣像。佐特尔赞不绝口。他从其隐藏处很好地认出了一张图像。“这就是带着孩子的创造奇迹的圣母啊!”他轻轻地说了句。

那些正吵闹喊叫着急匆匆地在街上行走的人现在却突然停住了脚步,他们专心聆听——接着便开始唱起歌来。歌声是如此的美妙动听,以至于让佐特尔高兴地连小心脏都开始跳得疼起来。他也想一展歌喉,然而他知道他只能发出低沉的吼叫声。带着些许失落,他轻手轻脚地溜出了教堂,一溜烟儿跑回了森林。

夜幕降临。佐特尔还在回想着他所经历的一切,并且他想变成人类的愿望也变得越来越强烈。他垂头丧气又有些难过地在森林里徘徊,就连最美味的蘑菇也提不起他的胃口。

这时有只狐狸正蹑手蹑脚地从高高的草丛穿过来并问道:“嘿,佐特尔,你是生病了还是有虱子在你身上爬过呀?”佐特尔摇摇头,叹了口气。“那就出发吧,老朋友。不过话说回来,发生了什么事吗?”

“什么也没发生,我只想变成人而已。”佐特尔轻轻地叹气道。

“人?”狐狸不禁大叫,“那我只能说千万不要啊!在我还能正常思考前，一位贵妇居然把我美丽的毛皮围在了脖子上！不，同志，你一定是疯了！”

狐狸摇摇头，想继续往前走，这时紫貂跳了出来。“你们两个，这么严肃的谈话！是有什么新奇的事吗？”

“佐特尔想变成人。”狐狸气愤地说。

“我一听到‘人’这个字可真是撕心裂肺的头疼啊！我掉入陷阱，不过一转身的时间，我美丽的毛皮便以几卢布的价格在市场上被卖掉了！”紫貂一边说一边浑身发抖。

佐特尔深深地吸了一口气，开始向他们俩叙说他在旅途中所经历的一切：夜半时分月光温和地透过窗户射进来将房屋照亮，浓烈的饭菜香味从烟囱里冒出，还有伴着舞蹈演奏的乐师，金子的光泽和蜡烛的光芒，各式各样的画像以及教堂里人们的多声部声乐曲。

“这就是我为什么如此想变成人的原因，但这是不可能的。”在叙述了很久快要说完的时候，佐特尔不禁叹气道。

狐狸和紫貂惊讶地看看对方，然后摇了摇头。他们完全不能理解佐特尔这种想法。突然狐狸陷入了沉思：“有一个人可能可以帮到你：就是女巫芭芭雅加！她是一个无所不能的女巫，只有她知道解决这种困境的办法。”

紫貂点点头：“如果不是她，那还有谁行呢？”

“但是她住在哪里？我要到哪里去找她呢？”佐特尔有些怀疑地问。

“这没有多么难啦——不管路途是长还是短——你只要一直跟着你的鼻子走并且当你看到树林深处她那鸡腿形状的房子的时候，你就能找到她了。”狐狸回答说。

“祝你好运！”紫貂轻声说。

第二天佐特尔没有多想，他更加坚定他要变成人，于是他再一次踏上了旅途。他只有一个目标：他一定要找到女巫芭芭雅加。这需要花费他很多天的时间。他跋山涉水。夏天已经过去，树叶也变黄了，秋天已悄然而至。

穿过白桦树林，他终于发现了橙色的鸡腿形状的房子。继续行进两段路程后，佐特尔终于气喘吁吁地站在了芭芭雅加的面前。

芭芭雅加轻松惬意地坐在鸡腿形状的房子前面的小长凳上，让秋日的阳光照在她的脸颊上。而且她蓬乱灰白的长发、歪斜的小绿帽和打满补丁的夹克衫让她看起来格外与众不同。佐特尔现在突然产生了点隐隐的害怕。

“你看起来特别着急,我能帮你做点什么呢?先生,需要一点女巫厨房的草莓酱还是混着蚂蚁的荨麻沙拉呢?”女巫跟他打招呼并亲了他一下。

“不用了,谢谢。我不饿,我只有一个很迫切的愿望。”佐特尔结结巴巴地说,又止住了。“人可以幻想所有的东西。你说吧,我听着。”芭芭雅加说着便将一只手搭在了自己的耳朵上。

佐特尔终于鼓起勇气说出了他想变成人的强烈愿望。

“蜗牛黏液、胆小鬼,你就不能幻想一些更简单的东西吗?”老女巫斥责道。

森林里变得静悄悄、阴森森的,只能听见猫头鹰的声音:“呜呼——呜呼——”女巫满腹疑虑地摇摇头,她眉头紧皱,擦擦鼻子,然后深吸了一口气,想:“夜晚总是比清晨更加清醒明智。你的愿望非同寻常,我恐怕必须拿出我那本陈旧沾满灰尘的巫术书了。要是你倒霉的话,书的第 13 页就会缺失。”她叹了叹气,穿着有破洞的烂鞋沿着鸡形的梯子爬进了房子里。

现在能做的就只是一边等,一边祈祷了。足足三个小时之久。芭芭雅加终于从倾斜得不成样子的门里出来,招手唤佐特尔过去。她点点头并给佐特尔提出建议:“这会是特别艰难的事情,但是没有什么是不可能的:如果你的愿望要实现的话,你必须找到一块特别的石头。它是一块巫石,非常漂亮而且是紫罗兰色的,它叫作紫龙晶。当你把它捧在你的手掌上时,你要轻轻地抚摩它并且轻声地说出你的愿望。记住了吗?”

佐特尔激动地已经什么也听不进去了,他幻想着自己已经把巫石捧在手掌上了。过了一会儿,他突然转过身来问道:“那我到底去哪里找紫龙晶这块石头呢?”

“你先在伊尔库斯克这个大城市停下,然后往东北方向走,到了广阔的贝加尔湖畔,在那里你就能看到小河卡拉,然后就一定能找到巫石。”

女巫停顿了好一会儿,才继续说下去:“可是我的小心肝啊,你再想想,你真的只有这一个愿望?而且愿望一旦实现,可就不能回头啦!”

要是他现在就在贝加尔湖就最好不过了,尽管佐特尔现在已经迫不及待，他还是一直说着："谢谢你，芭芭雅加！"

没过多长时间佐特尔就到了贝加尔湖。

一天清晨，朝阳徐徐升起，将白雪皑皑的山峰照得通红，湖面上微波粼粼，银光闪烁。

小船在水上摇曳荡漾，河边渔民的房屋坐落在山的背后。

街上到处弥漫着从小小的锅炉里袅袅升起的炊烟，散发出一股浓烈的熏鱼的味道。

"这我可得到上面看看。"佐特尔不禁想。说干就干，这会儿他已经坐在了最高的松树上了。接着他却惊得一时说不出话来。他无法想象贝加尔湖竟是如此的浩瀚无垠，从那上面看他也只能想象贝加尔湖有多么深而已。那些他从来没有见过的鱼窜来窜去，巨大无比的石头从水面耸出，海豹在石头上尽情地嬉闹玩耍。然而佐特尔却根本看不见隐藏在山里的宝石。这块宝石现在一定就在不远的地方，他想。于是他飞快地从树上爬下，继续前行。

他一定要找到紫龙晶宝石。他从岸边开始找，试图在小小的白色大理石间找到那块淡紫色的石头，然而只是徒劳。

这时他发现了一条绿得发亮的鱼，它一直在他边上游来游去，极其引人注目。佐特尔完全没有料到，对于无所不能的女巫来说，身为世界上任何一种动物简直就是小菜一碟。

佐特尔开始不遗余力地在沙子里不停地挖，窟窿挖得越来越深，越来越大。后来他终于把这块美丽神奇的石头捧在了手掌上。他激动地颤抖起来，高兴地大叫，声音回荡在整个贝加尔湖。绿色的鱼却消失不见了，现在佐特尔同样知道，绿鱼给他指的位置在哪，宝石就隐藏在哪。他再次说："谢谢你，芭芭雅加！"

然后他小心翼翼地躺到草地上，将紫龙晶宝石放在他的左掌上，并用右手轻轻地抚摩着这块闪闪发光的光滑的石头。他闭上眼睛，轻声地说："我想要变成人。"

此时有人用力地摇他的肩膀，而且在很远的地方他就听到了一阵欢声笑语："嗨，科里亚，你个老懒虫，居然在大白天睡大觉、做白日梦！给我们煮汤的蘑菇在哪呢？"佐特尔擦擦眼睛，眯着眼睛看看太阳。

现在他还不能理解这一切。现在该叫他“佐特尔”还是“科里亚”呢?

坐在他面前的是他梦里面穿着红裙的笑呵呵的女孩。她叫阿努莎卡,他简直不能相信。难道他这么长时间一直都在沉睡,还有他的漫游都只是在做梦吗? 他不知道他应该想什么。他昏昏沉沉地摇了摇头。

这时阿努莎卡问他:“科里亚,你的左手抓什么抓得这么紧啊?”

他张开左手,然后两人都看到了这块带着白色圆圈和圆点的紫罗兰色的石头,如此漂亮,就好像他们从来都没见过一样。科里亚容光焕发,高兴地把阿努莎卡抱在手上转起圈来。

“我们把紫龙晶宝石放在家里的窗台上,这样幸福就会永远伴随我们了。”科里亚说。

而且事实上——第二天幸福就已经开始了。

阿努莎卡煮的甜菜浓汤在整个西伯利亚地区是最美味的。新鲜的花椰菜、胡萝卜的味道以及一碗雪白的酸奶的味道从房子里飘出。科里亚津津有味地吃了两大碗,他觉得这实在太对他胃口了。

当他俩星期天去教堂的时候,科里亚一路上高兴地放声歌唱,歌声是如此的美妙动听,以至于人们都忍不住驻足回望,惊叹不已,阿努莎卡用手捅了一下他的腰。“科里亚,不要这么大声。”她轻声地提示。科里亚可不在乎呢,他知道自己为什么一定要用心地去歌唱。

而且谁读了这个故事,谁也同样能知道这其中的原因了。

希尔德穆特·比尔兴(Hildemut Bölsing),1941年生,德国著名儿童文学女作家和水彩画家。

黄清,男,1995年9月出生,江西宜春人。现在西南交通大学攻读德语语言文学硕士学位。

散 文

Prose

晴隆：二十四道拐

文——陈 忠

当我看到24个呈180度的回头弯的山间公路时，首先在我脑海出现的是这三组词：险要、硝烟及抗战。历史拒绝道听途说的阐释，更拒绝凭空想象的杜撰。历史是靠文字的碎片拼贴起来的，但这碎片是有裂痕的，所以，我们永远也看不清历史的真面目。这条在倾角约60度的山坡上以S形蜿蜒的公路，远比我们目测到的深远和广阔。在这个有阳光却有些湿冷的冬日，我走进了处在偏僻的大山里的晴隆古城，从一些泛黄的文字和黑白照片里，知道了这里是贵州、云南、广西三省的交叉处，曾是中国西南抗战运输史上一个重要的节点。

抵达二十四道拐，必先通过一个叫鸦关的滇黔古驿道。早在宋元时代，便有行人在此艰难跋涉。晚年时期的徐霞客，曾一路跋山涉水来到过这个地方。他曾在《黔游日记》中写道："日过牛马千百群，皆负重而趋者。"还有大象从桥上通过，"望之飘渺，然践之则屹然不动。"

二十四道拐像一条游蛇，盘旋曲行于雄峻陡峭的晴隆山脉和磨盘山之间的一片低凹陡坡上，凝视久了，会感觉这条游蛇又像是一条在风中游动着的飘带。弯曲的山道上偶见停放的军用吉普车、卡车、沙包、水泥砌的挡墙,除此之外,就是沙粒铺就的山道、幽深的谷底、险峻的山坡。不曾见到过烂漫的鲜花,也没看见盘旋在空中的山鹰。只有挺拔的青冈和马尾松、杉树、润楠,还有大片开着白花的芦荻。偶尔会有几丛紫红的三角梅出现,让这个冬日有了些许的暖色。

二战爆发后,中国沿海各港口均被日军封锁,美国的援华物资经过滇缅公路到达昆明以后必须要经“二十四道拐”的滇黔公路才能送到抗日前线和“陪都”重庆。抗战中后期,每天平均有3000多辆运送抗战物资的大卡车,昼夜不停地经过晴隆“二十四道拐”,向当时的战时首都重庆输送战备物资。二十四道拐成了中缅印战区交通大动脉,承担着国际援华物资的运输任务。

我不知道七十七年前对二十四道拐进行维修的那些日子,是否也像今天这样湿冷,但我知道在这条坡度70度左右的山道上,晴隆县城所有的劳动力几乎全部出动,自带干粮和简陋的帐篷,能拉能驮的牲口也全部上阵。七万中国民工和美国1880工兵营第二连(B连)的官兵一起,劈山凿石,仅用六个月就修通了这条被美国总统罗斯福誉为“人间奇迹”的二十四道拐。

六个月,在这三个简单的汉字背后,隐藏着多少不被世人知晓的秘密。在这一百八十个日出日落、花落花开的两个季节更替里,沙砾的公路上,铺满了多少骨肉血迹?又有多少次泥石流在大雨滂沱的夜晚从山顶上滚落下来,然后将公路冲毁?那是世界上最奇特的一支筑路大军,由汉族、苗族、壮族、黎族等少数民族的老人、妇女和孩子组成。他们自带粮食和泡菜坛子,没有一分钱工资。因当地的青壮年男女大部分都应征入伍去了,所以,砌石垒墙、加固堡坎、护坡固土、开挖扛抬的粗重活计,都交给了穿着蓝色土布衣服的妇女、老头和孩子,他们用伤痕累累的双手,艰难地将维修的公路从幽深的谷底向着险峻的山顶依序移动着。而这支庞大的施工队伍周围,时常会发生山体塌方、土崩、翻车、敌机轰炸和巨大的石碾子从身体上滚过的惊险事情和遇难的场面。

我仿佛看见了一个13岁的少年,在1944年的5月,他单薄的身影出现在四川广汉机场的施工现场。他正跪在地上,用力地砸着修建机场跑道用的石子,双手都磨破了皮,但他依然像大人一样坚持着,浑身都晒黑了,还要忍受着蚊虫的叮咬。

这个少年，就是诗人流沙河。

一只山鹰，孤独地飞过一棵落尽叶片的青冈树。青冈树就像曾被火烧过一样，枝干黑硬，金属般刺向阳光轻飏的蓝天。

延绵起伏的群山挡住了我的视线。我不知道盘江大桥在那个方位，它的流水是否还那么湍急，但我知道，二十四道拐一定和它紧密地连接在一起，共同组成了一条通往中国命运的给养线和抗日历史的隐秘通道。

山风再一次吹过闪着银白光芒的芦荻花。在观景台上，我隐约看见了远处的史迪威美军小镇。如果没有一缕袅袅升起的炊烟，那个静谧在时间深处的小镇，就像凝固了一般。我知道那个带着异国风情的小镇，春天来的时候，会开满雪白的梨花和大片黄灿灿的油菜花，而点缀其间的工兵营、高炮阵地、车站、加油站和中国军队的后勤医院、指挥营等历史遗迹，还有粉墙红瓦的美式乡村风格的建筑，会让没有经历过硝烟和战火的游客尽情地拍照留念。而每一个来过这里的游客，都会在一派恬静祥和的景象中饮酒、喝咖啡、欣赏音乐、度蜜月，他们永远也不会再听到山谷里传出的“叮叮当当”的筑路声、军车马达的轰鸣声、日机投弹的爆炸声，目睹到大轰炸之后的血肉横飞、翻倒在路边的美式“道奇”卡车和运送军火的车辆爆炸的残酷场面……七十多年的岁月之风，已将死亡和恐惧吹得烟消云散了。这里，已变成了美丽的“东方卡萨布兰卡”。

此时，我就站在观礼台石阶上的一铜像前，背面是矗立起一座所谓的“防空堡垒”。铜像很高大，是根据一张历史照片雕塑的。由两个人组成，一个是着少数民族服饰的中国民工，另一个是左手提着步枪的美国士兵。他们的嘴上都叼着一支纸烟，面孔贴得很近，显然是在从对方的纸烟上取火点烟。我仰视着，想从他们棱角分明的面孔上看到些微妙的表情。从金属雕刻的肌肉上，永远也感受不到一丝情感的温度。但我知道，是许多个“他们”共同见证了二战期间，中美两国共同对抗日本法西斯的战火友谊，无论现在世界格局如何变化，在中国人民的抗日战争期间，美国军民进行的无私援助，值得我们永远礼敬。

曾在一个微博上看到过一个故事，说二十四道拐附近有一个叫李少奎的村民，他和一伙同乡当时帮助美国士兵们修公路，每天工作到很晚，总是最后一个回家。于是，每当他深夜回家时，他的美国朋友就会用车子的探照灯照着,直到他到村子家门口。

那盏灯,一直照在当地老百姓的心里。

当我离开晴隆,才发现自己只是走近了二十四道拐。二十四道拐两端延伸出去的道路,依然是隐秘的,布满玄关的。

陈忠,字明谦。1960年出生于济南,2007年就读山东大学作家研究生班。出版个人诗文集《在夜的旷野上》《漂泊的钢琴》《青苔上的月光》《徐志摩与济南》等,并在《人民文学》《文艺报》《星星》诗刊《诗选刊》等几十家国内外报刊发表诗歌、散文、小说。

积续那一点点自然的光

文——钱欢青

春天如期而至。所谓"至信如时",真正守信的,是时间和自然。

数丛艳丽的梅花,就在墙角。深的粉色,花瓣叠着花瓣,一瓣一瓣争着怒放出来。拐一个弯,路两旁两排连翘,是明亮的黄。和连翘很像的是迎春花,开在球场两侧的路边,也是明亮的黄。我喜欢这连成片的明亮的黄,是一抹安静的却又涌动着的热忱。

那株白玉兰就在卧室窗外,某一天醒来突然映入眼帘。树并不粗,却很高,一朵一朵玉兰花开出来,摇荡在春风里。白玉兰真是花如其名,洁白、高贵,有一天夜里春风狂放,我还担心"花落知多少",早上醒来急急忙忙拉开窗帘,呵,她们依然亭亭玉立昂首在高高的枝头。

白色的还有杏花,半山腰上一丛丛盛开的都是杏花。沈周写白玉兰"点破银花玉雪香",我却觉得那一丛丛杏花更像是雪。说杏花人们一定会引陆游《临安春雨初霁》中的名句"小楼一夜听春雨,深巷明朝卖杏花",其实放翁此诗并非为杏花而写,写的乃是自己的心境,一种淡淡的悠长的哀伤。首联"世味年来薄似纱,谁令骑马客京华",已经为全诗打下了忧伤的基调,这忧伤来自世味人情的淡漠,言下之意:世界如此冷漠,我还兴冲冲跑京城来干吗?所以尾联的感叹也格外意味深长:“素衣莫起风尘叹,犹及清明可到家。”在首尾两联的忧伤笼罩之下,是颔联“小楼一夜听春雨,深巷明朝卖杏花”,和颈联“矮纸斜行闲作草,晴窗细乳戏分茶”。听春雨,写草书,临窗饮茶,连沏茶时突然涌出的细细白沫都那么生动、有趣。用一句流行的话来说,陆游仿佛是“认清了生活的真相,而依然热爱着生活”。

诗之能穿越时空抚慰人心,在于我们仿佛可以通过数百年前写下的文字和诗人心意相通,仿佛可以就坐在诗人的对面,和他一起听雨、饮茶,和他一起体会细小的喜悦、弥漫的忧伤。就以这一首小小的诗而言,诗人对世界是失望的,然而倘若世界是一袭弥漫天际的灰袍,我们总还是要撕破一个口子,探出头来望一望蓝天。于陆游,一腔壮志难酬,“铁马冰河”只能“入梦来”,世情如此淡漠,只好听雨、写字、“戏分茶”,是要紧紧抓住那一点点美好,来安顿内心。但这一点点的美好又是多么的可怜,浩瀚的内心又怎会如此轻易就被安顿。“一怀愁绪,几年离索”是爱情的无限怅惘,“家祭无忘告乃翁”是一生抱负的落空。在陆游笔下细小的美好里,我们依然听到了命运的悲怆交响。

然而即便如此,我们还是需要紧紧抓住那一点点美好。为的是,不要让心里的阴影浓重得照不进阳光。有一阵子我特别悲观,花开看不见,鸟鸣听不到,就是对着一帮刚入学的年轻学子,满怀激情地讲完新闻理想,心却依然迅速坠入灰霾的低谷。一个人骑着摩托车穿行在熙熙攘攘的街道,只觉得阳光刺目,仿佛阳光也是由灰尘凝聚起来的。想想自己从南方到济南竟已二十余年,浑浑噩噩如此,不禁悲从中来。“二十一年济水游,越地少年已秃头。风雨如晦鸡鸣灭,空对青春说哀愁。”回家后潦潦草草写下一首诗,觉得对世界对自己失望至极。

我想对每个人来说,生活都是有问题的。区别在于,有些人把问题凝固成了悲哀,有些人承认问题、直面问题,让问题的缝隙间终于照进来阳光。读张定浩的书,看书里有这样的话:“那最初感受到的好,没有一点渣滓,所以可以就这么一直好下去,每次都有同样的好。”如《卿云歌》所唱:“卿云烂兮,纠漫漫兮。日月光华,旦复旦兮。”张定浩说,人心里的那块黑铁,之所以遇到《卿云歌》能得以解脱,是因为这歌完全没有要去碰触、消化抑或摧毁那黑铁的心思,它只是说,“旦复旦兮”,永远从光明到光明,始终纯粹的积极进取。“因而,人真正要学的,就是怎么积续那一点点自然的光。”所谓“日就月将,学有缉熙于光明”,“缉”是积续,“熙”是自然光,说的便是天上的日月光华,如何旦复旦兮地成就在人身的过程。这种成就的最后,落实在《卿云歌》里,便是八伯对大舜的赞颂:“明明上天,烂然星陈。日月光华。弘于一人。”如此,“那样的人,那样的光华,见到了就不会消失,不会败坏,更不会毁灭。倘若真觉得他们都不存在了,那只是我们的无明罢了”。

不要做一个“无明”的人,要让光照进我的胸膛。要看得到葱茏,闻得到花香,听得到鸟鸣;要感受得到山之野性,水之汹涌,风吹树林的柔情;要记得住岁月投注在我们内心里那一点一点生命的亮光;要不灰心、不丧气,要让这亮光积续起来,去赢得生命的宁静和丰盈。

钱欢青,浙江诸暨人,2002年毕业于山东大学文学与新闻传播学院。现供职于《济南时报》。曾获2005年度山东省文化艺术科学优秀成果二等奖、2007年度山东新闻奖报纸副刊作品金奖、第七届山东省刘勰文艺评论奖等。著有《考古济南:探寻一座城的文明坐标》《古村落里的济南》《齐鲁国宝传奇》等,主编《济南文学地图》。

的士高年代

文——万心雨

我始终坚信,在这片广达 960 万平方公里的大雄鸡版图上的每一块土地都拥有自己的秉性,他们有的温婉中见狠厉,有的粗犷中出细腻。

譬如济南,冬天北风萧萧,雪花飘飘,我到济南不足一年,只经历过一个冬天,恰巧遇上老舍所说“下点儿小雪”的情景。尽管如此,济南依然是一座冬天没有夜生活且能让我的脸被风刮得生疼的城市。再譬如我的家乡重庆——仰仗着无数火锅店与错落建筑而走红于社交网络的网红城市,重庆在热情接待打卡人士的同时也自得于夜晚十八梯下,滨江路上汽修、货运点里赤膊、冰啤酒、黑旧吊扇的老山城热气蒸腾与跨江大桥上灯景的变换瞬息。最后是成都,未到成都之前,山城土著无法想象距离家乡不到五百公里的兄弟城市的性格会如此截然不同。

比起重庆,成都的自得显得更有格调些,它藏在友校对文化巨人苏东坡的讲授中,藏在“我家江水初发源,宦游直送江入海”中,藏在“此身合是诗人未?细雨骑驴入剑门”中。初到成都的日子里,多雨的九月也颇为自得,用湿疹给我下足了马威,室友小五看我一边擦药一边叫嚎便顺嘴安慰我说,友校医学院资历深厚,校医院一针见好。

说到这里,我在成都一共收获了三个新室友,她们分别是小五、小六和小七。再说我的三个新室友之所以叫“小五、小六、小七”,是因为叫小五的室友原本姓伍,因此在这篇文里剩下的两个人就顺着“小六、小七”来称呼了,而我恰恰由于视力相对优越从而配不上“小四”这个称号。某次夜聊时，小五坦言日后想做创意策划，小六立志当兵，小七渴望收获爱情，而我无甚大志，所谓人各有志，莫不如此。

在我们四个人当中，有不少的“唯一”。譬如我是唯一的非新闻人，她们练人像摄影时我就自动沦为没有感情的工具。再比如小五是唯一的非单身人士，因此关灯后就是她的恋爱心得开课时分。还有就是小六是唯一的非川渝人士，她直言吃米吃了一年有点反胃，无时无刻不在怀念河南的面食。

而在饮食喜好上，我和小五达成了高度的一致，嗜辣、好重口味，煎炸蒸炒、各地菜系都能大胆尝试，日常因为食堂互吐苦水、外出开荤，因此成为彼此稳定的饭友。或许是天顺人意，友校的深夜食堂推出粤系风味的生滚粥，一时风头无两，大家争相品鉴。从此长队求粥的队伍中必有我和小五的身影。

生滚粥分鱼片、猪肝、鸡肉三种口味，明火白粥作底，上述三种荤食取其一，盛半碗加入其中，再将切成半大不小的丝状白菜添入大量，辅以姜丝、油、调料以增稠增味。粥好盛入碗中，加上薄脆、香菜、葱花，才算大功告成。以上步骤虽不算繁复，但总是耗时良久，在窗口不多的情况下，队伍便如劲道的面条不断拉长，有时竟长至门外。我和小五在队列的尾端便有了分工，一个向前紧盯生滚粥师傅何时抬锅摆灶，一个向后观赏后来者几何聊以自宽，不时进行信息交流。后来再看就有点荒诞了，两个人，长到仿佛无止境地等，只是我们深知我们等的是一碗热腾腾的粥，而不管队伍多长，我们总会等到。

而正是在生滚粥的口味上，我们的味蕾开始产生分歧，原因无他，小五嫌猪肝粥太腥，我嫌鸡肉粥太淡。在我看来，生鲜猪肝同白粥、菜丝融合得刚好，成品色泽偏金黄，口感咸香，鸡肉虽纹理分明，熬粥却难入味，是以粥色偏白，味道寡淡。小五信我一回，大感受骗，从此再不买猪肝粥，只坚守她的鸡肉粥，我倒是时不时尝几回鸡肉粥的滋味。生滚粥刚出锅时极烫，因此需用勺子搅一搅再入口。某次她在搅粥时同我闲聊，说她三五年后大概率是要留在成都工作的，只因这里的媒体运营环境比重庆好上太多，多半是先去稳定的工作干几年，为爱发电也需要资本。我惊叹她竟远虑如斯，而相比之下，我的欲望似乎要圆钝很多，像是沙漠里枯竭的湖，干涸着反而能一把攥住我的心脏。曝光食品行业内幕的记者惨死,小五惊怒,我是门外汉,唏嘘之余说不定改投曝光体育行业内幕。但这并不妨碍此时的我们在“打开天窗说梦话”这一点上再次达成共识,与此同时,粥也差不多转为温凉,转眼我们又低头自顾自地喝粥,我点的猪肝,她点的鸡肉。等到小五率先喝完,我碗里的粥接近见底,她看了我半晌后对着我的头顶说:“很多年后我可能会忘记你叫什么名字、长什么样子,但我会记着有人陪我排队喝生滚粥。”

临近新年也临近期末,课业就跟旧年一样快要走到头,空闲日子和考试的恐惧与日俱增,因此恨不能抓紧一切时间往脑子里偷渡答案。静坐半天后,我跟小五往往选择在吃完饭后晴朗的中午去图书馆外的草坪上晒太阳。这时候我跟小五常常手捧一杯酸奶,旁边理工科男生背思政的声音洪亮,我们则躺在一起畅想未来。我有一门课由一位脾气与才气兼具的教授打分,因此尤为忐忑,躺在草坪上时都忙于押题,一些串联起无数事物的名词划过我的脑海:一个叫遇罗克的人、一个叫北岛的人、一个叫王小波的人,当我最终在试卷上见到这三个人名的时候,猛地发觉我在过去的短暂瞬间里曾有幸一窥未来发给我的牌,但最终苦于思索如何将其进行组合才能搏到我想要的彩头,如果握在手里的牌能算作我的筹码而彩头本身也具有意义的话。想到上次一起“打开天窗说梦话”,敞亮得好像一杆进洞的一记直球,如果与预想的轨道偏离,又恰好碰在一起,人生或许就是如此戏剧。小五一口气把酸奶喝完,毅力坚定地拉我回去再静坐半天。

或许正是静坐使我口味发生了改变,一连好几天我喝的都是鸡肉粥。等粥的时候后厨有位女职工摔烂了碗,一个穿着气势端肃得过分、像是总厨的中年男人严肃地训了她两句,女职工插科打诨认错讨饶保证绝不再犯,事情也就轻轻揭过了。或许我天生看戏本领,总觉得那位总厨不像总厨,像是银行的经理或者某个科室的主任,就连犯错的人向他讨饶的姿态也衬得他像,但他居然是个总厨,这一幕就显得有些滑稽,而他向我投来一眼,像是已经窥破我所有的想法一般,倒是叫我不好跟小五分享我的所思所想。正巧煮粥的师傅看到我,叫我跟小五明天赶买早一趟的生滚粥,明天要早些收班。小五说,果然是年末了,煮粥师傅也得回家过年了,明晚就用烧烤代替原本的粥作为共处半年的告别。我颔首同意,离开成都的前一晚是该好好感受一下成都的夜。成都是有夜生活的城市，这里的烧烤啤酒摊夜不见收，市中心九眼桥酒吧一条街灯火通明。我想起来临近考试周，我由于期末演艺事业缠身，少有机会同小五一道品粥。于是一次排练的临时取消让我和小五都兴奋不已，捧着热腾腾的生滚粥，小五问我，演什么戏。我说，得演两部，《西厢记》和《1984》。小五搅了搅碗里的粥。我补充说，《西厢记》里演张生。她转脸又问我另一部戏演什么。我吸溜完一口粥答她："电屏。"小五看着粥能入口了，将勺子忙着往嘴里送也不忘发问："那谁演车呢？"我愣了一愣，想起校园里扫码租借的共享电瓶车，顿觉啼笑皆非。从回忆里抽身，才发现我分明点的猪肝，师傅却以我最近都喝鸡肉粥为由擅自替我煮了鸡肉，至此，小五和我的两份粥煮在同一个锅里，白粥底、鸡肉、菜丝、姜丝、油、各色调料开始互融。

离开的前一晚，要在农历的旧年里同最亲近的朋友告别。走去吃饭的路上，小五忙着回手机信息。某个社区门口的圣诞树仍未撤走，成都城市边缘的街道上也还有节日的喜悦气氛。小五突然说，她男友的室友跳楼了。这无异于电影的开场，一个无关紧要的人从高楼上跳下，然后人群理所当然地围拢，命运的蝶扇动翅膀，鳞粉落在主人公的肩上。出于这样的逻辑，我说，那他可以保研了。小五顿了一顿，"七楼，目击的人说很果决，我男朋友见他最后一面就是从辅导员和警察手里的照片辨认一张血肉模糊的脸。"沉默。那天晚上我们吃得很多，胃部的胀痛真实而鲜活，噩耗与它遗留的战栗也始终真实而鲜活。

故事说到结尾，尽管都是出自音译，的士高并不如枫丹白露宫、梵婀玲之流优美，不过我总要卖力说明它作为篇名总归还不算太过失当。成都的早晨有雾是常事。上课必经的长桥架在明远湖上，栖过白色水鸟、潜过游鸭与漂过塑料瓶、枯叶和流浪狗腐尸的湖显然是同一片湖，就连早上的雾气也跟这湖脱不开关系。雾把周遭藏匿，长桥就成了一条通向深渊的路，这时我走在桥上，任由未知情绪短暂掳获我一秒，然后照常迈下步子去上课，而那短短的一秒间有什么，恐惧、迟疑、迷茫还是兴奋，我也说不清。我离开的那天，2020 年 1 月 9 日的早上也有雾，当车载音响放起那首土嗨金曲的士高时，我在黑漆漆的狭小空间里看见一个山洞，在山洞的尽头、在看不见的暗处，一张蛛网悄悄攀结在足够大的洞壁上，它有生命的沙盘那么大,后来再看或许还有一只雄鸡的版图那么大。由于黑暗,我看不清这片巨大的洞壁上原本是什么,是交织变换的光影,是天真的欲望、野心与纵欲狂欢,是墓葬里不见天日的精美壁画,还是颂赞、憾恨或者怀缅,我不知道。然后这时候恰好有一场雨,而它足够轻巧,恰好由一阵风送往洞内,那雨点恰好符合力学原理,缀在了蛛网的中心处,于是整个蛛网摇摇欲坠,这时我嗅到水的味道、石头和泥土的味道,它们融在一起,于是我开始怀疑那蛛网是否原本就和洞壁长在一起。或许我本该笨拙地想尽一切办法来诅咒、撕扯那片蛛网,但最终无力,任由这阵风搅动猜疑。2020 年 1 月 9 日的早上有雾,通往成都东站的公路像是通往深渊的长桥,畅通无阻,我好像没有欲望地坐在车里,任由那片摇摇欲坠的蛛网钩住我的心脏,短暂的一秒,像是上课途中被莫名情绪掳获、躺在草坪上脑海里闪过三个人名一样短暂,短暂过后,准点抵达。

万心雨,山东大学文学院 2018 级本科生。

中和山踏雪

文——杨胜祥

冬月二十日，天雨雪，山水一白。后十九日，极目而视，问雪安在，见苍岳山腰以上尚余白雪，遂与二友人俱，登中和峰踏雪。中峰山势崆峒，森林障目，古道崎岖，若现若隐，非友人识其路者，不可至其腰。苍松翠柏之间有红墙黄瓦，古之上帝宫也。土人谓之“中和山”。距观十余步，有残碑独立，李中谿之仙道碑也，乃仆地拜之。盖中谿殁后，门人立此碑，以昭明夫子之仙道也。上帝宫旧有康熙帝“滇云拱极”之宸翰，今已不存，唯余提督偏图之匾额记焉。观前有台平阔，下视百二山河，村舍罗布，阡陌交通，浮屠俊秀，城郭整齐，洱水环抱，远山连绵。上帝宫可谓之尽善尽美矣。然雪迹依稀，于踏雪言之，不免美中不足。

从观往上百余步，有路横前，玉带路也。玉带之上，云烟出没，人迹所罕至焉。逡巡而不敢上，遂遵玉带而南行。两侧古木参天，怪石重岩，随山曲折，妙趣横生。不觉至一谷，山石嶙峋，绝壁巍峨，望见积雪皑皑，由山而下，雪水下泻成溪，所谓“中溪”是也。有亭翼然临于溪上，屋瓦尽白。踏雪登亭，道远足疲，遂小憩焉。雪水云石掩映，不啻仙源也。

南行，道路木石如故，然多遇残雪，颇有兴味。途经凤眼洞，路无由入，崩坏故也。余尝闻诸故老，谓洞中有仙人床，情死者多坠崖焉。然不得亲见，以是为恨。行久久，至绿玉溪谷，忽闻水声震天动地。非波涛澎湃，何来气势如此。然下视流水，只一细流尔。未几寂然，友人怪之。余见漫山松海，笑谓曰：“盖松涛也。”复行久久，至龙溪谷，极深远。谷中有龙女沐浴之所,七龙女池也。由山以上有池者七,水极清冽。水流石上,飞漱其间,珠帘炫耀,龙鳞照烂,古人谓之“消魂”云。有一梅傍池而生,凌寒而放,映雪含香。

又南行十里许,至清碧溪谷。玉带路至此而终,遂下至谷底,两侧悬崖绝壁,高耸入云。南有数丈雪瀑飞泻而下,流成三潭。潭中石子粼粼,晶莹透亮,水至清如翡翠。李中谿尝谓“下潭水光深青色,中潭水光鸦碧色,上潭水光鹦绿色”云,极贴极切也。东向,欲沿溪岸出谷,两壁多摩崖,顾见“禹穴”二字,点睛之笔也。流水时激疾如白雪,时潺湲如透玉,时鸣如惊雷,时脆如佩环,心甚乐之。

东行五里许,尚在谷中,遂南登圣应峰。盘旋其足,沿羊肠而行久,足痹不可立,箕踞而坐于道者三。经感通寺,寺门已闭。时已暮矣,天色幽晦,无意流连风景,遂强步下山。至家,明月高悬。

初,张、杨等四女士往中和山行香而以相机图绘其景。余见其雪景清幽,渺然有踏雪之思。访诸友人,欣然规往,遂有此行。二人者,杨君汉蔚,李君双标。阏逢敦牂之年腊月初十日叶榆杨某记。

杨胜祥,字希德,号青洲,云南大理人。山东大学儒学高等研究院中国古典文献学专业2020级博士研究生。

老口琴

文——徐宗文

外公的书柜上卧着一只口琴。

镌刻有精细花纹的铁制口琴匣子稳稳地紧挨着酱黄色的书皮，静卧在书柜的玻璃之后，十七年来从未挪动过位置——如果把三年前的那一次小意外除开的话。那时我兴致勃勃地给外公的藏书做外形修复，在抽取出厚重的《道德经》时，书脊碰落了琴匣，琴匣落地时如一张受惊的嘴似的张开，口琴从湖蓝色天鹅绒布里弹出来，簧片发出迟钝的震动声。外婆见状，拖着病腿，慌忙火急地奔来，一面心疼地叫唤："哎呀呀！这还了得呀！"外婆从我手中接过捡起的琴与琴匣后，贴着老花镜的镜片不眨眼地检查，双眼周围的皱纹挤成了无数道沟壑——小巧玲珑的口琴曾在外公的吹奏下，迸溅出悠扬如云的轻灵乐音。外公过世之后，我们将口琴奉于书柜最高层，不曾挪动。

外公是国民党营长的儿子，很小他的父亲就被镇压了，据说是准备逃到台湾去的当天晚上给捉去枪毙的。外公与一个弟弟、四个妹妹从小依靠寡母。

家住在江边，曾祖母卖洗脸水换毛票。码头上有来往的工人、渔夫。曾祖母天蒙蒙亮就烧好一大锅水，用竹暖瓶装好，一手提暖瓶，一手端放了毛巾的搪瓷脸盆，在江边叫卖，有客买，便从暖瓶里倒出些热水在盆里，等客洗完了，泼掉水，拧干毛巾，再去寻觅下一位顾客。

曾祖母制得一手好腐菜，豆腐乳、豆干、腌咸菜、腌萝卜、腌豆角，做好了就拿到街上去卖。曾祖母似乎什么活计都干得来，像编筲箕、打篓子、缠草鞋,拉扯孩子的寡母习得了一切可以习得的技能。

曾祖母看重长子。外公是个口才很好的教书匠,讲起课来引经据典,但他少年时似乎不爱说话。几个姑奶奶说外公用功读书时“简直像一尊石像,一动不动”。想看书的少年总有办法弄到许多的经典名著,外公小时候爱捏着分币一家一家旧书铺地逛,淘到中意的,便请求老板再便宜些。旧书铺里满地是宝,外公就这样读到了鲁迅、朱自清、巴尔扎克、雨果、屠格涅夫等人的作品。在二手书店淘书的习惯一直延续到外公年老。

当了一辈子语文老师的外公为我留下了三个书柜的书,也赐予我相伴一生的名字:宗文。他生前非常爱惜每一本书,必要定期整理修复,不少泛黄的书脱了胶,外公便像缝衣服一样使用针线把书脊缝合。外公曾说:“书是旧的,但学到的东西是新的。”我时常翻阅外公留下的书,不仅仅是与书的作者进行灵魂交流,更是和早逝的外公促膝谈心,往往读着读着,眼泪就掉下来了。

外公的书柜上卧着的口琴,是外公格外珍视的,那是外公父亲的口琴。幼年丧父,几十年的光阴是一针麻醉剂,麻醉了关于国民党父亲的记忆,但后来年迈的外公仍然记得,曾祖父穿着藏青色军装坐在小马扎上吹口琴的场景。曾祖父去世后,有关他的一切物件都被曾祖母含泪付之一炬,除了这只烧不化的口琴。

外公十五岁那年从旧书铺的旮旯里发现了一本完好的口琴曲谱,很是欢喜地讲好价钱拿回家,照着谱开始练口琴,一个月后,已经吹得像模像样了。

外婆最为熟悉外公的口琴曲调了,当初可是因为外公的口琴吹得好,外婆才看上外公的。外公二十五岁那年,曾祖母送了五十个土鸡蛋给媒婆,央媒婆寻一个清白的好姑娘。手脚粗壮、干活勤快的乡下小学老师云芝被媒婆相中。云芝有小学文凭,长得清秀,梳一条光滑结实的大麻花辫,见了人总是憨憨地笑。云芝有一副好嗓子,是大队的台柱子,村子里的老老少少都爱听她唱歌。台上那副水灵劲儿,让云芝在乡下姑娘当中鹤立鸡群。但云芝不太会听话,和她说话稍微拐几道弯,她就昏了头,只会用不解的眼神看着对方,嘟哝着表示自己没听明白。总有人喜欢逗她,故意撩拨她生气,云芝往往上当,一句粗话瞬间就冲出嘴。云芝对人说话,轻重拎不清,公私辨不白,对象分不明,心里的事,只管一股脑儿地倒出来。

曾祖母思量,要是云芝做媳妇应该难得和婆婆闹别扭,便借口想去乡下买土鸡,拉着长子去云芝的村庄看大队演出。

演出开始,是红的绿的一片“咿咿呀呀”的花鼓戏。随后云芝登场,开嗓就是富于时代特征的革命歌曲,一旁有个大叔拉二胡伴奏。云芝自如灵活地摆臂舒腿,又双目圆睁、双拳紧握,像是下了大决心似的。歌曲进入激越高昂的片段,“啪!”突然,大叔用力过猛,拉断了二胡的弦。歌声戛然而止。云芝不知所措地干瞪眼。

一朵音符从观众中迸发出来,随之而来的是圆润激烈的口琴伴奏曲。云芝继续唱下去,直至村民们拍着巴掌叫好。

就这样,云芝成了我的外婆。

我问过外婆:“您和外公是因为相爱结婚的吗?”外婆缓缓地答道:“那个时候的人穷,哪里晓得什么爱不爱,两个人都肯做事、不懒什,媒人往娘屋婆屋一说,娘老子点了头,就算定亲了。”

外婆没有城市户口,外婆的孩子也只能随她上农村户口,没有城市户口就没有粮票,只能吃“黑食”,要高价买粮食。养家的重担几乎全落在吃商品粮的外公身上。外婆找了份工作,每天天不亮就骑车出门去棉纺厂做工,但工资实在微薄。

曾祖母对外婆的态度从满意到厌恶,就是从户口上来的。外婆平时挨曾祖母咒骂是家常便饭,连一针一线缝好的棉被也被曾祖母用剪刀扯开,这样的事简直说不完。曾祖母不愿和长子同住,等小儿子成家后,就跟着小儿子住。

但外婆仍然熟悉丈夫的口琴曲调。

外婆两次怀孕,孕期反应严重,曾祖母自然不愿照顾,外公只能把她送回娘家。乡下的规矩,出嫁的姑娘不能在娘家生孩子。外婆便住在田野里的看田小木屋中,小木屋十分逼仄,只有一张凹凸不平的木板床。娘家妈妈每日给她送吃食。外公周末就蹬着自行车递几斤红糖来,夫妻俩坐在窄床上,相对无言,丈夫吹几首口琴曲子后又骑车离去,外婆站在小屋门口看他消失在村头。两三个种田的爹爹瞧云芝可怜,晚上便在小木屋打地铺挤着睡觉,守护云芝。云芝傍晚冲好几碗红糖水,等爹爹们来喝。

再强势的人也逃不过岁月的审判,曾祖母逐渐老去,骨折、瘫痪接踵而至。老二媳妇嫌弃婆婆没有了利用价值,不愿意伺候拉撒,又不愿别人说她是个挤兑婆婆的坏媳妇,硬是将曾祖母拴在家任其自生自灭。

于是外婆每天吃完晚饭后,走几里路去老二家,有时还带着自己的女儿。母女两人把曾祖母抱进木盆洗澡,擦干,穿上干净衣服,把曾祖母抱上床,喂她吃晚饭,再把沾有屎尿的衣裤、被褥带回家洗。

曾祖母呆滞地流下泪水,每次洗澡、吃饭都跟外婆说几十次“对不起”,临终时把自己平时舍不得戴的、自己陪嫁的一对纯金耳环送给了外婆。

外婆毛衣打得很漂亮,我从小就裹着斑斓的彩衣度过秋冬,母亲也喜欢给我买色彩艳丽的衣服。她们总是说,我妈妈小时候受过的苦不会让我再受。母亲曾对我说,她小时候最欢喜两件事,一是有新衣服穿,二是外公外婆开家庭演奏会。

往往是周末的傍晚,外公坐在家门口的小板凳上吹口琴,外婆和着琴声唱歌。这时,天沉下来变成紫黑色,乳白的月亮浮上苍穹,马路边的两排法国梧桐被风一吹,“哗哗”直响。家里养的小花猫也蹲坐着听歌曲。

艰苦的岁月会让两个原本毫不相干的人相濡以沫。

《茉莉花》《军港之夜》《喀秋莎》《在那遥远的地方》都是他们抚育儿女苦中作乐的仙乐。

外公对待儿女,如同坚硬的口琴,竭力发出美的乐曲。但等到儿女琢磨出外公严苛中的好来,外公已是肺癌晚期、时日不多了。

外公望子成龙,对女儿的要求比对儿子的低,但也低不到哪儿去。母亲上高中时,总是痛经,疼到在床上打滚。高三那年冬天,母亲的棉靴底板断裂了,雪水涔涔地涌入靴子,每次从学校回家,脚已经没有知觉。那年冬天的生理期尤其难挨,母亲蜷缩在小床上,听收音机里毛阿敏唱歌,以此转移注意力。外公下班回家,恼火地发现本应备战高考的女儿房间里竟有音乐声,他破门而入,冲女儿吼:“现在是什么日子时候?啊?几两个月就要搞高考了,你还窝在床上有心思听歌,不叫个良实!古人头悬梁锥刺股,为了学习,再大的困难都应该克服!我二十岁就去过北京师范大学,你这样懒什,你能去哪里?……”

母亲没有告诉外公外婆靴底断裂,这是对衣物的一贯顺从使然。母亲几乎未曾穿过合身的衣服,外公外婆觉得小小孩儿无所谓,直到他们的女儿也有了女儿,母亲才告诉外公外婆自己少年的委屈。外公总给舅舅买比身材尺寸大许多的地摊货,这样可以保证多穿几年,儿子的旧衣服再给女儿穿,又可以省下一笔钱。母亲五岁踏着小船一样的套鞋过雨天,十五岁强忍挤脚的套鞋蹚过积水。母亲读高二那年冬天,舅舅不穿了的旧棉袄已经打了许多补丁,看上去黯然无光,外婆破天荒买了件灰色薄外套让女儿罩在棉袄外面。母亲高兴地哭了,但班上一个后来考上清华的女生嘲笑道:“难为了人家,为了穿新衣服,一整个冬天也不穿棉袄。”

后来,年轻的妈妈参加工作之前,外公拿出整整两个月的工资,领母亲在城里最大的百货商场,挑了好几套时髦套装。外公对女儿说:“是大姑娘了,该穿好衣服了。”

每年大年三十,舅舅和妈妈都带着我和表姐,认真地在外公的墓碑前磕头上香。仪式结束后再回家吃团年饭。我小时候,外婆准备的团年饭,丰富而喷香,一家人先盛一碗饭菜“请”外公回家吃饱,然后大家大快朵颐。近几年,外婆动过好几次手术,腿也瘸了,不再烧年饭,舅妈又不愿意做饭,于是妈妈掌勺匆匆摆出几道菜来,菜肴同样丰富而喷香,但是一家人却没有一起坐下品尝,而是谁饿了谁去桌前吃,当然,最先“吃饱”的依然是外公的亡魂。

外婆的头发少了,白发却多了,腿脚不便也就不大出门,成天困在卧室里低声唱歌。每次打电话告诉外婆我要去看她,外婆都嘱咐我带点新的曲谱。我依然像小时候一样,央求外婆吹吹外公的口琴,外婆总是靠在床上,弯着背,照曲谱唱歌。窗外的阳光洒在外婆的黑绸衣上——外公去世后,外婆就只穿黑色衣服——外公的口琴匣晃着明光,静静地躺在书柜的最高处。

外婆还是把我当小孩子看,趁舅妈不在往我的皮包里塞满糖果巧克力,然后又往我嘴里塞一个大大的老年人爱吃的麻果。外婆一边看着我吃,一边像沉入睡梦中一样无限回忆起往事来。我有时候听得倦了,从外公的书架上抽出一本书来懒懒地读。这时外婆总是会提起外公去北京师范大学深造的事儿。

外公没读过高中,上的是中等师范,毕业后就去教书了。“文革”之前,单位推荐外公去北师大深造,北师大派出了一位老师过来调查。这时,单位的一个女书记偏偏横插一脚,在调查表上写下:“此人是国民党的儿子,桀骜不驯,望北师大领导多多批评。”

外公于是留在家乡,娶妻生子,衰老死亡。

至于那个女书记为什么要毁外公前程,外婆说:“你外公年轻时,倔得像牛。”女书记腹内莽莽,和更大的领导有说不清道不明的关系。外公平素视之若空气,打照面也不招呼一声。

最后,外婆就拍打着我的胳膊,大声说:“好好学,争气呀,争气呀!”这时我已经呆呆地望着外公的书柜很久了。

我常常望着外公的书柜出神,在我的脑海里,外公还徘徊在书柜前,摩挲着一排排书脊。

外公本可以陪伴我成长的,如果他早一点去看医生的话。

外公卧病早期,饭量突然变得很大,外婆找了个算命的瞎子,瞎子说:“这个人的寿命到了,食禄还没满。”外公成家之后二十年,不到年节,不吃一口留给妻儿的肉蔬。餐桌上,外公的面前永远摆着一碗下饭的咸菜。外公好熬夜看书,靠劣质香烟提神,经常头疼,把廉价止疼药当饭吃。

后来外公切了右肺,再后来,连杜冷丁这样的镇静剂也完全不能缓解痛苦,外公在偶尔意识清醒的时候拼命地大喊:“拿条绳子勒死我!”

外公被查出肺癌晚期之后,舅舅和舅妈总是吵架。舅舅悔恨自己少壮不努力,对外公愧疚万分,愿意用一切换回外公的生命。舅妈认为外公没有医治价值,不如省下那么一大笔钱。

我走近外公的书柜。老书略带灰尘感的独特味道潜弥开来。踮起脚尖,双手举起置于书柜最高层的铁制口琴匣,细细地在匣子上寻觅岁月的痕迹。

匣子的底面似乎刻着花体的英文,且深浅不一,看得出是人为刻上去的,但文字之上又覆盖着许多后来的疤痕,已经无法辨认文字的内容,不过从花体印记的间隔来看,应该是某个人的名字。这让我想起了去年过年,外公的四个妹妹聊到口琴的来历——曾祖父在抗战时期领命去过昆明,口琴大概是一位飞虎队队员送给曾祖父的。

琴匣的正面是机器精心雕琢的回纹，不过被一道又一道的刮伤劈得面目全非。但是如果在阳光下微微倾斜一下琴匣，混乱的记号就全都消失不见，只有典雅的花纹明晃晃地游走回环。

口琴常年躺在湖蓝色绒布里，像一根消音的木头，忘记了她曾经迸溅出的喜怒哀乐，但她沉静的样子，又仿佛是庙宇的横柱，承载着许多许多的重量。

我十指捏住口琴，用唇去靠近孔格，肺部送出平缓起伏的气流。我的唇在口琴边缘游弋。

口琴响起了一种沉稳果断的声音，穿透了许多的岁月，带我见到了祖辈的红尘种种，又送我回到书柜前，遥想属于我的未来。

我重新安放好口琴，举起口琴匣，将她置于书柜的最顶端，紧紧挨着酱黄色的书皮，不再挪动。

（特约审稿人：孙奇）

徐宗文，山东大学文学院2019级本科生。

诗歌

Poem

己酉日初雪如霰

文——刘晓艺

相彼雨雪,先集维霰[①]。

便娟[②]墀庑[③],萦盈帷幔[④]。

风翦[⑤]烟絮,纷糅流转。

寂寞中庭,萧索深院。

连氛累霭[⑥],玄云[⑦]峨弁[⑧]。

---

① 《诗·小雅·頍弁》:"如彼雨雪,先集维霰。"孔颖达疏:"言王政教暴虐,如彼天之雨下大雪,其雪必先聚集而抟维为小霰,而后成为大雪。"亦有版本首句作"相彼雨雪",兹因取文义故,从后者。然需注明的是"如彼雨雪"才是正确的版本。集,聚集;霰,雪珠,白色不透明的球形或圆锥形小冰粒,多在下雪前或下雪时降落。

② 便娟,轻盈美好貌。《楚辞·大招》:"丰肉微骨,体便娟只。"

③ 墀,台阶上面的空地。亦指台阶。《文选·班固〈西都赋〉》:"于是玄墀扣砌,玉阶彤庭。"庑,堂下周围的走廊、廊屋。《楚辞·九歌·湘夫人》:"合百草兮实庭,建芳馨兮庑门。"亦泛指房屋。

④ 萦,回旋缠绕貌。《诗·周南·樛木》:"南有樛木,葛藟萦之。"毛传:"萦,旋也。"南朝梁江淹《恨赋》:"蔓草萦骨,拱木敛魂。"南朝宋谢惠连《雪赋》:"初便娟于墀庑,末萦盈于帷席。"上句与此句本乎阿连是语,仅以押韵故改"席"为"幔"字。其后也多有《雪赋》的出处。

⑤ 翦,用剪刀铰。唐韩愈《咏雪赠张籍》:"片片匀如翦,纷纷碎若挼。"宋晏殊《更漏子》词:"蕣华浓,翠山浅,一寸秋波如翦。"清纳兰性德《卜算子·新柳》词:"多事年年二月风,翦出鹅黄缕。"

⑥ 南朝宋谢惠连《雪赋》:"连氛累霭,揜日韬霞。霰淅沥而先集,雪纷糅而遂多。"

⑦ 玄云,即黑云,浓云。《楚辞·九歌·大司命》:"广开兮天门,纷吾乘兮玄云。"三国魏曹植《愁霖赋》:"瞻玄云之晻晻兮,听长空之淋淋。"

⑧ 峨弁,高冠,一般为武官所佩戴。

雱[①]其霏[②]矣,客心退倦。
失路当衢[③],迷经[④]僻县[⑤]。
何以东行,余辔是撰[⑥]。

日月俯仰[⑦],驹隙[⑧]流电。
或载或隳[⑨],孔皆[⑩]遗绚[⑪]。
顾枉絷维[⑫],抚志惭念。
感逝[⑬]怀人,能不永叹[⑭]。

乃申娱思,荐此筵燕[⑮]。

---

① 雱,雪盛貌。《诗·邶风·北风》:“北风其凉,雨雪其雱。”毛传:“雱,盛貌。”《朱熹集传》:“雱,雪盛也。”南朝宋鲍照《代北风凉行》:“北风凉,雨雪雱,京洛女儿多严妆。”

② 霏,雨雪盛貌。《诗·邶风·北风》:“北风其喈,雨雪其霏。”毛传:“霏,盛貌。”高亨注:“霏,雨雪大的样子。”

③ 当衢,正对着大路,或大路中间。《文选·左思〈蜀都赋〉》:“亦有甲第,当衢向术,坛宇显敞,高门纳驷。”

④ 经,通“径”。小路。汉王充《论衡·纪妖》:“〔汉高皇帝〕被酒,夜经泽中。”刘盼遂集解:“经当依《史记》作‘径’……径本小道,而用为动词。”

⑤ 僻县,偏僻边远的县。前蜀韦庄《过内黄县》诗:“僻县不容投刺客,野陂时遇射雕郎。”

⑥ 撰,持,握。《楚辞·九歌·东君》:“撰余辔兮高驼翔,杳冥冥兮以东行。”洪兴祖补注:“撰,雏免切,定也,持也。”

⑦ 俯仰,比喻时间短暂。晋王羲之《〈兰亭集〉序》:“夫人之相与,俯仰一世,或取诸怀抱,悟言一室之内;或因寄所托,放浪形骸之外。”三国魏阮籍《咏怀》诗之三二:“去此若俯仰,如何似九秋?”宋王安石《送李屯田守桂阳》诗之一:“追思少时事,俯仰如一夕。”

⑧ 流电,喻光阴之易逝。语本《庄子·知北游》:“人生天地之间,若白驹之过郤(隙)。”

⑨ 载,谓平安,安定。隳,毁坏;废弃。《老子》:“或强或羸,或载或隳。”河上公注:“载,安也。隳,危也。”陆德明释文:“隳,毁也。”

⑩ 孔皆,普遍。《诗·周颂·丰年》:“为酒为体,烝畀祖妣,以洽百礼,降福孔皆。”毛传:“皆,遍也。”

⑪ 遗绚,犹遗美。《晋书·孝友传序》:“采其遗绚,足厉浇风,故着《孝友篇》以续前史云耳。”

⑫ 絷,维,皆语出《诗·小雅·白驹》:“皎皎白驹,食我场苗,絷之维之,以永今朝。”谓绊马足、系马缰,示留客之意。“絷维”也有挽留人才之意,然此处仅喻挽留住人生中所珍视的过客、朋友。南朝宋谢灵运《从游京口北固应诏》诗:“顾己枉维絷,抚志惭场苗。”

⑬ 感逝,感念往昔。北魏高允《征士颂序》:“昔岁同征,零落将尽,感逝怀人,作《征士颂》。”唐白居易《忆微之伤仲远》诗:“感逝因看水,伤离为见花。”

⑭ 永叹,长久叹息。《诗·大雅·公刘》:“笃公刘,于胥斯原,既庶既繁。既顺迺宣,而无永叹。”毛传:“民无长叹,犹文王之无悔也。”晋陆机《赴洛》诗之一:“抚膺解携手,永叹结遗音。”宋文天祥《跋崔丞相二帖》:“考引昔今,为之永叹。”

⑮ 筵燕,同“筵宴”。筵宴者,宴会、酒席也。

盍[①]具醇酎[②],盍丰庖膳[③]。
珍裘[④]既敝,曾无再眄[⑤]。
浮生亦雪,因时兴涣[⑥]。

刘晓艺,2017年起任山东大学文学院比较文学与世界文学研究所研究员。本科毕业于山东大学中文系,硕士和博士均毕业于美国亚利桑那大学东亚系;曾任美国嘉信理财公司本地化专家及财经翻译、亚利桑那大学 Outreach College 讲师、北亚利桑那大学现代语言系高级讲师及亚洲研究项目辅修指导、威斯敏斯特学院研究员、山东大学文学与新闻学院教学流动岗特聘教授;出版专著5部,发表C刊及英语论文9篇,译作30余篇。主要研究方向:比较文化史、明代物质文化史、民国史及汉英归化法翻译。

---

① 盍,犹“何不”。

② 醇酎,味厚的美酒。《初学记》卷二六引汉邹阳《酒赋》:“凝醳醇酎,千日一醒。”

③ 庖膳,膳食。《晋书·石崇传》:“丝竹尽当时之选,庖膳穷水陆之珍。”

④ 珍裘,珍贵的皮衣。晋卢谌《答魏子悌》诗:“崇台非一干,珍裘非一腋。多士成大业,群贤济弘绩。”《南史·崔祖思传》:“琼簪玉笏,碎以为尘;珍裘绣服,焚之如草。”唐刘知几《史通·采撰》:“盖珍裘以众腋成温,广厦以群材合构。”

⑤ 眄,看,望,亦可引申为眷顾。三国魏曹植《与吴季重书》:“左顾右眄,谓若无人,岂非吾子壮志哉!”三国魏嵇康《赠兄秀才公穆入军》诗:“凌高远眄,俯仰咨嗟。”《南史·陆厥传》:“时有会稽虞炎以文学与沈约具为文惠太子所遇,意眄殊常,官至骁骑将军。”

⑥ 涣,离散貌。

茂岭山赏竹三首

文——李剑锋

一

风骑竹下兽,过隙不停息。
唯有青青叶,声声和马蹄。

二

袅袅怀春久,青衿换素丝。
何需金玉珮,本是入流姿。

三

蓝天如碧海,青眼顾幽奇。
不意琅玕玉,生生入化机。

李剑锋(1970～　),男,山东沂水人,山东大学文学院硕士研究生导师,主要研究方向为魏晋南北朝文学。论著有专著《元前陶渊明接受史》《陶渊明及其诗文渊源研究》等,论文《加强陶渊明接受史研究》《论江州文学氛围对陶渊明创作的影响》《蒲松龄与魏晋风流》等。

诗五首

文——李佳杰

去蜀有赋

少小辞乡频，颇知离别幻。今兹重振衣，忽起风尘叹。峨山林泉秀，三春在天畔。菽水与简编，交争难两善。乃思孝多方，立身诚足盼。誓此抱区区，沉潜向柔翰。鲁岵自可登，蜀江自可唤。明朝家信来，须作奇书看。

与诸友登华不注峰遇雨

一峰苍翠出平林，鸟径盘盘上百寻。
绝顶惊风频落帽，过湖密雨竞盈襟。
云霞早润丹青笔，芦荻犹喧笳鼓音。
眼底黄河真似带，可能东海亦蹄涔。

己亥立冬

鹊华咫尺惯登临，屈指寒声遂到今。
夜静雾吞楼阁没，风喧日染赤黄深。
游神三代时兴叹，极目千山总损心。
想得高堂灯火暖，可能相对忆愁吟。

冬月初五与诸君聚饮杜师府上

不立程门久,安知道业尊。
悬签满芸架,论史佐盘飧。
点滴素心聚,團栾红酒温。
归来应月好,风雨莫销魂。

致八年前之自己

点检行囊偶忆卿,眉间深羡气初萌。
曾无秋怨随霜落,渐有春心寄月明。
养老须乘犹健在,读书莫待太迟生。
岂知一枕寒灯里,旧恨新添百数城。

作者简介:

李佳杰,山东大学儒学高等研究院2019级中国古典文献学专业学生。

一句池长短句

文——常芳

一个斯里兰卡男人

在斯里兰卡
那个被人称作狮子国的地方
我看见了一个男人的沉默
他的沉默是玉米的金黄颜色
不是红色宝石,蓝色宝石
也不是狮子和猛虎的猫眼
金黄色的太阳光,穿过他脸上的沉默
在印度洋蓝色的歌声里,他
和金黄的太阳光溶化在了一起

他身后是一个灰色世界
他站在世界的最边缘,站在他的神旁边
他的前方
是属于神的远方,他的眼睛里
停顿着他的神,走过的脚步
他在阳光里沉默着

他的神,在他的心里
来回踱着步子

他面对的天空
布满了诸神安详的面孔

沙 漏

他手持沙漏
立过来,又倒立过去
先生啊
沙漏里就那么多沙子,就那么多
一如人类的生命、爱和所有
人世间的一切碎片

你正过去,沙子流到另一个空间
这个世界就空了
你倒过去,沙子重新流回去
那儿,那个世界
又空了
正如上帝在他面前虚设的两块沙盘
他把太阳永久地给了一块陆地
没有阳光照耀的海洋里,就不再有欢跳的鱼虾,搅起浪花
他把太阳馈赠给了那片海洋,这块大地上
连荒芜的杂草,也将不再生长
他不断地反复,幻想着把人类和世界
从他的沙漏里
一次次收回,转换,平衡

在沙漏中反复置换你的世界时,先生啊

那沙漏里的沙子,细如人类叹息的沙子
它一刻也没有停止过
把我们同人类的欲望
偷偷地带走
带走那么一点点
又带走那么一点点
它不动声色,默默无声,又温柔可爱
正如爱神的沉默和微笑
它要一点,一点,带走我们的所有
一如死亡之神,最终
要带走那只沙漏和我们的肉体,这座类同我们精神的高楼
带走我们身边这座城市,和它的灵魂
带走我们面前全部的白日,与黑夜
而时间那只不存在的蝴蝶,仅仅,在我们的梦幻中
轻轻地闪了一下翅膀

凡尔赛宫

在那里,他们,只想玩出更多的新鲜花样
在那里,他们,整天都生活在崭新快乐的漩涡里
在那里,他们,没有谁,在黑夜和浅淡的月光里
假装看见过一丝一毫的忧愁,悲苦,袭过云层

那个名字叫玛丽・杜莎的女孩
在她十七岁时,也许是十八岁
也可能是十六岁
只是,人们一直习惯说,在她十七岁时
在她十七岁时,那个名字叫玛丽・杜莎的女孩
她被王后,请进了凡尔赛宫

在那里,在凡尔赛宫,
这个十七岁的姑娘,她喜欢看王后梳妆打扮
在凡尔赛宫,那个十七岁的姑娘
她从来都不属于凡尔赛宫
她从来都不知道,在凡尔赛宫里,
她的命运,和她的眼睛
生来
只是为了带着她,从凡尔赛宫里走出来
一路走进墓地
然后,去寻找那些,在断头台上
被砍掉的头颅

印度跳蛙

在印度
一只印度虎长到二十个月时
据说,已经没有多少动物
不对它产生惧怕
是的,在这只印度虎,长到二十个月时
据说,世界上
只有人类和它的同类
才是它真正的对手

在印度,是的,在印度
在那只生长着印度虎的,印度
一只印度跳蛙
从水里,跳到了岸上
然后
它跳到了,一只印度虎的背上

在印度，是的，在印度
一只印度跳蛙，跳到了一只印度虎的背上
它，让它驮着它
一趟又一趟
巡游着天下

三个警察

在一座荒岛上
它的名字已经不再重要
就是在那座可以忽略掉名字的荒岛上，
一个叫曼德拉的人
曾经，在那里，被囚禁了二十七年
后来
这个叫曼德拉的人，他成为了那个国家的总统
在他上任总统之时
在那座荒岛上，看押过他的三个警察
被他一一请了来

如果没有他们，曼德拉说
他不知道将如何度过，那些漫长的岁月
他说
他年轻的时候，脾气很大
那三个看押他的警察，给他的米饭里放沙子
滴汗水
那三个看押他的警察
用他们能想到的，一切方式
在折磨着他，是他们
曼德拉说
是他们，让他最终学会了
如何跟世界相处

在阿尔泰

在阿尔泰
一条叫克兰河的河流
在最近的远方,傍城而过
一扇一扇透明的窗子,聆听
河水的声音击穿它们
日夜,在人们的心上流淌,回荡,吟唱
蓝天,蓝天,蓝天
它在河水里没有倒影
在拥抱中,它与河水
已经融为了一体
草原的芬芳,遍布河水和空气之中
在阿尔泰
我除了自由地呼吸
还能做些什么

现在是金秋,一切都在丰收
克兰河里
每一块石头都闪着金色的光芒
河畔的街道上
羊奶和驼奶疙瘩,摆满在风中
在风中的奶香里
我嗅着母乳的温暖
丰沛的雨水,隐藏在奶香后面
一位父亲的目光,在不远处的草原上
奔驰,萦绕,徘徊
遥望着,他的
蓝天,大地,河流,草原

阿尔泰，在你没有黑夜的怀抱里
除了自由的呼吸
我又能做些什么

与爱情有关的春天

你和我的孤独，来自遥远的
那面红色砖墙
砖墙上，你用爱情写下的表白
一场洗涤它们的风雨
也让布满阳光的世界，在深夜里泪流满面

爱情再次向我们走来
那么轻，它的脚步和呼吸
一如玉兰花的开放
一朵，又一朵
花瓣一夜间绽满了枝头

花开的那一夜，有一场雨水
坚定选择了，在黑夜里乘风远行
这位善良的君王，它总是喜欢这样
在这样的夜晚，假装与一场爱情失之交臂
此时，也许
在一处辽阔的海面上，它正洒着热泪
穿过内心里熊熊的火焰
让记忆覆盖在一朵浪花上空，等待
或者寻找着，一盏
睡在梦里的灯火

在春天，在爱情温暖的呼吸里

那团失散的火焰,重新拥抱在一起
慢慢地烤干着,我们被泪水湿透的衣衫

多瑙河边的爱情

从一个村庄,到另一个村庄
从一块田野,到另一块田野
从一座城市,到另一座城市
从一双眼睛,到另一双眼睛
谁的白天
变成了谁的黑夜?
爱情
在一座名字叫作奥斯维辛的集中营里
反复记忆着,它曾经拥有过的春天
一朵湿漉漉的,桃花的盛开

距离它不远的街区
一座刚刚熄灭的焚尸炉
黑色的火焰,凝固了多少场
爱情的舞蹈?
在舞蹈中失明的
一双是上帝的眼睛
另一双,还是上帝的眼睛

在蓝色多瑙河的河边
多少年之后,爱情的细节
只在
一双铁鞋,和另一双铁鞋上
呈现

常芳，本名王常芳，中国作协会员，中国人民大学创造性写作专业硕士研究生在读。已出版长篇小说《爱情史》《桃花流水》《第五战区》，小说集《一日三餐》《冬天我们去南方》等。作品多次获得山东省泰山文艺奖、《上海文学》奖。

致梭罗

文——吕钰琪

我相信,这是一个遥远的地方,
最深的泪水不在笼里保护纯真
门农打破红霞的沉默,
青草的露珠不积尘。
一粒盐敲醒八月的风,
时间的天空里垂钓星辰,
普克的激情拥着缪斯在怒放
吟唱是特洛伊退离的神。

木屋脱去夜雾的衣衫,
太阳的光燃烧着月亮的窥探,
自由地享受地平线,
拜访每一棵树,
畅饮愉快的绿与神圣的黑
轻烟舒展双翅,梦锁在秋天

山桃打皱了他的湖,
旋律缠绕山坡,
欲念回旋林间
溪上的漂木是风信子的孤独

一种诅咒是太多的祝福

凝望漩涡中生命的震颤，
是鱼还是眼睛，
他不知道，
也许伊卡洛斯的鲁莽他都可以体谅，
也许不会。

吕钰琪，男，20岁，现就读于河南大学文学院本科三年级。曾荣获第三届中国草原诗歌大赛铜奖、第五届中国新诗百年诗歌奖等。

四行诗(外一首)

文——程子清

1. 忆

那些荒诞的活着的证明
那些燃烧在冬天的石头
赤裸的孤独的草原
抚慰着风吹的雪花

2. 夜

我留下遗言——
维特根斯坦举着火把
回到挪威的房子
在痛苦中写信给你

3. 秋

为你建一所房子,一定
从春到夏
从夏到秋

从秋到冬

4. 灯

我的酒神妹妹
请你打开门
母亲作证
我学做好人

5. 思念

该对你说些什么
月亮羞惭
我抱着你
坐在家乡的屋顶

一个夜晚(自述)

在夜色中
月亮吹遍的你的身体
我爱过的每一片草原

在这个夜晚
我有一颗荒凉的心
正受难于人间第七层

在这个夜晚
一滴黑夜中的泪水
流亡,或者流泪,
后来坐在空空的诗中,死去

在这个夜晚
我住在济南
房间里淌过秋天的河水
雪是意料中的事,你也是

程子清,甘肃河西人,生于1996年,现求学于山东大学哲社学院,有诗歌发表于《星塬》《大西北诗人》《1号文化诗刊》《中国大学生文选》等,作品曾获第九届中国校园"双十佳"诗歌奖。

诗五首

文——李金彦

三月花

二月我的兔子变回了黑色
春分时楼下的大黄和黑头不见了
清明远方的蒿子粑粑已经送来了啊
佛堂前的少年会不会也要离开
夜里钟楼的时针一圈一圈
凌晨有很多猫从眼前跑过
这些花儿叫什么名字
没有人告诉我
犹如在无尽的幻想中
依稀做了一场梦
梦到你
是暖暖的风
是春天的蚕蛹
是三月的一树花

一只特立独行的麻雀

一百只麻雀
在那棵树上欢快地打着转儿

“我已经厌倦了群居”
一只特立独行的麻雀说
“我要飞去那边的树上过独处的生活了”
“我也要”
“我也要”
“我也要”
“我也要”
“我也要”
“我也要”
于是
一百只麻雀
在这棵树上欢快地打着转儿

乙未年八月十五日遗伍仁月饼书

我喜欢蛋黄月饼
也喜欢伍仁月饼
人人皆爱蛋黄
人人不曾提及
童年中长久深情的陪伴
便是伍仁月饼
伍仁月饼驾驭着时光的洪流驰骋
到这韶华流转的年代
骤然深陷被排挤的困顿
伍仁月饼啊伍仁月饼
若你遭受世人的冷落
我愿做你最后的归宿
世间幺蛾子的月饼再多
都比不上你这
最朴实深刻的

传统的中国月饼
谁要是说你不好吃
我就跟他急

电动车后座的少年

明堂堂的清冷白日里
煮过头的半个鹌鹑蛋一样的月亮
马路牙子上晨跑的情侣
杨家锅饼热腾腾的叫喊
绿灯亮起时拉杆箱的轰鸣
都不及电动车后座
靠在母亲背上沉睡的
戴红领巾的那个少年
明快动人

处女座

心之忧矣
如匪浣衣
这大概是
最早对处女座的描写吧

李金彦,2017～2020 年就读于山东大学文学院文艺学专业。

戏剧

Drama

陈小手[1]

文——尹林

1. 字　幕

1895年3月26日，日本派兵占领台湾和澎湖列岛，遭到我国军民奋起抵抗。4月17日，甲午中日海战结束，李鸿章与伊藤博文签订《马关条约》，将台湾、澎湖列岛正式割让给日本。5月29日，日军开始进攻台湾，6月3日，进攻基隆。基隆某守将陈应战死，其怀有身孕的妻子陈李氏仓皇出逃。

2. 夜　内　由台湾至福建的船上

陈姨太和三五个下人匆匆忙忙地跑进跑出。

下人甲：快叫大夫，夫人马上要生了！

屋子里传来陈夫人撕心裂肺的叫声。

一外国男医生匆忙地跟了进来。

医生：She's in danger！ I'll give her an operation right now！ Water！ I need water and you'd better take off her clothes right now！（她很危险！我

---

① 本剧原作系汪曾祺先生仅1500字的小说。先生已逝，谨以此文纪念先生。内容有较大改动，增强戏剧性，从甲午战争到护国运动，本剧为陈小手增添了大量前传，可以说，汪先生的原著情节只是本剧的尾声。但就陈小手这个人物本身，我仍撷取并试图丰富先生之精神内核。——作者注

需要立刻给她手术！水！我需要水,你们最好先帮她把衣服脱掉!)

医生的助手拿来手术箱,手忙脚乱地拿出很多工具,刀刀剪剪摆了一桌。

陈夫人的意识稍微清醒了些。

陈夫人:这里怎么会有男人在？这些洋人要做什么？

陈姨太:姐姐,这是西洋大夫,您刚才流了很多血,需要急救!

陈夫人:放肆！你让这洋鬼子出去!

陈姨太:姐姐,人命关天,您就不要在乎这些小节了！为老爷保住骨血才要紧啊!

陈夫人:胡说！你见哪个女人需要男人来接生的！他要是再不出去,我就……

陈夫人晕死过去。

陈姨太:哎呀,顾不了这么多了！医生,请你立刻手术吧!

一群人手忙脚乱。

3. 夜　内　廊间

陈姨太和下人们还在焦急地等候。

外国医生低着头走了出来。

陈姨太:医生,怎么样了？

医生:(摇摇头) You know, I' ve tried my best ... Only the baby survived ... I'm sorry. (你知道的,我已经尽力了……但是只有孩子保住了……对不起。)

陈姨太:(悲痛)老爷,姐姐去了,我对不起你！(转而想到孩子,急忙进屋去)

4. 夜　内　船舱里

陈姨太抱着陈家遗孤在陈太太面前泣不成声。

陈姨太:姐姐,你我本是同胞,因爱陈将军之才,加之姐妹之情甚厚,同嫁一夫。本不图荣华富贵,但求一世安宁,有所依靠。将军驻防基隆,本也是一方之雄,奈何贼寇入侵,以致生灵涂炭。如今你与将军先去,空留我和

此遗孤……(泣不成声)

下人甲:夫人,如今老爷夫人已去,老爷这点骨血就全靠您抚养着了。您可千万别……

陈姨太:(抬起头)你说得没错,东洋贼寇不除,老爷大仇未报,我要把这个孩子养大,以遂将军之志。(望一下怀里的遗孤)这个孩子,就是我的亲生儿子,我给他取名“复国”,以督促他不忘雪耻!

5. 日　外　福州某条街上

陈姨太一行走在街上,远处一群人聚在一起。

下人甲:夫人,您看前面的人聚在一起,似乎有什么大事发生。

陈姨太:不要惹事,我们只管走自己的。

背景音:这个陈应,真是死有余辜!要不是他投降叛城,基隆肯定不会失陷!

陈姨太突然停住。

下人乙:夫人,那个告示好像是关于老爷的……

陈姨太:你过去看一看,究竟是怎么回事。

下人乙来到人群里,看见清政府颁发的悬赏通告。告示旁边是陈家两位夫人的画像。

背景音:甲午年六月,倭寇与我大清战于基隆,双方交兵,不共戴天。奈基隆守将陈应卖国求荣,献城投降,以致贼寇横行,遂侵占我岛台湾。现此贼家眷逃亡在外,未得缉拿归案,凡有擒此两人者,重赏。光绪二十一年。

下人乙惊慌地看看周围,慌张地跑回去。

陈姨太:告示上说些什么?

下人乙:(害怕又委屈地)夫人,上面说……

陈姨太:支支吾吾做什么!说!难道我们还会比现在更惨么!

下人乙:告示上说基隆失陷,是因为老爷卖主求荣,献城投降。

路人甲:据说布政使顾肇熙也找不到人了,现在台湾完全是日本人的了!我看早晚整个中国都是人家的。

路人乙:说得是!说得是!这年头,好日子没几天了!中国人在中国的地界上看洋人颜色,你看福州的这些洋鬼子,赚中国人的钱,还整天趾高气扬的。世道真是变了!

陈姨太:难道连顾大人也……看来,台湾已经完全被贼寇占了。现在他们来冤枉老爷,我们真的是死无对证了!

怀里的孩子哭声大作,陈姨太急忙带着下人离开街上。

6. 夜　外　福州某条巷子

陈姨太一行人走在巷子里。

下人甲:夫人,朝廷已经下了告示缉拿老爷,您说的这个张大人,会收留我们吗?

陈姨太:张大人与老爷是结义兄弟,光绪十年同老爷共同追随刘铭传大人镇守基隆,后来法国鬼子被赶走,老爷留在基隆带兵,张大人回到福建。这份情谊,相信张大人不会忘记的。

下人乙:夫人,我们这样找要找到什么时候,不如问一下张府在哪吧。

陈姨太:慢着! 现在我们几个全部被通缉,一旦被认出来,自己性命不保,还要连累张大人! 我们比不得从前在岛上,现在什么事都要小心一些!

一行人来到一处宅邸,大门上写着"张府"两字,但是却被贴上了封条。

一乞丐坐在门口,看见陈姨太一行,很不耐烦。

下人乙:喂,要饭的,张大人家怎么被封了?

乞丐:(看了外地人一眼)有你这么问人的吗?

陈姨太:(斥退下人)请问这位大哥,张家人都哪去了?

乞丐:张家的人帮汉奸陈应说情,触怒了当今皇上,皇上一怒之下把这些叛徒流放了!

下人甲:你说谁是……

陈姨太:住口! (努力忍住内心的难过)谢谢这位大哥了。给这位大哥一些银两。

下人甲不服气地丢给乞丐一些银两。

陈姨太:这位大哥,我们初来此地,人生地不熟,您看怎么才能谋个生路?

乞丐:(不耐烦地)生路? 我要是能谋到生路还会当叫花子吗? 我看你

和你这两个丫鬟倒是挺标致的,想谋生,不如去卖啊。

下人甲:放肆!你竟敢对夫人无礼!

乞丐:(倒头准备睡)夫人?这年头,皇帝老子都得给外国人当奴才,夫人算什么!活着才是正经!

陈姨太制止住下人,趁着夜色离开。

7. 日　内　福州城郊某庙

陈姨太一行人在破庙里安身。

陈姨太:(下人甲)你去弄点吃的来吧。

下人甲:夫人,这地界我不熟,我怕万一会迷路。

陈姨太:那你们两个就一起去。

下人甲、下人乙走出破庙。

8. 日　外　福州某大街上

下人甲:夫人非要找一个破庙安身,我们买个东西都要走这么远,等回去就累死了。

下人乙:我看也是。不过,你还是知足吧。现在夫人手中还有些首饰银子,我们还能吃得上饭。过几天她银子使干净了,我们估计就要出来化缘了!

下人甲:你说得对。我们不如改投别家算了,这么大的福州,还能没有我们的容身之地?那对母子,倒是我们的累赘。

9. 傍晚　外　破庙门口

陈姨太焦急地等待着下人们。

陈姨太:哎,这两个丫头,平日在府里不怎么出门,想是走丢了。出门在外,本来就没个依靠,现在又少了两个……

怀里的婴儿放声大哭。

陈姨太哄着怀里的婴儿。看着这个婴儿,陈姨太陷入沉思。

10. 日　内　绛春楼内

老鸨:(打量着陈姨太)我看你倒像是个有身份的人,怎么也想到来我们这了?

陈姨太:(内心被触动了一下,但随即陪笑)妈妈,你看,我这不是初来此地,又无依无靠的,一个女人,除了来这还能去哪呢?

老鸨:我们这可不比其他地方,可能有些事,你们这些过惯富贵日子的眼见不得。但是我们绛春楼又有个规矩,除非交够赎金,否则是不能想来就来,想走就走的。

陈姨太:(认真地思考了一下)好,如果我以后想离开了,一定交赎金。只是,我卖艺不卖身。

老鸨:(算计了一下)好,那你就去和管事的打个招呼吧。看着差不多了,就开唱。

11. 日　内　绛春楼唱台上

陈姨太手持琵琶,在唱台上为顾客唱曲儿。台下不时地有观众叫好,但是夹杂着很多粗鲁下流的评论。很多人对陈姨太指手画脚,开始打陈姨太的主意。其中有一个张公子。

张公子:(叫手下)你去问问老妈子,这个新来的妞,叫啥名?

手下的连连点头,麻利地去了。片刻,手下的回来了。

手下:公子,嘿嘿,小的刚才去打听了,这姑娘是南边来的落魄小姐,极有教养的。

张公子:哦? 小爷我正好这口。哎? 那老鸨还怎么说?

手下:这个……老妈子说,以公子爷的才华,抱得美人归肯定不成问题,她这样的落魄小姐正愁没有英雄搭救呢。不过,想要钓大鱼,得舍得花血本啊!

台下传来陈姨太的唱歌声。

张公子看呆了。

手下:公子? (偷笑)公子!

张公子:(猛然惊醒)啊,好!

手下:得嘞,那小人这就去办?

张公子:快去快去,哎,你还没告诉我她叫啥名呢?

手下:名儿……没名儿。

张公子:(照手下的脑门就是一巴掌)滚开,狗奴才办个事这么不利索,带我去见老妈子!

12. 日 内 老鸨房间内

张公子:我说陈婆,你倒是给我详细讲讲这姑娘的来历。

老鸨:公子,看你着急的。我不是跟你说了嘛,这姑娘出自名门,行为甚是规矩,公子急切不得。至于来历,向来也是不愿意提的!

张公子:枉我平日里这么照顾你的生意,让你办这么小的事你都办不好。得嘞,今天见不到这姑娘,明天小爷我就转驾怡红院。

老鸨:哎,张公子,瞧瞧瞧瞧,这我还没说不干呢,您这脾气就先上来了。不愧是将门虎子,眼里容不得沙子!(回头看下人)快去,给公子爷把烟点上!把姑娘请过来!

张公子舒服地靠在躺椅上,过起烟瘾来。

片刻,下人进来,陈姨太跟在后面。

老鸨:哎呦我的那个救星!小姑奶奶,我可把你请过来了!本来闲杂人等找你,我一概不搭理,你本来是那花魁的模子!但是你瞧,今天是张公子亲自点你,那是我们绛春楼的福分不是!

张公子:(把烟锅子放一旁,拿起折扇,慢慢走上前来,陈姨太下意识地退后一步)姑娘,敢问芳名?

陈姨太:小女子单名一个婉字。

张公子:(手拿折扇扇风)哦,婉儿,好名字,好名字。小爷我今天高兴,准备了不少银两,你来陪陪小爷,就都是你的。

陈姨太:(皱眉,紧接着恢复神态)不知大爷想要听个什么曲儿?

张公子:听曲要的是一个“雅”字,刚才我看外面虽然热闹,但那群流氓怎么懂得欣赏姑娘的妙处啊。我要一个两人听的曲足矣。(示意老鸨和下人离开)

老鸨眼神会意,招呼大家出去了。

陈姨太找个椅子坐定,抱起琵琶准备弹唱。

张公子:哎,且慢,听曲重在寻觅知音。你我方才相识,在下才薄,想必未能尽解曲中之意。我们且先说说话。

陈姨太抱着琵琶,眼睛不知道该往哪里看。

张公子:姑娘一路奔波,路途上少不得孤苦寂寞吧?

陈姨太:劳公子费心。幸得妈妈收容,在此卖唱,聊以为生。

张公子:你倒不如跟着在下,保你荣华富贵,如何?

陈姨太:先夫已逝,我断不可为此。

张公子:(走上前欲要轻薄)那你的大好青春岂不是白白葬送了?

陈姨太:(急忙起身)公子请你自重,我来这青楼,本和妈妈说好,卖艺不卖身。

张公子:那是你没有遇到好的主家。(急切地想要陈姨太)

陈姨太夺门而出。

张公子气急败坏地打碎茶杯,老鸨急忙走进来。

老鸨:张公子,这是怎么了?不要动火,火大伤身!

张公子:这贱娘们儿还在那给我端着!也不看看自己是什么东西!陈婆,小爷我今天把话放这了。这个婉儿,我要定了。明儿个我再来,她要是不从……陈婆,我小爷的手段你是见识过的!(袖子一甩,走出屋子,留下老鸨在屋子里发呆)

13. 夜　内　老鸨房间内

陈姨太:(满面忧愁地)妈妈,来这儿的时候我是和你说好的,卖艺不卖身。这些天我在楼内卖唱,艺压众姐妹,座上多了那么多人,你也是看到了的。卖身这个事情,我是断然不能从的,先夫尸骨未寒,我怎能如此负他。

老鸨:你看,这就是你自己看不开了。你自己也说了,你夫君家破人亡,你又是个姨太太,现在这个世道,哪里还讲什么仁义道德?别说是那个张太岁,就是东洋人、西洋人来了,我们也得把他们那根洋东西侍候舒服了不是?你看那些身强体壮的男人都成了别人的狗,我们女人不出卖点什么,怎么活下去!

陈姨太:妈妈你别说了,我是断不能从的。

老鸨:你别说妈妈我不给你面子。当初你进来的时候我跟你说你不适合这,你自己偏偏要来,还带了个男婴。你说我们这青楼里养个孩子算怎么回事。但是我天生心软,就收留了你们。你总得想着报恩吧?我救的是两条命,难道还不值你一个给人使过的身子?你不为你自己考虑,也要为你的孩子考虑!明天那个太岁要是动了怒,我们这个绛春楼可就难保了,到时候,我自身都难保,还怎么帮你!我话都说到这个份上了,孰轻孰重,你自己掂量着吧!你先回去歇着吧,明天给我个话。

14. 夜　内　陈姨太房间内

陈姨太坐在床边默默流泪,婴儿在床上熟睡。

陈姨太:复国,为娘为了你,只有对不起你娘和你爹了。你长大了,一定得当一个像你爹一样的将军,这样才没人敢欺负。

15. 夜　内　绛春楼

老鸨:哎哟我的小爷啊,我今早恨不得上门去请您呢!你不知道,婉儿姑娘从了!

张公子:哦?是嘛?那你怎么早不去喊我?陈婆啊陈婆,我总算没白照顾你!

老鸨:哎呦,你们张府那可是福地,我这样的下三滥去了还不玷污了!婉儿姑娘正在房里等着呢!

16. 夜　内　廊间

张公子一身酒气的从陈姨太房里走出来,心满意足地离开了。老鸨奉承地让张公子下次再来。

张公子:放心吧,有婉儿在,我常来!

17. 夜　内　陈姨太房间内

陈姨太扣上领口的扣子,流下眼泪。

18. 字　幕

1912 年

19. 日　外　福州的街头

街头的人群熙熙攘攘,卖报的报童高呼着"卖报卖报,孙文就任临时大总统,中华民国成立”。

20. 日　外　绛春楼

陈姨太站在楼上向当街眺望,几个妓女在后面打闹嬉笑。

妓女甲:妈妈,你看什么呢?

陈姨太:你听那个报童是不是说,大清亡了?

妓女乙:妈妈什么时候也开始关心起国家大事了?难得今天臭男人们都去听什么“建国”了,我们自己乐呵乐呵也落得清静。

陈姨太没有理睬妓女们,独自走下楼。

21. 日　内　陈复国书房内

陈复国手持报纸,百无聊赖地翻阅着。陈姨太推门而入。

陈复国:(诧异)娘?

陈姨太:(有些颤抖地)复国,孙文建国了,大清完了!

陈复国:(不解)大清亡了,你为什么这么高兴?

陈姨太:你跟我来我房里。

22. 日　内　陈姨太房内

陈姨太现在成了绛春楼的老鸨,她的房间比原来也气派好多。但更大的不同是,房内供奉了陈应和她姐姐的灵位。

陈姨太:复国,你来这里,给你爹娘跪下。

陈复国:娘,你没事吧?这怎么会是我爹娘呢?你一直对我说这是你的兄嫂,怎么他们突然成了我……

陈姨太:我养你这么大,让你跪下有那么难吗!

陈复国不情愿地跪下。

陈姨太:磕头。

陈复国磕头。

陈姨太:叫爹娘。

陈复国叫爹叫娘。

陈姨太:你跟你爹你娘说:“爹,娘,坑害我们的鞑子今天被推翻了,你们在下面可以瞑目了。”

陈复国:爹,娘,爹,娘,坑害我们的鞑子今天被推翻了,你们在下面可以瞑目了。

陈姨太:我有话要对你说。你听好了。我本名张婉,是台湾基隆一名富户家的小姐,与你娘是亲生姐妹,同嫁你爹陈应将军。光绪二十一年,日寇进攻台湾,你爹带兵保卫基隆,怎奈贼寇太强,你爹战死沙场。我和你娘辗转出逃,你娘生你的时候难产死于海上。我带你流亡福州。为了谋生,只好委身青楼。后被此间总兵家的公子看上,倒也时常与我些照顾。后来老鸨死了,依仗张家公子的势力,我当上了这里的老鸨。

陈复国:难怪那个无赖三天两头地往这里跑……

陈姨太:你先听我把话说完!如今清廷落败,张家再也没有从前的势力,我这绛春楼没了靠山,恐怕也长久不了了。

陈复国:那依娘的意思呢?

陈姨太:我罪恶半生,多有负于将军,终因行为不净,落下这带病残身。城外向东十五里,有个井水庵,前些年我曾得遇一老尼,相约了了心结,就皈依佛门。现在看来,也是时候了。

陈复国:娘,你走了,那我呢?

陈姨太:你爹十六岁就跟随刘铭传将军,你今年都十七了,难道还要我养着你么?况且这些年你学医已久,也该自己走一走江湖,学着讨个生活了。我给你取名复国,就是盼望你在乱世能混出个名堂,谁知我因顾及姐姐,不敢亏待你,倒把你宠成这样!

陈复国:既然娘想让我有番作为,那我不如去参军。反正哪个军队都需要医生,现在孙文虽然建国,但是仍然很弱,福州这边也正在征兵。

陈姨太:我也正有此意。事不宜迟,我们应该速作打算。

23. 日 外 军营

士兵选拔进行中,很多人来参军是为了混口饭吃。

军官:下一个,陈复国!

陈复国:有!

军官:你小子营养不良吧?

陈复国:长官,我不是来当作战士兵的,我是个医生。

军官:(眼前一亮)哎呦,是医生啊!军营里就他妈缺医生,你他娘的什么手续都不用办了,来人,立刻给他点东西吃,带他去看看那些伤兵!

陈复国跟着一个士兵离开。

24. 字 幕

1914 年 12 月 12 日,袁世凯称帝。1914 年 12 月 23 日,袁世凯在天坛举行祭天仪式。1915 年冬,孙中山成立了中华革命军,护国运动由此开始。

25. 日 外 战地救生棚内

陈复国正在着急地医治伤兵,现场一片混乱。

外面突然跑进来一个士兵。

士兵:快,快撤吧,我们战败了!

陈复国:(慌张地)那伤员怎么办?

士兵:哎呀,好人都不一定能活下来,哪有时间去管伤兵!

陈复国:可是……

士兵:哎呀,袁大头的军队就要来了,我们先各自逃命吧!

陈复国慌张地出逃。

26. 日 外 战场

陈复国刚走出帐篷,就看见几个士兵被袁军毫不留情地逮捕。他急忙寻找掩身之处,仓皇逃走。

27. 日 外 福建某街道

陈复国饥不果腹地走在路上,回到绛春楼所在的地方。

路人甲:哎,那不是复国兄吗?

陈复国:(有气无力地)哦,是李爷。

路人甲:额,你这是……

陈复国:国民军护国战争,我待的部队被袁大头打败,还好我命大。

路人甲:袁世凯又称帝了,你说咱是应该信皇帝老爷呢,还是信总统司令呢？依我看，你就老老实实待在这福州城，比什么都强。宋教仁刚被暗杀，各路起义军都在讨袁，多你一个不多，少你一个不少的，你还是当你的医生去吧。

陈复国：兵荒马乱的，这年头谁还看得起病？

路人甲：洋人都忙着打仗去了，我看比前些年景气些。这国内也打，国外也打，依我看，把人都打干净了才罢休！你也别想着跟着那些将军去建功立业了，到时候人都没了，要名声还有什么用！

陈复国：那些大老板是有钱了，可是穷人还是穷，还是看不起病啊！

路人甲：依我看，你干脆给人家去接生得了。谁家再穷，添孩子的时候也舍得花几个钱。

陈复国：李爷说笑了。我陈复国怎么说也是条汉子，也是死人堆里爬出来的，怎么能去干那种营生。

路人甲：你要真是汉子，你就不会从死人堆里爬出来。接生怎么了，你忘了师太出家前是干什么的了？

陈复国：您不说我还忘了。最近我娘可有消息？

路人甲：师太现在是仙人，我们哪知道行踪啊。

陈复国：（有点不好意思地）李兄，你看，从这到城郊还有些路程，我这三天没吃饭了，你看……

路人甲：你瞧，不巧了不是，今个早晨我刚出门就给了自己一个耳光，身上一个子儿没带，而且还没带钥匙！我这会忙着去找我婆娘去呢，失陪，失陪！

陈复国无奈地看着路人甲走远，苍凉地向前走。

28. 日　外　某巷子

陈复国有气无力地走着，嘴里念叨着一些民主共和的事情，已经神志不清了。

正走着，突然一阵喧哗声把他惊醒。

画外音：救命啊，产妇不行了！抓紧！水！

陈复国：娘跟我说，我的生母也是因为难产死的。不行……

陈复国跑到那家人门前。

陈复国:(用力敲门)快开门,我是医生,我会接生!我读过书的!

一家人赶紧出来把门打开,看见陈复国,以为他是叫花子,不由鄙夷地一愣。

陈复国:看什么看!我刚打完仗逃回来,准备水啊,救人要紧!

一家人也不知如何是好。

男主人:哎呀,事到如今死马当活马医吧!

陈复国急忙跑上前去抢救。

29. 日　内　产房内

产婆:这孩子卡得也太不是地方了,我没那个手艺。

陈复国:(小声地)你走开,让我来。

产妇在床上撕心裂肺地喊叫着。

陈复国:(回头,见大家都愣愣地看着他)看什么看,没见过接生啊,没事的都出去!

一群人手忙脚乱地出去了。

30. 日　外　院子里

婴儿的哭声从房屋里传出来,男主人惊了一下,然后激动起来。

男主人:孩子生出来了,孩子生出来了!真是菩萨保佑,菩萨保佑啊!

陈复国筋疲力尽地从屋子里走出来。

男主人:怎么样,我妻子怎么样?

陈复国:母……母子平安!

陈复国三天没有吃东西,刚才又不知道累地忙活了那么久,竟然倒在地上晕了过去。

产婆:不妙!人医好了,大夫倒了!抓紧抬屋里。

31. 夜　内　主人屋内

陈复国渐渐苏醒。

男主人:(抱着孩子来到陈复国面前)哎呦,恩公你总算醒了!今天您真是天降福星,保佑我儿子降生下来。缘分啊缘分!

陈复国:(头很疼)我这是……

男主人:刚才可把我们给吓坏了。您刚从产房里出来,说了句“母子平安”就倒下了。还好产婆上了年纪有经验,知道您是刚从战场上下来几天几夜没吃东西了。也怪我当时心急,没有看出来。你说这要是做着手术晕过去,那……嘿嘿,总之大家平安就好。

陈复国:麻烦你们了。

男主人:您看您说的,谁麻烦谁呢!要不是恩公您,恐怕我现在都吊在梁上了。

陈复国在男主人的帮助下坐起身来。

陈复国:哎,刚才我又做了一个梦,梦见我被袁大头的兵给抓走了,打了我几天几夜。这世道,兵荒马乱,真是把人逼到地狱里啊!洋人来的时候,清政府和天国打得不可开交,这会儿洋人去打洋人了,袁大头和国民军又较上劲了。我本来想参军,现在看来,参军有个什么用,你今天刚升个少尉,明天就被抓去当俘虏了,抓了再升,升了再抓,还是太平日子好过啊!

男主人:恩公看起来像是一个读书人,又懂得医术,想过安稳日子又有何难?

陈复国:这年头,病就是个死,谁会有看病的钱啊?

男主人:(有些犹豫地)额,恩公手艺这么好,不如就做这个接生的活计,量讨个生活也不难。

陈复国:哼!不瞒你说,我生母就是因生我难产而死,今日我食不果腹路过此地,忽听得你家中有哭喊声,想到自己生母才来相救,否则,我是断然不会做这受人讥笑之事!

男主人:恩公啊!亏您是支持共和的,怎么思想还和鞑子一样愚昧呢!你平时治个伤寒杂症是医,关键时刻救命接生就不是医了吗?什么男子汉大丈夫,一进到棺材里谁记得你是怎么活的。

陈复国沉思了。

男主人:恩公,(拿出一些钱)今天我就给您开个张,给您个酬谢,我虽生在这福州城,但是过活也不容易,您别嫌少。

陈复国:(掂量一下钱币)啊,已经足够我用的了,你不用客气。我正好需要些钱去城外,也就不推让了。

男主人:应该的应该的,恩公,您且休息,我跟您说的话,您考虑考虑。

32. 日　外　井水庵

陈姨太正在房间里思索,外面一尼姑进来。

尼姑:师姐,外面一男施主找你。

陈姨太:(立刻站起来)什么样的?

尼姑:白净少年,很瘦小。

陈姨太:你让他进来吧。

尼姑带陈复国进来。

陈复国:(激动地)娘!

陈姨太:你不是去参军去了么?怎么这副德行回来了?

陈复国:一言难尽啊,孩儿跟随护国军去讨袁,谁知所属部队中伏,战败了。孩儿是从死人堆里爬出来的啊。

陈姨太:袁世凯人神共愤,讨伐本该势如破竹,唉,也是你缘浅,偏偏跟了个打败仗的将军。真是乱世啊,乱得很!什么都难以预测。那如今你有何打算啊?

陈复国:也多亏娘你让我读了几年医书,现如今也只能治病救人,讨个生活了。

陈姨太:我当初让你学医,也正是怕你以后吃不上饭。也罢,你终究不是你爹那块料。我这还有些余钱,你拿去谋个生吧。

陈复国:娘,我常来看你。

陈姨太:罢了,你只要能活下去,就别惦记我了。我这腐败身子,恐怕现在也只要菩萨能睁眼看一看我了。

陈复国:娘……

陈姨太:行了,都这么大了还这么没出息,你要是有你爹一半的英勇……罢了,你快去吧。

陈姨太回过头,不再看陈复国。

陈复国跪下来,磕了三个头,然后走出去。

33. 日　外　福州某小镇

陈复国在药铺前放了一挂鞭炮,告诉众人自己的药铺要开张了。药铺门上挂着牌匾:“悬壶济世,妙手回春。”

陈复国等了一天不见人影,叹了口气,刚把门关上,就听见急促的敲门声。

陈复国:来了来了。

来人是一个农户。

农户:大夫啊,你管不管接生?

陈复国:(怒从心头起)接生去找产婆!我一个男人怎么接生!

农户:产婆不是没找,但是村里的产婆不顶用啊!孩子老是出不来,大人眼看也保不住了。大夫,你行行好,救人一命吧!

陈复国:(叹口气)抓紧带路吧!

农户:大夫,上马吧。

陈复国:上马?你家在哪?

农户:在西村呢!

陈复国愣了一下,但还是随即上了马。

34. 夜　内　农户家中

孩子的哭声传来。

陈复国:(疲惫地从屋子里走出来)母子平安。

农户:哎呀,真是太好了。大夫,别看您这么瘦小,手艺可是好啊!

农户的爹:(猛咳两声)行了,母子平安,快点把大夫送走吧!

农户意识到自己的父亲忌讳男人接生,就把陈复国送了出来。

农户:大夫,您这双手真不像男人的手,嘿嘿。

陈复国:你也都是当爹的人了,怎么这么说话!

农户:嘿嘿,我没别的意思大夫。您放心,以后有人生孩子,我绝对帮您揽活!您贵姓?

陈复国:我姓陈,揽活的事就不麻烦你了,我对这活还真不感兴趣。

农户:哎,大夫,您可不能这么说,怎么救人不是救?那可都是人命啊!大夫,您也看出来了,我家是养马的,您到处救人没有马也不方便,这匹白马送您了!您自己骑着回去,我就不远送了。我心里装着老婆孩子,实在走不开!这年头,有个踏实日子过,我半步也不想离家了!嘿嘿。

陈复国:(拱手)那就谢谢馈赠了,我告辞了。

陈复国身骑白马而去。

35. 夜　外　路上

陈复国骑着白马行在路上,突然想通了,畅快地一笑,快马加鞭而去。

36. 字　幕

1919 年,五四运动爆发

37. 日　外　福州城某大街

陈复国来到福州城里采药。

一群学生走在路上,高呼“积极响应北大学生起义,支持上海工人罢工”,一群警察在街上阻拦。陈复国摇摇头,走开了。

38. 日　外　福州某小镇

陈复国把药材整理完,锁上屋门来到街上散步。

村姑甲:呦,陈大夫!

陈复国笑着招呼一声。

村姑甲手里领着个孩子。

孩子:(指着陈复国)陈小手。

陈复国笑了。

村姑甲:(打孩子屁股)打你个没规矩的!要不是陈大夫,我们娘俩就都没命了!

正闹腾着,几个小孩子跑过,指着陈小手唱起童谣。

“陈小手陈小手,长得俊俏不算丑,怀里还没姑娘搂,骑着白马满街走。一条街上九个娃,都是陈小手里拿。”然后就乐着跑开了。

陈复国笑了,村姑也笑了。

村姑:这群死毛孩子,还不都是你接生出来的。

陈复国:见笑了,转眼间,他们也都学会跑了。

村姑:是啊,陈大夫今年也不小了吧?

陈复国：今年二十有四了。

村姑：哎呦，那可老大不小了。陈大夫，不是我说你，你也别整天那么斯文，有些事情也是该考虑了。

陈复国：考虑什么？

村姑：唉，说你们读书人笨……

村姑丈夫：孩他娘，家里饭还没做好，你那腚咋就这么痒，咋就坐不住呢？

村姑：(立刻羞红了脸)陈大夫，那死东西又生气了，我得快回了。

片刻，陈复国听见妇女撕心裂肺的喊叫声和孩子的哭声。陈复国怅然若失地坐在夕阳里。

"陈小手"的名号渐渐传开，人们几乎忘了他的本名。

39. 日　外　陈复国铺子内

清晨的阳光刚好，陈复国打开店门。

一个穿着不错的下人来到铺子里。

下人：你就是陈小手？

陈复国：我叫陈复国。

下人：就是你了，跟我走。

陈复国：(反感地)去哪？

下人：(趾高气扬地)接生啊！你不是会接生吗？告诉你，这回可是去宝轩号秦大老板家接生，你要是给他整出来个大胖小子，那你这个店铺就可以翻盖好几回了。

陈复国：原来是秦大老板家。我听说那地方出入的全是高官，接送的都是洋人，我这一去，恐怕玷污了秦大老板的名声吧。

下人：我家少奶奶可是命悬一线，要不秦太爷说什么也不会来找你。你要是不去，日后在这福州地界出了什么事，那秦太爷可不好关照啊。

陈复国：(哈哈大笑)少了他老人家的关照，我心里倒是更踏实。你记住，我去救人不是因为他家有权有势，我在乎的，是一条人命！

40. 日　外　秦家大院

下人忙忙碌碌进进出出，秦家少爷急得在门口等。下人刚凑上前去，秦家少爷当场就是一个耳光。

秦家少爷:怎么这么慢！人呢?

陈复国:事不宜迟,带我去救人。

41. 日　内　产房

秦家小姐秦若水正在安慰她嫂子,看见陈复国一身白衣,愣了一下。

秦若水:先生。

陈复国:(出了一下神)小姐,请你让开一下,让下人准备水,事不宜迟,救人要紧。另外……(陈复国回顾房间所有人)产妇非常危险,这个手术我很紧张,除了小姐留下,其余人全部出去。

42. 日　外　秦家大院

屋内传来孩子的哭声。

秦若水:(激动地)哥,嫂子生了！是个儿子!

秦少爷立刻跑进屋里。

43. 日　内　产房

陈复国筋疲力尽地站在旁边。

秦家少爷一把推开陈复国。

秦家少爷:你还不快出去!

陈复国:(拱手)得罪,得罪。

秦若水:(不高兴地)哥,他可救了嫂子的性命啊!

秦家太爷:来人,给这郎中几个钱,送他出去吧。

秦若水:(不舍地看了一眼陈复国)爹,他可是保住了我们老秦家的独苗,你这样不怕菩萨责怪啊!

秦家太爷:好好好,你心善！你先把他送出去,改天我派人亲自去他铺子另作酬谢行了吧?

秦若水:(喜上眉梢)好！对陈复国先生,我送你。

44. 日　外　秦家大院门口

陈复国:小姐,不劳远送了。

秦若水:我好难得能见到外面的人啊,外面就是好,不像我们家,成天死气沉沉,每个人都凶巴巴的,要么就是来一群洋人,乌烟瘴气的。

陈复国笑笑。

秦若水:等到我生孩子的时候,也让你接生! 我觉得……

秦若水觉得自己说错话了,脸红到了耳根。她羞涩地低下头。

陈复国也脸红了。

秦若水:改天……改天我一定让我爹好好酬谢你啊。

陈复国:不劳烦了。得罪了。

陈复国低头,转身,上马,回头看秦若水一眼,然后离开。

45. 日　内　陈复国铺子内

陈复国整了俩菜,喝了点酒,醉了。

画外音:我好难得能见到外面的人啊。等到我生孩子的时候,也让你接生!

陈复国笑了,醉倒在桌子上。

46. 日　内　陈复国铺子内

秦府来了几个下人。

陈复国:几位有何贵干?

下人:我们家老爷派我们给你送礼来了。另附上一块匾,不过有言在先,你不要和别人说这匾是秦府送的,原因你自己想必也清楚。

陈复国:(笑笑)礼无诚意,我又何必收呢? 秦夫人这个人算我白救了,你们把这匾扛走吧,我这小店太挤,放不开这么大的物件。

下人:嘿,你还给脸不要脸了?

陈复国:我说你们几个怎么这么不懂事? 钱我不要,难道你们还嫌钱多么? 放在自己腰包里回去交差谁会知道? 至于这个匾,我劳烦你们抬远一点,就算我雇的你们,可好?

下人一听,顿时乐呵着走开了。

陈复国苦笑着摇摇头,坐下读书。

秦若水突然走了进来,陈复国吃了一惊,闪电般地站起来。

秦若水:陈先生!

陈复国:(紧张地)你怎么……找到这里的?

秦若水:我偷偷跟他们来的,刚才你和他们说的话我都听见了。你可真是太有脾气了!

陈复国:见笑了。

屋外有对父子走过,儿子又开始念关于陈复国的顺口溜,父亲训斥,让他以后离这个店铺远点。

陈复国有些尴尬。

秦若水:我后来才明白,为什么我爹那天那么急着让你出秦家,也明白我哥哥为什么发火了。

陈复国:多有得罪,惭愧。

秦若水:他们不就是觉得你是个男的,不该接生么!

陈复国语塞。

秦若水:真是迂腐! 这些俗套的礼节难道比人命还重要么?

陈复国:(微笑)想不到你一个小孩子,比他们看得都通透。你是读新学的吧?

秦若水:我今年都十七了,怎么就小孩子了? 古书我也读啊,只不过不那么迂腐而已。你看我爹那个样子(“扑哧”一笑),一把胡子,成天“之乎者也”的,就像一个老山羊!

陈复国笑了,秦若水也笑了。两个人话很投机,路过店铺的人不时地往铺子里瞅上一眼,然后笑着走开。

陈复国:秦……

秦若水:你叫我若水吧。

陈复国:好名字,上善若水。你真的是一个很好的姑娘。

秦若水有些害羞地低下了头。

陈复国:(有些尴尬地)额,天色不早了,不如我送你回去吧。

秦若水:(半开玩笑地)你就这样送我回去,还不被我家人打死?

陈复国:这……

秦若水:我不想回去。

陈复国:那你住哪呢?

秦若水:我就住这里。

陈复国:啊? 那,那哪行?

秦若水:怎么不行了? 我喜欢你,你也喜欢我,有什么不对。

陈复国:我,我没有说……

秦若水:怎么,你不喜欢我?

陈复国:喜欢……

秦若水:那你敢不敢娶我?

陈复国:这万一被你家人知道……

秦若水:我不回家了,我隐姓埋名,再也不回那个家了,我跟着你好不好?

陈复国:我……你愿意跟着我吃苦么?

秦若水:愿意,你比我家的那些人好,有良心,有文化。

陈复国:可是我……

秦若水:你是个男人,我要跟你。

陈复国:(顿时被激起,抱住秦若水)好,你跟着我。

秦若水:那,你不会真叫陈小手吧?

陈复国:我叫陈复国。

是夜无声胜有声。

47. 字　幕

一年后

48. 日　内　陈复国铺内

已经怀孕的若水与陈复国依偎在一起。

秦若水:复国,估计下个月,我就要生了。

陈复国:不怕,我给你接生。

秦若水:我不要。

陈复国:为什么?

秦若水:你因为接生被人看不起一辈子,我不想让你对我也这样。

陈复国:女人结了婚之后果真会变很多,但是我听你的。

49. 日　内　陈复国铺内

秦若水:复国,你出去,男人不能在这。

陈复国:若水,我也不行吗?

秦若水:有产婆就够了,出了什么事,你都不能进来,绝对不能!

陈复国担心地走出去,来回地踱步。

俄而,屋子里传来撕心裂肺的叫声。

产婆奔出来:不好了,大出血!

陈复国疯了一般地跑了进去,但是已经来不及。

陈复国:(拉着若水的手)若水,若水,会没事的,你坚持住。

秦若水:复国,你不用再骗我了。我知道你会说我傻,但是这样换回来你的尊严,我觉得值……

陈复国:若水! 若水!

婴儿的哭声响起。

陈复国惊醒,抱起自己的儿子,疯狂地喊叫。

50. 日　内　井水庵

陈姨太:没想到老天还是有眼,最终给陈家留下了骨血。

陈复国:只是若水……

陈姨太:生死由天,她是个好姑娘,来世会有好报,你也别太挂怀了。

陈复国:娘,再国就放在你这了。我想这个世道,放在这最好。

陈姨太点点头。

51. 字　幕

1925 年,孙中山逝世,孙传芳称霸东南

52. 日　外　福州某小镇

陈复国走在街上。

村民甲:听说什么五省联军的一个团要打咱这儿过。

村民乙:但愿只是路过,别抢东西。

村民丙:我家随便他抢,没钱没粮没姑娘。

53. 日　内　陈复国铺内

几个士兵来到铺子里。

士兵:你是陈小手?

陈复国:我叫陈复国。

士兵:跟我们走吧!

陈复国什么也没说,拿起行李就走。

54. 日　外　井水庵旁

陈复国一行人停下。

陈复国:各位军爷,此庵有一故人,行个方便,容我探望一遭再行。

士兵:快去快回。

55. 日　内　井水庵

陈姨太:再国,见你爹爹。

陈复国激动地抱住六岁的孩子。

陈姨太:复国,娘要你想清楚,这个团长太太你接还是不接。

陈复国:接,好好地接。

陈姨太:当年她在绛春楼干过,后来跟很多日本人鬼混过,你当真要救?还是你贪生怕死?

陈复国:可这也是人命啊!

陈姨太:……

陈复国:再国,你在这跟奶奶好好待着,等爹回来接你!你记住,别管什么时候,都是人命最值钱,不管是谁的命,都是命,握在你手里,你就得给我攥结实喽!(转头)娘,我走了。

56. 日　内　军帐内

陈复国来见团长。

陈复国:(气喘吁吁)夫人难产,幸好母子平安。

团长:辛苦了,(拿出两包大洋)这是你的酬金。

陈复国:礼重了。

团长:放屁!我老婆孩子连这个钱还不值?

陈复国:是,值值值。只要是人命,都值钱。

团长:这话不假。先生,请吧!

团长把陈复国送出帐篷。

陈复国上马离去,团长在背后开枪。

团长:老子的女人,也是你随便摸的?

陈复国感觉天旋地转,这一转,他看到了台湾,看到了绛春楼,看见了若水和再国。

画外音:"陈小手,陈小手,长得俊俏不算丑。怀里没有姑娘搂,骑着白马满地走。一条街上九个娃,都是陈小手里拿。""再国,你记住,别管什么时候,都是人命最值钱,不管是谁的命,都是命,握在你手里,你就得给我攥结实喽!"

(完)

尹林,1992 年 6 月出生于山东聊城。山东大学 2017 级中国现当代文学专业博士。西南大学戏剧影视文学本科、陕西师范大学中国古代文学硕士毕业。评论、小说、翻译散见于《文学评论》《文艺争鸣》《小说评论》(合)《当代文坛》《延河》《时代文学》《当代作家评论》(合)《现代中国文化与文学》以及部分高校学报。作品曾获"包商银行杯"小说优秀奖,首届文无青年小说奖。

评 论
Review

论《丰乳肥臀》中的家族书写

文——杨越悦

莫言被认为是当代中国最具写作才华的作家之一,他的许多作品都以其艺术独创性和丰富的思想内涵在不同时期对文坛构成了或大或小的冲击,也给学术研究留下巨大的空间。尤其是从莫言获得诺贝尔文学奖至今,莫言研究更是成为一股热潮。在已著的11部长篇小说中,《丰乳肥臀》是莫言早期创作的一座高峰,尽管其刚问世时曾引起不少非议,但随着研究的推进,越来越多的研究者肯定了《丰乳肥臀》的价值,称其为"通向伟大的汉语小说",当代小说中"结构最宏伟和壮丽、最具历史辐射力的小说"①。本文欲从家族书写的角度重新解读《丰乳肥臀》。

家族是"一种自成体系的具有完整的历史文化内核的秩序化实体",是

① 张清华:《叙述的极限——论莫言》,《当代作家评论》2003年第2期。

“人类最基本的文化心理情结和精神价值确认”[①],因而也成为文学创作中的重要母题。从左拉的《卢贡－马卡尔家族史》到马尔克斯的《百年孤独》再到马克·李维的《最后的斯坦菲尔德》,从曹雪芹的《红楼梦》到老舍的《四世同堂》再到莫言的《红高粱家族》,古今中外的杰出作家通过小说这一文学形式再现家族的历史、书写并传播家族的神话。《红高粱家族》以其命名的天然优势使莫言研究者关注到小说中由“我爷爷”“我奶奶”“我父亲”和“我”构成的家族叙事,但事实上,《丰乳肥臀》中关于上官家族的书写亦有许多不同寻常之处值得分析和研究。

一、反向的家族

在人们一贯的认识中,“家族制度与父权统治是互为一体的……女性在家族世界要么是显示男性权势地位的符号,要么是男性欲望的对象与家族传宗接代的工具”[②]。然而这一情况在上官家族中似乎出现了某种程度的反向、倒置和颠覆,一则占实质统治地位、具备强权力量的是女性,男性反倒呈现出女性化的特征;二是从数量上来看,女性占主体,唯一的天之骄子上官金童还患有终身难愈的恋乳癖;三乃在这个冠以男性家长之姓的家族中,真正有上官氏血脉的仅两人(上官福禄、上官寿喜)且迅速丧命,其余挂以“上官”之姓的人均不是上官氏的后代,维系家族关系的是母系血缘。

“在中国父权制下,女性虽有一定的局限,但却并不必然被全面地压制着,这实乃源于在中国人的思维中,对于‘权力’有着与西方不同的态度和看法,西方强调的是一种权力意志的精神,而中国则着重在位置角色扮演的意义,由于位置的可能转换,使得权力亦在其中产生了自然的变化。”[③]上官家族以打铁种地为生,然而在铁匠上官福禄的家中,打铁的技术权威是上官吕氏,莫言在小说第一卷中就俨然已将上官吕氏塑造成这个家真正的一家之主,真正的家长。小说开头描绘了一个纷繁杂乱、充满矛盾冲突的场面:屋外日本人进乡、游击队打鬼子,屋内上官家的儿媳上官鲁氏和黑驴同时难产。在这样混乱的场面中,最为沉着和冷静、能够及时拿主意的只

① 杨经建:《家族文化与20世纪中国家族文学的母题形态》,岳麓书社2005年版,第2、3页。

② 曹书文:《中国当代家族小说研究》,中国社会科学出版社2010年版,第187页。

③ 李艳梅:《从中国父权制看〈红楼梦〉中的大观园意义》,《红楼梦学刊》1996年第2辑。

有上官吕氏。莫言有意地在上官吕氏和上官父子之间设置了多组对比，首先在外貌上，上官吕氏是“高大的”、有着“铁钳般的大手”和“粗大肥厚的手掌”，而上官父子是“秀气的小手”，做起事来“轻飘飘”“软绵绵”，上官吕氏甚至可以“捏住丈夫的脖子，把他拎起来”。莫言在描写上官寿喜的外貌特征时多次使用了“小”这个字眼，“小个子男人”“黑油油的小脸”“漆黑的小眼睛”“手显得又小又单薄”“竖起那两只精巧玲珑的小耳朵”[①]，这种形象与性别的反差既通过一种漫画式的人物描摹调节了小说的叙事节奏，使小说张弛有度，更以此反衬女性的力量。其次，在动作、神态和语言上，上官吕氏和上官父子之间也存在着明显的强弱对比，上官吕氏常是命令式、训斥式的姿态和语气，而上官父子则常是退后、唯唯诺诺、低声下气的模样。在听闻日本人即将进村的消息后，上官吕氏没有太多的忧惧，认为要紧的仍是解决眼前黑驴生产的事情，而上官父子却十分恐慌与不安，上官吕氏让儿子去请樊三大爷来为黑驴接生，上官寿喜却因害怕遇到日本人连家门都不敢出。以上对比有意无意地构成了一场女人和男人的较量，而且很显然的是女性在这场较量中占据上风，从而体现了上官家族中女性的剽悍强势和男性的孱弱无能。

小说在书写上官吕氏这一代人时，还塑造了大姑姑、孙大姑这两位强悍女性的形象，在她们的家庭结构中，男性的存在状态是失语、服从或被统治。“人们都说上官家过的是女人的日子，就像于大巴掌也是过了女人的日子。”[②]于大巴掌本身并不是如上官父子那般懦弱的性格，他连高密东北乡最有名的土匪都敢打且打落了土匪的门牙，可就是这样一个在外边钢筋铁骨的男子汉一旦遇上大姑姑，便立马呈现出一种男弱女强的家庭关系。大姑姑性格刚毅、做事利落，她不仅独揽家中一切事务，而且将于大巴掌管得服服帖帖，像只低眉顺眼的猫。大姑姑不能生育，于是她逼自己的丈夫和自己的侄女发生性关系，这种在今天看来或许难以为常人所理解的做法也表现出大姑姑的不凡和魄力，因为这绝非一般女子所能做到的，尤其是于大巴掌并没有因为大姑姑不能生育而苛待、责怪她。

孙大姑一出场即作为孙家的家长，然而这个家庭非常特殊，孙大姑无

---

① 莫言：《丰乳肥臀》，上海文艺出版社 2012 年版，第 9～11 页。

② 莫言：《丰乳肥臀》，上海文艺出版社 2012 年版，第 555 页。

夫无子,仅率领着五个孙子和五条黑狗,且五个孙子还都是哑巴,这种家庭组成仿佛是一种暗示,似乎人类的繁衍生息并不需要父系的在场,仅仅依靠女性的生殖和哺育就足以延续整个家族的传承。孙大姑是个传奇性的人物,“年轻时能飞檐走壁,是江湖上有名的女响马”。“她的面孔、神情、身段、做派,传递着往昔的信息,让人去猜想着她的当年英姿”[①],即使老了以后依旧身手不凡,小说特意刻画了孙大姑徒手杀鸡的场面,期间种种奇异的表现更加增添了孙大姑的神秘感。另则孙大姑的死也带有些许悲壮的色彩,同样是死在日本人手下,莫言描写了上官父子血腥且恶心的死相,但对于孙大姑的死仅是一笔带过,而着重叙述了孙大姑临死前嘲弄日本人、如武功盖世的侠女一般整治日本兵的过程。在这个过程中,孙大姑镇定自若、云淡风轻,日本兵“叽哩哇啦”、不堪一击。既看到上官父子的惨死,又惹怒了日本兵,孙大姑在动手的那一刻应该就能够料到自己的结局,但她仍是“头也不回地走向大门”,中枪后先是“身子往上挺了挺”,这一幕让人联想到《红高粱家族》中余大牙被枪毙的场景,余大牙让人给自己松绑、说自己不能带着绳子死,然后又高唱起“高粱红了”,视死如归,似乎死亡只是一件轻描淡写的小事。“父亲认为人在临死前的一瞬间,都会使人肃然起敬”[②],但其实真正令人肃然起敬的是面对死亡时所表现出来的那种英雄气概,余大牙是英雄好汉,孙大姑是女中豪杰。

一个人丁兴旺的家族不仅要人口多,更为重要的标志是多男丁,上官鲁氏虽生下了九个孩子,但其中八个性别为女,只有上官金童一个男孩,且在上官金童出生的这天,上官福禄、上官寿喜又同时毙命。经历了夫死子亡的上官吕氏成了痴呆,上官家家长的位置自然而然地由上官鲁氏接替,可以说,是上官鲁氏率领着她的女儿们维持了这个家的生存。战乱、饥饿、严寒,这些都是上官家族面临的生存难题。如果不是母亲上官鲁氏预见性地在地窖中储藏大量的萝卜,上官家无人能熬过那个冬天;如果不是大姐上官来弟被沙月亮追求,大家就没有皮毛大衣御寒,也许很快会被冻死;大姐和沙月亮私奔以后,二姐上官招弟全面负责伙食,带着妹妹们去砸冰以获取干净的河水,并捕获大鳗鲡供全家人食用;如果没有三姐上官领弟从

① 莫言:《丰乳肥臀》,上海文艺出版社2012年版,第16页。

② 莫言:《红高粱家族》,作家出版社2012年版,第133页。

鸟儿韩那里带回各种鸟类，全家人就只能吃野菜汤以致营养不良、浮肿气喘，甚至在鸟儿韩被抓走后，全家也是靠别人给鸟仙的贡品过活；当日子实在难以支撑下去的时候，是卖掉七姐和四姐卖身的钱换回了全家的生机。作为上官家唯一的男丁，上官金童的命是母亲上官鲁氏给的，但他却是由母亲和姐姐们共同养大的，“来招领想盼念求”都不过是为了一个“弟”，正如毁灭自己、拯救全家的四姐在临行前所期盼的那样：“咱们上官家可全靠你了！”[①]上官金童的身上寄托了整个上官家族的希望，然而相比于上官家八姐妹令人瞩目的个性和经历，上官金童完全无法作为上官家的代言人而独当一面，因为他连健全的精神状态都不具备，是一个离不开乳房的精神侏儒。

上官金童“恋乳癖”的象征性是研究《丰乳肥臀》时难以绕过的一个问题，可莫言本人在演讲时也曾提过：“我感到这个人物(上官金童)是一个巨大的象征。至于象征着什么，我也说不清楚。”[②]因而关于这个问题的解读与阐释就存在着多种可能性。毫无疑问的是，上官金童这个不同寻常、透露出几分怪异的人物源于莫言天才般的创造，因为现实中几乎不存在这种极端的恋乳癖，至少读者不会相信生活中有这种人存在，而且只喝奶而不摄取其他类食物是否真的能够维持生命也令人怀疑，所以想要理解恋乳癖背后的含义只能从文本中寻找依据、抽丝剥茧。和书名《丰乳肥臀》容易给人造成误解一样，恋乳癖极易让人联想到性欲与情爱，但这显然是说不通的，因为上官金童性无能。笔者以为恋乳癖的背后是母性的光辉和女性的美好。

在展开具体分析之前，需要强调的一点是，笔者认为襁褓中上官金童挤开八姐、独霸母亲乳房的行为并不属于恋乳癖的表征范畴，这更像一种或是出于本能或是为彰显自己特殊地位的强势的占有欲。在莫言之后创作的《生死疲劳》中，由西门闹转世而成的猪十六将这种占有欲表现得更加淋漓尽致：“我成了十六个猪娃中最霸蛮的一个。我的食欲大得让金龙和互助吃惊……我总是能用最迅速最准确的动作，抢占到母猪妈妈肚腹中央那个泌奶量最大的奶头……我在疯狂地吮吸那个最大的奶头时，会用身体

---

① 莫言：《丰乳肥臀》，上海文艺出版社 2012 年版，第 16 页。

② 莫言：《我的〈丰乳肥臀〉》，《用耳朵阅读》，作家出版社 2012 年版，第 32 页。

把另一只奶头遮蔽住。我眼睛警惕地看着两侧,每当有哪个可怜巴巴的家伙妄图上来抢食时,我的屁股就会用力摆过去,把它撞到一边。我总是能用最快的速度把鼓胀的奶头嘬瘪,然后再去抢别的奶头。"[①]弗洛伊德的人格结构论认为一个人的人格包括三个部分——本我(id)、自我(ego)与超我(super-ego),其中"本我"是与生俱来的、最原始的、非理性的心理结构,它由先天的本能和欲望组成,比如饿、渴、性等,"本我"所遵循的是"快乐原则",即一旦产生需求必须即刻得到满足,就像婴儿饿了需要吃奶时,他是不会管妈妈此时有奶与否的,他的一切行动都以满足自我需求为目的。所以,上官金童在襁褓时期对母亲乳头的占有其实还不至于呈现出病态,顶多只算是被"本我"支配,恋乳癖首现端倪应该是在上官金童该断奶时迟迟不能断奶,表现为对其他食物极端的抗拒和厌恶。"我不想让那些污秽的食物玷污了我的口腔和肠胃"[②],如果母亲不摄食上官金童口中所谓的"污秽的食物",母亲也无法分泌出乳汁,二者的区别仅在于乳汁经过了母亲的"转化"与"加工",这其中隐藏着某些生理上的化学过程,我们无须研究这个过程究竟是怎样的,因为上官金童也不会想到这一层面,所以倒不如从心理角度来分析,并用文学性的方式表述出来,那就是"加工"乃一种母爱的净化和滋养。相比于其他的食物,由乳房分泌的乳液不仅仅是生命的补给,更是难以替代的生命源起,是母亲慷慨而无私的赐予。当高尚而庄严的母亲在哺育孩子的时候,就像是在一片博大的土地上进行着一项不容打扰和侵犯的神圣仪式,"那是爱、那是诗、那是无限高远的天空和翻滚着金黄色麦浪的丰厚大地","那是骚动的生命、是澎湃的激情"[③]。上官金童对乳房、乳液依恋之深,其中一部分原因就是从精神上寻求原初的庇护所,延续襁褓时期所获得的安全感。小说中虚构出了一个"雪集",并且令上官金童所担任的"雪公子"去抚摸女人们的乳房,这里其实处处闪耀着母性的光辉,因为雪乃生育之水,雪覆盖大地就是孕育生机,"雪公子"的神力是送子,让女人乳房健康、奶水旺盛。

苏联医学专家曾运用巴甫洛夫学说治好了上官金童的病症,但因为娜

---

① 莫言:《生死疲劳》,浙江文艺出版社 2017 年版,第 212 页。

② 莫言:《丰乳肥臀》,上海文艺出版社 2012 年版,第 171 页。

③ 莫言:《丰乳肥臀》,上海文艺出版社 2012 年版,第 257 页。

塔莎的照片和她的倩影，上官金童的恋乳厌食症再度复发，包括后来服刑期满的上官金童在回家后生了一场无医可治、无药可救的大病，是独乳老金用她充满生机的独乳哺育了上官金童从而使他迅速康复。毋庸置疑，上官金童恋乳癖的背后暗涌着女性的美好。先从物质性实体上来看，乳房的大小、形状、轮廓、颜色、温度都带给上官金童十分美好的感受，他将其比作“油光闪烁的宝葫芦”“洁白光滑的大白鸽”“通红的大萝卜”；母亲曾试图用奶瓶来喂上官金童，但乳胶奶头完全无法媲美真实的奶头——它润泽、柔软、富有韧性和生命力，像樱桃一样。其次，从精神角度上看，上官金童实则是在潜意识中把女性的乳房视作凝结了一切女性美好与无瑕特征的高度象征物。上官金童恋乳癖的另一个潜在表现是他心里一直害怕“有一只毛茸茸的手突然伸进圆洞，把那只暂时闲置的乳房揪走”[①]，这只“毛茸茸的手”属于在教堂里凌辱了母亲的鸟枪队队员，属于性欲极其旺盛的孙不言，属于脸上覆盖了一层白茸毛的美国佬巴比特，属于外国电影里的打死狗熊的猎人，等等。在上官金童眼中，女性的乳房乃神圣而不可侵犯之圣物，他在“雪集”上抚摸女人乳房之前，都会用雪水净手，而那只“毛茸茸的手”对乳房的蹂躏无疑是亵渎和玷污了女性的美好。

上官家族中唯一被寄予厚望的男性也只有依靠女性才得以存于世，由此可见设置这一男性角色的背后依旧隐藏着难以忽视的女性叙事。“女性家族叙事不约而同地强调了血缘对于家族的重要意义，无论是生理特征，还是对人物命运的影响，抑或是信念与能力的体现，都是将血缘作用作为一种不可回避的延续性来表现。”[②]上官鲁氏名义上为上官家的媳妇，为了履行替上官家传宗接代的义务，她一胎接着一胎地生，以至于到了第八胎的时候，婆婆选择照料头胎生养的黑驴而任上官鲁氏一人生产。八胎九子，数量惊人，然而数量越多越是反讽，因为九个姓“上官”的孩子中没有一个人的身上真正流淌着上官氏的血脉。一母生九子，九个孩子唯一的共同之处是拥有来自母亲的血缘遗传，“她们都生着高挺的长鼻梁和洁白丰满的大耳朵，这也是她们的母亲上官鲁氏最鲜明的特征”[③]。值得注意的是，

---

① 莫言：《丰乳肥臀》，上海文艺出版社 2012 年版，第 80 页。

② 叶永胜：《家族叙事流变研究：中国文学古今演变个案考察》，安徽人民出版社 2009 年版，第 291 页。

③ 莫言：《丰乳肥臀》，上海文艺出版社 2012 年版，第 22 页。

这种看似违背了封建伦理道德的行为恰恰是维护封建伦理规范的结果,或者说是被封建道德压迫后无声的反抗。上官鲁氏嫁到上官家的前三年没有生育,那时候还不知道问题出在谁身上,于是上官鲁氏对婆婆的指桑骂槐和丈夫的折腾虐待都只能逆来顺受。当发现自己没有任何问题以后,上官鲁氏从被动接受到主动走上了借种生子的绝路,出现这种转变的原因是她被一步步逼到无他路可走。“我要做贞洁烈妇,就要挨打、受骂、被休回家;我要偷人借种,反成了正人君子。”[①]因为上官鲁氏一直没有生下男孩,所以她不仅在道义上承担着让上官家无后的罪名,还切身受到上官母子酷刑般的对待。如果说刚开始的借种生子是为了摆脱“罪名”,让所有人各得其所,改善自己在这个家族的生存境遇,那么后来上官鲁氏所遭受的接连不断的欺凌和压迫则使她的情绪逐渐由畏惧转为满腔仇恨,她的借种生子也随之在原来的基础上多了一重反叛和复仇的意味。看到这一点,读者就不能将上官家这种母系血缘关系的延续视作一种女性淫荡的结果,而毋宁说是女性抗争的产物。除了最后与马洛亚牧师的结合中含有感情的成分,上官鲁氏的每一次借种都不掺杂任何主观上的情爱和性欲,她唯一的目的就是生下一个男孩。即便上官鲁氏与众多男性发生了看似不道德的关系,她也绝不属于那种道德败坏、不知羞耻的女性形象。小说中写到了一个细节,在上官鲁氏以为公公、丈夫和樊三都要进产房的时候,“她感到愤怒、耻辱……她想坐起来,找件衣服遮掩”[②],因此她的廉耻心不会允许她成为一个放荡的女性,她与无数男性赤裸相见的行为更像是一场斗争中不得已的自我牺牲。

上官鲁氏的九个孩子虽然在生物学上和上官寿喜没有任何关系,但名义上上官寿喜是孩子们的父亲,这种社会关系是被默认的。金童玉女的生父是马洛亚在小说开头部分就已经告知读者,但莫言特意在小说最后一卷才交代上官鲁氏借种生子的事实,以至于在读者的阅读过程中,也会误将金童玉女的七个姐姐视为上官寿喜的孩子,因而当阅读到第七卷的时候,读者才会在惊愕之余又反过来察觉莫言的匠心,明白小说中多次提及七姐妹在生理特征和性格等方面遗传了母亲的暗示性。无论是上官寿喜还是

---

① 莫言:《丰乳肥臀》,上海文艺出版社 2012 年版,第 569 页。

② 莫言:《丰乳肥臀》,上海文艺出版社 2012 年版,第 41 页。

马洛亚，他们的出场时间都非常短，迅速走向死亡的结局造成父亲这一角色名存而实亡，这也同时意味着父权的消失。上官家族这种以母系血缘为纽带，父亲并未建立实际权威的结构极易使人联想到母系氏族社会。社会人类学的开创者勃洛尼斯拉夫·马林诺夫斯基曾经研究过两性社会学，他以特罗布里恩人的母系家庭和近代文明的父系家庭为例比较了母系社会和父系社会："在特罗布里恩……一切儿童对于母亲的渴望都被容许渐以自然而动的办法发挥尽致"，"我们的社会里的父权制度，则将多数自然的冲动和倾向加以阻遏和抑窒了。较为详细地说，对于母亲的热情依恋和凑紧的肉体欲望，都是在父权制度里面，不这样就那样被人打断或干涉的"①，由此也可以解释上官金童为何迟迟未能摆脱对母亲的依恋，即他生活在一个母系制的家庭结构中，从未受到来自父亲的竞争和父权的压制。

"在我们的作品中，可能有批判，有暴露，有痛惜，但绝对不能没有致敬。我们只能在无数胼手胼足创造伟大生活、伟大历史的劳动人民身上而不是在某几个新的和古老的哲学家那里领悟人生的大境界，艺术的大境界。"②《丰乳肥臀》的卷首注有"谨以此书献给母亲在天之灵"的寄语，这也透露出这部家族小说以女性为主体的原因，莫言创作这部小说的意图就是"从生养和哺乳入手写一本感谢母亲的书"③。莫言的母亲和小说中的母亲有几分相似：由姑母抚养长大，幼年开始裹脚，裹了十余年之久，苦难的一生经历了连绵的战争和狂热的政治压迫，并为生育、饥饿和病痛所扰。甚至小说的部分情节也取材于莫言母亲的真实经历：莫言的母亲曾怀有一对双胞胎，刚把孩子生出来就到场上抢麦子——《丰乳肥臀》中上官鲁氏在生下四姐上官想弟后也不得不到打谷场上打麦子。莫言的大哥管谟贤曾在文章中写到他们的母亲，"母亲为了得几斤麸皮，去给食堂推磨。那时牲口都饿死了，只好用人推。母亲瘦得体重不足 70 斤，和大娘婶子们合伙，两人一帮推，推着推着就晕倒在磨道里，抓一把生粮食吃了再推"④，小说中上官鲁氏也替人民公社拉磨，而且连上官鲁氏在推磨时独一无二的偷粮方式

---

① [英]马林诺夫斯基：《两性社会学：母系社会与父系社会之比较》，李安宅译，上海人民出版社 2003 年版，第 77、73 页。

② 路遥：《生活的大树万古长青》，《早晨从中午开始》，北京十月文艺出版社 2012 年版，第 93 页。

③ 莫言：《我的〈丰乳肥臀〉》，《用耳朵阅读》，作家出版社 2012 年版，第 32 页。

④ 管谟贤：《莫言小说中的人和事》，《莫言与高密》，中国青年出版社 2012 年版，第 43 页。

也是莫言的母亲和他们村里几个女人的亲身经历。“这部作品是写一个母亲并希望她能代表天下的母亲,是歌颂一个母亲并企望能借此歌颂天下的母亲。”[①]莫言不仅是写母亲,更是借这一个母亲来歌颂母爱的伟大。上官家的女儿们一出生就遭到祖母嫌弃,被轻贱得甚至不如一群鸭子,如果没有上官鲁氏拿自己的命来守护这群女孩子,幼小的她们甚至连生存的权利都会被剥夺,即便这些女孩的存在给上官鲁氏平添了许多苦难。上官吕氏用火钳夹上官来弟娇嫩的身体,母亲跪在地上哭求;上官念弟刚呱呱落地就差点被祖母扔到尿罐里溺死,是母亲扑下炕来苦苦哀求;上官招弟在戏里有被人欺负的桥段,母亲入戏太深,冲上去将欺负女儿的演员教训了一顿;当上官求弟被洋女人看上的时候,母亲宁愿不要钱而只求她能善待自己的孩子。尽管上官来弟不听母亲的劝阻与沙月亮私奔,但当母亲看到同样穿着紫貂皮大衣和红狐狸的女人,仍旧抑制不住对女儿的思念以致泪眼婆娑。母亲生平第一次行凶打人,是因为上官吕氏蚕食上官玉女的耳朵;母亲第一次偷人家的东西,是为了使上官玉女等免于饥饿之灾,然而这种反刍式的喂养却几乎毁掉了母亲的胃。母亲的爱并不止于自己的女儿,还延续到女儿们的孩子身上。沙枣花、司马凤、司马凰、大哑、二哑、鲁胜利、鹦鹉韩,甚至是与自己没有血缘关系的司马粮,母亲都悉心照料,训练奶羊给孩子们喂奶,没有丝毫的差别对待。

母亲的刚强和母爱的博大都是《丰乳肥臀》中女性叙事的重要驱动力。此外,不仅仅是母亲,对女性的礼赞、尊仰和同情也贯穿小说始末。在上官家族中,上官玉女像个多余的物品,但她在整部小说中却是一个必不可少的人物,这并不是说她于故事情节的发展起到多少作用,而是她的形象十分特殊。《丰乳肥臀》写驳杂的历史、写战争、写政治变乱、写性与爱的纠葛、写苦难,处处弥漫着硝烟与尘埃,呈现出灰暗沉郁的色调,上官玉女虽然也生活在这样的阴云笼罩下,但她是“出淤泥而不染”,始终单纯、无瑕、美好,像一道穿越黑暗闸门的圣洁之光。“天上有宝,日月星辰;人间有宝,丰乳肥臀。”[②]小说中莫言多次用日月星辰来衬托上官玉女,“我隐约还听到了八姐上官玉女嘤嘤不绝、又软又轻的哭声,这是连太阳和月亮都要聆听

① 莫言:《〈丰乳肥臀〉解》,《光明日报》1995 年 11 月 22 日。

② 莫言:《丰乳肥臀》,上海文艺出版社 2012 年版,第 621 页。

的哭声"[1],"八姐上官玉女虽然盲眼但也仰起脸,她的眼比星星还亮"[2],上官玉女仿佛是不慎从天宫落入凡间的仙女抑或是东海龙王的女儿小龙女,因而只有日月星辰可以与之媲美。当高密东北乡成为战场、众人在遒劲的北风中艰难撤退时,无论老少长幼,大多数人的身体均出现了各种各样的状况,只有上官玉女没病没灾。作家在塑造每一个角色时都有自己的意图,而且对角色的情感态度也会随着创作的推进而有所变化。莫言有意将上官玉女塑造成小说中最脱俗的一个女性,但小说正文主要在讲故事,而上官玉女"终生都像蛹一样缩在茧里,生怕给家里人增添麻烦"[3],没有麻烦自然没有故事,所以正文部分涉及上官玉女的笔墨并不多。于是莫言特意在《拾遗补阙》的第一节中就借上官金童之口直白地描写和夸赞八姐,极尽一切美丽的词汇和修辞,"高密东北乡美女如野草,哪个也比不上你的美丽","你的亚麻色头发如光滑的丝绸","你的眼睛仿佛水晶石","你的双乳像小红马的碧玉蹄","她的美丽的身体倾国倾城","八姐的美是未经雕琢、自然天成的……她是南极最高峰上未被污染的一块雪。雪肌玉肤,冰清玉洁,真正的,不掺假的"[4]。最重要的是,这里披露了一个大秘密,原来那个曾经让上官金童魂牵梦绕、诱发其恋乳症的娜塔莎,居然是上官玉女的影子。也许会有读者产生怀疑,既然上官玉女如此美丽动人,为什么从头至尾没有被男性盯上继而遭到侮辱,像她的姐姐们所经历的那样?从纯粹写实的角度去看,这个地方的确不够真实,但莫言的创作从来不追求全然的真实和现实,而总要带有几分魔幻和神秘的色彩,就像小说中司马库的母亲居然是个坐瓮飘来又乘风而去的盲女,她们的真实身份谁也看不透、猜不破。而且许多作家在创作时,笔下都会有一个人物集中了一切可爱与单纯,比如在路遥的《平凡的世界》中,孙少平、孙少安经历了许多的磨难和挫折,但他们的妹妹孙兰香却是十分顺遂的。她懂事、聪颖、美丽,虽然家庭贫困,但得到哥哥们的照顾、呵护与帮助,成功考上重点大学,和省委领导的儿子成为男女朋友。这类人物往往体现了作者理想化的寄托与美好的祈愿。

---

① 莫言:《丰乳肥臀》,上海文艺出版社 2012 年版,第 128 页。
② 莫言:《丰乳肥臀》,上海文艺出版社 2012 年版,第 147 页。
③ 莫言:《丰乳肥臀》,上海文艺出版社 2012 年版,第 419 页。
④ 莫言:《丰乳肥臀》,上海文艺出版社 2012 年版,第 583～588 页。

莫言在获得诺贝尔文学奖后受邀到斯德哥尔摩大学演讲,演讲中他表明自己今后要努力创作出像《红楼梦》那样充满矛盾和悖论的小说,这说明莫言也是反复研读过并且十分欣赏《红楼梦》的,所以笔者斗胆揣测《丰乳肥臀》中的女性家族叙事也许无意中受到了《红楼梦》的影响。众所周知,贾府的权力三巨头均为女性,拥有绝对权威的贾母,抄检大观园的王夫人,在具体家政事务中掌握实际权柄、作风强悍、说一不二,连贾琏都要仰其鼻息的王熙凤。这与《丰乳肥臀》中女性占据强权地位是相似的,"男性只会制造混乱并在混乱中束手无策,女性则以铁的手腕在维持这大家庭的秩序,撑起倾颓的大厦"[①]。恋乳的上官金童则同见了女儿便觉清爽的贾宝玉类似,他们都对女性的美好有着非同一般的向往与眷恋:"因他自幼姐妹丛中长大,亲姊妹有元春、探春,叔伯的有迎春、惜春,亲戚中又有史湘云、林黛玉、薛宝钗等诸人,他便料定原来天生人为万物之灵,凡山川日月之精秀,只钟于女儿,须眉男子不过是些渣滓浊沫而已。"[②]此外,上官家的女儿们也很像金陵十二钗——无一善终。关于《丰乳肥臀》是否受到《红楼梦》的影响仍有待于进一步的研究和考证。

二、割裂的家族

中国有个成语叫"一人得道,鸡犬升天",本意即一个人得道成仙,全家连鸡狗也随之升天。上官家族有八个女儿,六个女婿,这六个女婿都不是简单角色,他们分别在不同时期占据着强大的势力。"你们上官家可真叫行。日本鬼子时代,有你沙月亮大姐夫得势;国民党时代,有你二姐夫司马库横行;现在是你和鲁立人做官。你们上官家是砍不倒的旗杆翻不了的船啊。将来美国人占了中国,您家还有个洋女婿……"[③]上官家永远有人得势,理论上,按照家族荫蔽和亲情庇护的原则,家族成员间应该互相扶持、共渡难关以成就整个家族的欣欣向荣和蒸蒸日上,可事实上的上官家族却是支离破碎的,更为甚者则针锋相对、互相残杀。

从沙月亮到巴比特,上官鲁氏对于女儿们的婚恋选择始终是持反对意

① 段江丽:《女正位乎内:论贾母、王熙凤在贾府中的地位》,《红楼梦学刊》2002 年第 2 辑。

② 曹雪芹:《红楼梦》第十九回,俞平伯评点本,陕西师范大学出版社 2010 年版,第 227 页。

③ 莫言:《丰乳肥臀》,上海文艺出版社 2012 年版,第 248 页。

见的,只是无一人听从母亲劝阻罢了,其实这就已经预示着上官家族的割裂。上官家的女儿们对情爱的态度很像《红高粱家族》中的“我奶奶”,她们敢爱敢恨,爱得匪夷所思,爱得奋不顾身,“一旦萌发了对男人的感情,套上八匹马也难拉回转”①。当沙月亮带着动物皮毛走进上官家的时候,这个家庭第一次被分割成两个阵营,姐姐们被俘获、建立起统一战线,母亲一人孤军奋战,且最终寡不敌众,上官来弟在姐妹的帮助下和沙月亮私奔,一时间杳无音讯。大姐上官来弟离家尚未归,二姐上官招弟又情迷司马库,誓与其生死相随,从此一去不复返。三姐上官领弟虽然没有远走高飞,但却因鸟儿韩被捉走而成了鸟仙。四姐上官想弟自卖自身进了妓院,七姐被洋人领养去了哈尔滨。大姐、二姐的率先离家让上官家开始呈现出四分五裂的状态且一发不可收拾,但她们的再度回归却使局面变得比原先更加复杂,尤其是五姐上官盼弟和鲁立人的加入,使上官家屡屡出现两相对峙的矛盾冲突。第一组不可缓和的对峙出现在大姐和五姐之间,抗战时期,抗日的与降日的必定势不两立,当这两股势力出现在同一个家庭中,外部的政治矛盾便转变成了家庭的内部矛盾。鲁立人处死了沙月亮,杀夫之仇不共戴天,与鲁立人同床共枕、同一战壕的上官盼弟便自然而然成了上官来弟仇视的对象,两人的姐妹关系破裂,两个人针锋相对,在家里当着母亲的面也会破口大骂。第二组经历了多次交锋、拉锯多年的对峙是上官鲁氏的二女婿司马库和五女婿鲁立人。在这场对峙中,二姐上官招弟被鲁立人的队伍炸死,因司马库而与美国飞行员巴比特结缘的上官念弟尽管向五姐求情,但仍被毫不留情地押送到军区遭遇不测。幼小无辜的司马凤、司马凰也被鲁立人下令判处死刑。直到司马库为了不再连累其他人而自首,这场死伤惨重的对峙才得以休止。

上官家的女儿们没有感天动地的姐妹情深,反而随着男人接二连三地介入而在情爱以及政治身份上有了纠缠不清的关系,那为何莫言一定要将这几个女人设计成一母所生的姐妹呢?一则是如此更能突出母亲这一形象——看到女儿们相互攻伐、七零八落,最心痛的一定是母亲,曾经她对女儿们的选择无可奈何,后来她对她们的命运无能为力。二则是息息相关的

---

① 莫言:《丰乳肥臀》,上海文艺出版社 2012 年版,第 382 页。

八姐妹的命运同样牵动着整个上官家族,使上官家的命运浮浮沉沉,充满了戏剧性。“上官金童从她的眼睛里,发现了上官家女人们所共有的那种面对困境时近乎冷漠的镇静。”[①]面对困境时能够镇静应对,而当所谓的“喜从天降”之后,上官鲁氏却如同遭遇雷击,连手中的碗也掉在地上:因为有人突然宣布她成了“革命的老妈妈”、六喜临门,这六喜分别是上官家成为贫农,成为革命烈属,上官金童和沙枣花有了学习机会,孙不言立下军功荣归故里,上官来弟受聘于疗养院,人民功臣孙不言和结发妻子上官来弟破镜重圆。上官鲁氏听了这六喜以后之所以反应如此剧烈是因为震惊之余,她清楚这听起来有理有据的六喜其实都归功于得势的孙不言再度打起了上官来弟的主意。“六喜临门”的上官家族也确实进入了最辉煌的岁月,然而这种表面上的风和日丽、风平浪静很快就被鸟儿韩的出现打破了。上官来弟和鸟儿韩发生私情,孙不言撞见后,三人之间产生打斗,孙不言被打死,上官来弟和鸟儿韩分别被判以死刑和无期徒刑。颇具戏剧性且有几分荒诞的是,同一时间,上官金童恰巧因为撞伤了学校的小树被开除学籍,沙枣花因为偷盗被剧团开除。造成上官家族此次命运起伏的看似只有上官来弟、孙不言、鸟儿韩,但其实远不止他们。最初和孙不言订婚的是上官来弟,最初鸟儿韩喜欢的是上官领弟,后来上官来弟与沙月亮私奔、鸟儿韩被抓走,于是孙不言抢走了上官领弟,上官领弟死了以后,孙不言重拾与上官来弟的婚约,可这时鸟儿韩又回来抢走了上官来弟。这就像是每个人都拉着一根线在兜兜转转,这些线交织缠绕起来便形成一张网,所有人都被罩在网里,逃不出人死网破的宿命。小说中司马库说了一句值得探究的话:“所谓亲戚,都建立在男人和女人睡觉的关系上。”[②]上官家女儿们的情爱纠葛之所以会对上官家族产生不可避免的影响,就是因为家族与性有着密不可分的关系。从家族的定义来看,“它是以家庭为核心实体的以血缘与性关系为纽带的人类社会自我协调的结构性产物和基本单位,是人文环境和地理环境双重互动的必然结果。”[③]“婚姻、生殖与性爱是三位一体的。”[④]

---

① 莫言:《丰乳肥臀》,上海文艺出版社 2012 年版,第 400 页。

② 莫言:《丰乳肥臀》,上海文艺出版社 2012 年版,第 237 页。

③ 杨经建:《家族文化与 20 世纪中国家族文学的母题形态》,岳麓书社 2005 年版,第 2 页。

④ 曹书文:《中国当代家族小说研究》,中国社会科学出版社 2010 年版,第 193 页。

“家族叙事,以家族为着眼点和框架,揭示了人的完整性、复杂性。家族史的叙述,成了人的本质展现、外化的历史。其现象学式的本质还原,寓言化的叙述方式,指向人的生存本相和人的生存困境。”[①]司马库被押送军区前托鲁立人照应自己的三个孩子,鲁立人应了下来:“你尽管放心吧,如果不打仗,咱们俩还是正儿八经的亲戚呢!”[②]可后来正是鲁立人亲自下令判处司马家三兄妹死刑,这种家庭关系的设置实质上就是让血缘伦理在生存问题和社会问题、利益关系和权力关系中周旋,从而探照出人性的幽微之处。“家族伦理的淡化与生存意识的突出相应地为揭示人性的多样性、复杂性,展示人性置身生存困境中的常态与扭曲,提供了一个有利的艺术平台。”[③]面对极端的政治环境和艰难的生存处境,上官盼弟把自己的姓和名都给改了,并且嘱咐上官金童不要在公开场合暴露他们俩的关系,生怕被上官家所连累。人在危险的境遇中都有自保的倾向,这是求生的本能。也许同上官想弟为了救全家而卖身妓院、上官玉女为了不拖累母亲而投河自尽的牺牲相比,上官盼弟这种为了一己之生存而与家庭撇开关系的做法无任何高尚可言,但它仍旧无法用是非来评断,因为人性本就不是简单的善恶可以概括的。“即便是好人,也有恶念头。站在高一点的角度往下看,好人和坏人,都是可怜的人。小悲悯只同情好人,大悲悯不但同情好人,而且也同情恶人。”“只有描写了人类不可克服的弱点和病态人格导致的悲惨命运,才是真正的悲剧,才可能具有‘拷问灵魂’的深度和力度,才是真正的大悲悯。”[④]改了名的上官盼弟依旧没能改变她悲惨的命运,而且她在遗书中强调自己不是马瑞莲而是上官盼弟,这说明她的内心其实一直饱受折磨与煎熬,革命的漩涡让她心中的天平失衡选择叛离家族,最终也是革命的风暴将她带回上官家族,祈求获得最后的安息。

《丰乳肥臀》中的割裂感不仅存在于家族之中,也存在于小说的部分叙事中。打个比方,上官家的女儿们像是长在地里的萝卜,莫言在写她们的故事时就如同在拔萝卜,一次只能拔一个,拔出一个萝卜留下一个坑,然后也

---

① 叶永胜:《家族叙事流变研究:中国文学古今演变个案考察》,安徽人民出版社 2009 年版,第 251 页。

② 莫言:《丰乳肥臀》,上海文艺出版社 2012 年版,第 237 页。

③ 曹书文:《中国当代家族小说研究》,中国社会科学出版社 2010 年版,第 181 页。

④ 莫言:《捍卫长篇小说的尊严》,《丰乳肥臀》,上海文艺出版社 2012 年版,第 2、3 页。

许要等很久才来把这些坑一个个填上。上官来弟和沙月亮私奔、上官招弟追随司马库、上官领弟痛失鸟儿韩、上官想弟被伯爵夫人领养、上官想弟卖身妓院,这是小说第十二章到第十五章的主要内容,它们在叙述上是连续的,但似乎每个故事之间缺少了一些铺垫和过渡,给读者的感觉就是一个女儿的故事说完立马无缝连接到下一个女儿的故事,像是五场不同的表演,一场表演的开始必须要等上一场表演的演员退场,一个节目刚结束另一个节目的演员就迅速登台,观众在观看任何一场表演时都无须借其他表演来辅助理解。再就是萝卜太多,从把萝卜依次拔出来到依次把坑填上,拔萝卜和填坑的间隔过长,以至于莫言在写作时也难免出现顾头不顾尾的情况。小说第四十四章中明确指出上官玉女离家投河的那天是七月初七,是夏天,可在《拾遗补阙》中写到上官玉女投河的种种细节时又称河水为“春水”,这种时间上的不一致也造成了小说行文过程中前后的割裂感。

三、归零的家族

家族本该生生不息、代代繁衍,但上官家的八个女儿和七个外孙(女)统统以非自然死亡结尾,整个家族也随之凋零,“落了片白茫茫大地真干净”[①]。

上官家会有这么多女儿的原因恰恰是不希望有女儿,这些女孩子的降生具有一定的偶然性,她们从一出生就不得不与艰难的处境抗争,努力在夹缝中求得生机,以女性特有的生理结构彰显自己的存在,以各自的方式对抗苦难的生活,然而最终无一逃脱命定的悲剧结局,死亡再次消解了她们存在的合理性,昭示着抗争的失败。笔者认为小说中七姐乔其莎(原名上官求弟)的死亡和死亡前的遭遇最让人触目惊心。乔其莎是誓死捍卫科学严肃性的医学院校花,拒绝执行把绵羊精液注入母兔体内的荒唐命令,可就是这样一个年轻漂亮不驯服的女学生却在饥饿的逼迫下放弃了人格与尊严,恢复了动物的本能,她本能地追逐食物,即使这份食物来自企图诱奸她的张麻子,是充满罪恶与邪念的诱饵。小说借上官金童之眼将七姐被奸污的场面毫无遮蔽地呈现出来,这无疑是将最美好的东西毁灭给人看,悲剧在此时到达了高潮,但并没有结束。用尊严和人格换来的一线生机未

① 莫言:《捍卫长篇小说的尊严》,《丰乳肥臀》,上海文艺出版社 2012 年版,第 2 页。

能使乔其莎熬过饥荒年代，得到张麻子恩惠的乔其莎分得更多的豆饼，豆饼的过量食用终让乔其莎走向死亡。“食、色，性也。”[①]“饮食男女，人之大欲存焉。死亡贫苦，人之大恶存焉。”[②]乔其莎和张麻子，一个为食、一个为色，食、色是人最原初的欲望，是本性，“而欲壑难平使人性一步步沦为欲望的奴仆，从常态走向畸形与变态，于是悲剧便无法避免”[③]。

在上官鲁氏的几个外孙、外孙女中，司马凤和司马凰的死让人觉得不可思议、难以置信。徐仙儿控诉司马库的罪行，但因为司马库逃亡在外，便要求枪毙司马库的孩子。倘若说这种父债子还的逻辑存在于乡野村民中尚可理解，可连革命分子竟然也默许了这种荒谬的逻辑。除了这个被大人物肯定的逻辑以外，鲁立人自己还有一套吊诡的逻辑：“正因为她们是我的亲戚，我才不得不流着泪宣判她们的死刑。”[④]因为是亲戚，所以更能彰显自己的大义凛然，彰显革命的意志与决心吗？在这样一出闹剧之中，司马凤和司马凰完全成了革命的工具和无谓的牺牲品，这不禁令人想到鲁迅先生“救救孩子”的呼声。包括小说中所写到的马童事件也是如此，“听起来颇似治军有方、执法如铁”[⑤]，事实上另有黑幕。一个漂亮机灵、家庭富裕的孩子居然以“盗卖子弹”的罪名被枪毙，这显然是孩子的天真烂漫被利用、被暗算，于是一个无辜的孩子便不由分说地成为替罪羊和替死鬼，“枪毙马童的枪声告诉我们，战乱年代，人的命如同蝼蚁”[⑥]。面对变幻莫测、不断更迭的时代风云，其实每个人都如同孩子一般，对未来将要发生什么和自己的命运一无所知，充满疑惧。

“这十几年里，上官家的人，像韭菜一样，一茬茬地死，一茬茬地发，有生就有死，死容易，活难，越难越要活。越不怕死越要挣扎着活。我要看到我的后代儿孙浮上水来那一天，你们都要给我争气！”[⑦]在上官家族中，母亲上官鲁氏是死得最为安详的那个，而且享年九十五岁。母亲之所以能在经

① 杨伯峻：《白话四书》，岳麓书社 1989 年版，第 434 页。
② 陈戍国点校：《周礼・仪礼・礼记》，岳麓书社 1989 年版，第 371 页。
③ 曹书文：《中国当代家族小说研究》，中国社会科学出版社 2010 年版，第 185 页。
④ 莫言：《丰乳肥臀》，上海文艺出版社 2012 年版，第 251 页。
⑤ 莫言：《丰乳肥臀》，上海文艺出版社 2012 年版，第 143 页。
⑥ 莫言：《丰乳肥臀》，上海文艺出版社 2012 年版，第 143 页。
⑦ 莫言：《丰乳肥臀》，上海文艺出版社 2012 年版，第 342 页。

历了那么多苦难后依然高寿,是因为她有着非同寻常的顽强生命力,这种力量来自大自然的感召,来自为人母的刚强,来自民间的智慧,来自信仰的救赎,来自岁月的磨砺。当母亲被四个败兵轮奸后,她本想投水自尽,但当她看到水中倒映的天空、云絮、小鸟、小鱼,蓦地就有了活下去的信念,“小鸟并不因为有苍鹰的存在而停止歌唱,小鱼儿也不因为有鱼狗的存在而不畅游”[①],人也不应该因为有恶势力的存在而放弃生命。在村子遭到日本人洗劫后,大家连果腹的吃食都没有,母亲想用砒霜了结一大家子人的性命,但因为孩子们齐声哭泣、哀求着表达生的意愿,母亲便决绝地扔掉了砒霜汤,挺直腰板带领孩子们外出寻找食物,“死都不怕了,还怕什么呢?”[②]母亲虽然没什么文化,但她从民间生活中汲取了不尽的智慧,仅仅凭着一树野兔子,母亲就知道沙月亮不是孬种但也成不了大气候。她能看破许多东西,因而不至于像她的女儿们那般痴与拙,正是这种隐藏于民间的大智慧,使得母亲能在翻云覆雨的历史变动中独善其身。支撑母亲活下去的还有基督教的教义,主教导人们忍耐、与人为善、勿贪口腹之欲、不可贪图钱财、不可贪恋女色,“主耶稣不喜欢自杀的人,他们的灵魂将不得救赎”[③]。上官家族有人死于与人交恶,有人死于贪欲,有人死于自杀,但这些都不会发生在上官鲁氏身上,因为《圣经》教给她的就是一个“活”,“越是苦,越要咬着牙活下去”[④]。于是苦苦修行,如同圣母玛利亚一般的母亲,活到了九十五岁,最终在教堂坐化,灵魂攀登至天堂的大门,不再有痛苦。

“生命的正常态势是生命的积极活动,是这积极活动中透露出来的生命的伟力,哪怕是畸曲的人性,它依然在生长,依然有力量完成和实现自己的生命过程。与之相对立的,则是生命力的萎缩、生命的退化。”[⑤]上官家族的归零表面上体现为人数上的不断减少,背后实则是生命力的萎缩和精神力量的弱化,或者概括为莫言常提出的“种的退化”。上官金童的祖爷爷上官斗是高密东北乡最早的开拓者之一,在德国兵入侵时,他和司马大牙纠集一帮不惧生死、武艺超群的好汉成立了虎狼队,和德国兵开展人粪尿战。

① 莫言:《丰乳肥臀》,上海文艺出版社 2012 年版,第 576 页。
② 莫言:《丰乳肥臀》,上海文艺出版社 2012 年版,第 111 页。
③ 莫言:《丰乳肥臀》,上海文艺出版社 2012 年版,第 534 页。
④ 莫言:《丰乳肥臀》,上海文艺出版社 2012 年版,第 395 页。
⑤ 张志忠:《莫言论》,北京联合出版公司 2012 年版,第 94 页。

后来上官斗被活捉并处以“赤脚走铁鏊子”的酷刑,行刑时上官斗连一句讨饶的话也没有,真不愧“钢筋铁骨金牙关”[①]。到了上官福禄、上官寿喜,正如前文的分析,他们胆小怕事、孱弱无力。上官金童更是生性懦弱以致病态,幼年时母亲一给他断奶,他就倒地装死,七岁那年,这个把戏不再奏效,于是他便真的打算投河自杀,可后来暗流的冲击却又使他害怕得呼救;十八岁时,上官金童第一次从镜子中看到自己的相貌,确定自己是母亲和马洛亚的私生子,他居然用墨汁染黑自己的头发、涂黑了脸,并再一次企图吞金自杀;一直到上官金童五十多岁娶了汪银枝以后,上官金童也全无男子汉的气概,被小舅子打了,不仅没有丝毫还手之意和还手之力,还跪在地上涕泪交流,因为他想着“一哭,就可以免打了。哭是软弱的表示,哭是求饶的象征,好汉不打告饶的”[②],只不过最后他还是被打得很惨,被逼着舔食地上的食物,被扔到垃圾堆里,连只牲畜都不如。从上官斗到上官金童,上官家这四个男人演绎出了一个家族的退化史,同时也是人的精神品格的退化。“人类社会的发展是历史的巨大进步,但同时又是以人性、以人的肉体和精神的被扭曲被损害为代价。”[③]在上官金童的外甥辈成为社会关系中的主角时,他们面临的是更为发达的物质生活,然而欲念的膨胀却使他们在富裕、舒适的生活中加速堕落,受贿、行贿、盗窃、花天酒地、奢侈享乐,这些都是道德滑坡和精神被腐蚀的表现。肉体的死亡是个人的悲剧,精神的死亡则是人的悲剧,是莫言在他的创作中企图引发读者深思的悲剧起源。

四、一家一天下

“家族作为社会结构的基本单位,它的历史就是社会进展或民族旅程的一种浓缩:家族的命运与时代的变迁有着密切的联系,家族的兴衰荣辱无不与历史风云、社会事件有着直接或间接的关联。家族叙事常以一段‘时间长度’去把握家道兴衰消长,以一个家族的命运为契机,描写民族的盛衰和国家的兴亡,站在时代的高度,观照历史发展的轨迹。叙事负载着历史的沧

① 莫言:《丰乳肥臀》,上海文艺出版社 2012 年版,第 99 页。

② 莫言:《丰乳肥臀》,上海文艺出版社 2012 年版,第 521 页。

③ 张志忠:《莫言论》,北京联合出版公司 2012 年版,第 99 页。

桑,在历史的进程中把握生活的本质。"[①]《丰乳肥臀》不是史书,但它通过对一个家族生存景观的书写投影出历史嬗变和民族性格,而且让人窥见在史书中永远无法看到的犄角旮旯。

从20世纪30年代日军侵华开始,小说中写到了抗日战争、国共内战、土地改革、反右、人民公社化运动、"文化大革命"、改革开放、商品经济浪潮涌动,而且小说最后一卷又返回来以母亲上官鲁氏的人生遭际为线索追叙了20世纪前三十多年的历史,相当于一部小说写尽了中国近现代史上最动荡不安和最风起云涌的一百年。小说其实并没有刻意去叙写一系列历史大事件,但历史随着人走,这个家族经历和遭遇的一切记录下了民族历史发展进程中的全部内涵,历史作为背景渗透到家族成员间交织的命运和生活。莫言也是借这部小说,通过这种书写方式表达自己的历史观念:"小说家笔下的历史是来自民间的传奇化了的历史,这是象征的历史而不是教科书中的历史。但我认为这样的历史才更加逼近历史的真实。因为我站在了超越阶级的高度,用同情和悲悯的眼光来关注历史进程中的人和人的命运。""作家应该关注的,始终都是人的命运和遭际,以及在动荡的社会中人类感情的变异和人类理性的迷失。小说家并不负责再现历史也不可能再现历史,所谓的历史事件只不过是小说家把历史寓言化和预言化的材料。"[②]

首先,反向的家族,即以女性为主体,这个设置的背后暗含着对男权主导下各种战乱、暴力及政治斗争的否定和对以母亲为象征的博爱精神的呼唤。其实小说一开始,男性就是与战争联系在一起的:司马亭抱着鸟枪爬上瞭望台发出"日本鬼子就要来了"的警示,司马库带着家丁到桥头上布火阵,而司马家的女眷则在乔装打扮后出逃。后面上官家女儿们被卷入政治中也并不是主动的政治身份的选择,只是嫁鸡随鸡、嫁狗随狗,上官来弟嫁了沙月亮就成为汉奸夫人,上官盼弟嫁给鲁立人就成为革命者。所以和政治同构的是男权,但莫言并不强调这一点,反而在家族叙事中突出女性的地位,并且塑造了上官鲁氏这样一位在政治上具有极大包容性的母亲形象。如果说政治变动和战争构成了历史的表面,那么莫言所要挖掘的则是历史的纵深处,是真正推动历史向前发展的力量。上官鲁氏一生遭受的苦难同

---

① 叶永胜:《家族叙事流变研究:中国文学古今演变个案考察》,安徽人民出版社2009年版,第275页。

② 莫言:《我的〈丰乳肥臀〉》,《用耳朵阅读》,作家出版社2012年版,第33页。

样是中华民族走过的艰辛之路,母亲用博爱的精神超越一切苦难,民族也以博大的胸怀容纳和消化了所有的艰辛,最终双双完成了属于自己的救赎。

其次,上官家族的割裂折射出国家那段各派势力此消彼长的动荡历史。在中国近现代史上,中国的国土在很长一段时间处于四分五裂的状态,被不同势力割据占领,尤其是在敌我矛盾解决后,内部矛盾不断激化,彼此之间为了权力和利益可以六亲不认。六喜临门的革命之家可以在一夕之间沦为万夫所指的汉奸之家、还乡团巢穴、妓女院,谁也不知道下一秒占据上风的会是谁,每个人、每股势力都面临着未知的命运和宿命的结局。

最后,归零的家族则为民族发展敲响了精神警钟。有研究者认为上官金童象征着20世纪中国的知识分子,因为其身上体现了文化的二元性,即一边受到欧风美雨的洗礼,一边又寄生在中国的传统文化之中,因而呈现出一种比较扭曲和异化的状态。莫言自己也较赞同这种解读:“我毫不避讳地承认,上官金童是我的精神写照。”“中国当代知识分子灵魂深处,似乎都藏着一个小小的上官金童。”[①]这里也就涉及《丰乳肥臀》的现实意义,在全球化发展日益深入的今天,国民需要保持精神的独立,对传统文化、传统思想价值体系报以一定的认同与尊崇,同时有选择性地接纳和吸收外来文化。此外,面对日益发达的物质生活,要警惕物欲的沉沦和道德的滑坡,始终张扬生命的活力与韧性。

“《丰乳肥臀》是我的最为沉重的作品,还是那句老话,你可以不看我所有的作品,但你如果要了解我,应该看我的《丰乳肥臀》。”[②]《丰乳肥臀》是研究莫言的重要切入口,而家族则是研究《丰乳肥臀》的重要切入口。《丰乳肥臀》目前已经确定要进行首度的影视化改编,如何才能使影视改编更能传递原著神韵,这首先要求对原著有更深入、更透彻的理解,因此,继续推进对《丰乳肥臀》的分析和研究是十分有必要的。

(特约审稿人:丛新强)

杨越悦,山东大学2017级本科生。

---

① 莫言:《〈丰乳肥臀〉新版自序》,《丰乳肥臀》,上海文艺出版社2012年版,第1页。

② 莫言、王尧:《从〈红高粱〉到〈檀香刑〉》,《当代作家评论》2002年第1期。

《主角》:文化救赎与现实主义的新视角

文——王治涵

现实主义文学自发生伊始,便以通俗易懂和教化大众为特色,宗旨在于"使人民群众惊醒起来,推动人民走向团结和斗争,改造自己的环境"[①]。它之所以被一辈辈的写作者奉为圭臬,除了契合中国艺术环境的特定要求之外,更因为肩负着"文以载道"的使命,而成为大众接受度最高的文学观念。

承继了西方批判现实主义而直接来源于苏联文学的这种艺术,甫一出现便显现出天生的功利性。正如韦勒克在《文学思潮和文学运动》中将其定义为"通过精微的观察和仔细的辨析来研究当代的生活和风俗,不动感

① 毛泽东:《在延安文艺座谈会上的讲话》,人民出版社 1975 年版,第 31 页。

情地、非个人、客观地表现现实”[①]。《主角》正发挥了现实主义文学的社会性功能，通过叙说小人物忆秦娥近半个世纪的人生波澜际遇，“从历史中找到颓落了的希望和激情”[②]。

事实上，现实主义在当代文学的语境中，已不仅作为一种简单创作方法而存在，而更是支撑了众多文学意识的伦理社会与文化的集合体。在略显混乱的现实主义回归潮流中，《主角》可谓标举之作，在小人物与大时代的平衡、乡土与城市文明的过渡、秦腔民俗与世界对话中实现了自由出入。因此，对于这部“熔铸了吾土吾民文化精神的大说”，我们有必要怀有反思的自觉，去剖析小说的结构脉络，以探索这种新时代的现实主义如何在自然主义式地记录日常的同时又将说教作用发挥得淋漓尽致的，从而有可能洞悉在日益纷杂的文学话语中获得“共名”与“无名”的考量。因是之故，笔者拟立足于现实主义文学“典型性”与“客观性”的两重原则，对《主角》展开思辨。

借助现实主义文学来讲述中国故事的写法既有优越性，又存在不可忽视的伪善，尚待穿过泛泛歌哭之论，做深入的探究。这些号称“再现外部生活”的作品，往往离不开自我指涉：典型性是衡量现实主义文学成功与否的重要标准，而典型的过分共性化又常常带有蓄意痕迹；从创作态度而言，作家的性别立场和天然情感又使得具有高度客观性和零度转述的理想范型成为一种奢望——本文借此两种理论复观《主角》对现实主义的继承、背离与超越，以期能够发现陈彦如何以理想烛照现实，如何利用民俗资源旧瓶盛新酒，使现实主义启蒙活水更富生命力。

一、“典型”的架构与民间化的中国

“典型是社会生活某方面的规律与本质的集中体现。”[③]艺术典型问题从来都是现实主义的核心要点，强调的是形象的普遍性和性格的类型化。

---

① [美]勒内·韦勒克：《文学思潮和文学运动的概念》，刘象愚译，中国社会科学出版社1989年版，第59页。

② 张德祥：《现实主义当代流变史》，社会科学文献出版社1997年版，第224页。

③ 彭立勋、曾祖荫：《西方美学与中国文论》，湖北教育出版社1986年版，第75页。

作家身处不同的时代和流派,对生活中不同的艰难、恐怖、清丽、可疑的事物自然有着特定偏爱,若以典型方式提炼后转述,就存在意义来说,或能更好地概括历史性内容,切入时代的核心命题,具有更多的未来发展成分和价值导向精神。

当这一理论移植到中国也是如此,考虑到《主角》四十年的叙事历程,作者敏于旧的故事与新的文风,着眼于秦腔这一载体,采取"为小人物秦娥立传"的模式来铺展情节,利用主角光辉和戏曲手段两种"典型"镜像着当代中国发生的巨变,由此成其叙事为数千年以来陕秦地方文学精神的凝聚。

《主角》"立起"人物的塑造方式有三点特别之处。首先,陈彦用一个独立完整的艺术世界容纳了山沟、县剧团、省剧团三重叙事空间,期间情感技艺相连续,以底面的典型环境"托起"人物;其二,戏与文的有效结合塑造了双重的典型,内外无不存在直接的映照关系;其三,易青娥从丫头蝶变为名伶的典型经历包含了陈彦对人性的深刻体察,其间暴露出的问题也表明了要令现实主义文学价值深化,仍旧任重道远。

1. 生存环境的三层典型

陈彦从个人体验出发,提炼社会现实关系,为人物设置了三段生活路径——九岩沟是人性美的滥觞,静置着时间沉淀下的文明遗迹;宁州剧团则代表了中间地带,既有了一套江湖秩序,又不违拗自然法则;而秦腔剧团则是一个混杂了各种命名符号的大社会,各种算计躲在暗处,与磊落光明兼具。从整体来看,三个不同风格的叙事空间,各自平行又随着叙事重点而各有侧重。值得注意的是,三者在主人公的心理地位中并不均衡——天性自由的忆秦娥对于山疙瘩里的放羊生活有着特别眷恋,以至每每在现实中无所逃遁时,她本能地想要逃离返乡,作者有意借此影射当下人群的精神困境。

这也暗示了《主角》的另一特别之处:在当代小说中,城市与乡村的二元场域是一组对立空间,其冲突性常被用来作人物蜕化的通道,从而在变动的历史之悲中吊唁故乡;但在《主角》中二者之间预设的对立性却被消解了,陈彦并未陷入以往某些乡土作家通过美化自然来对抗城市文明的怪圈;毋宁说,他更属意于人物与空间的双重作用,将山沟作为忆秦娥困顿时的退路,甚至她在功成名就后也常随着石怀玉隐居终南山,享受心灵的休憩。

然而,典型环境既是一般的,又是特殊的。像这样在多重平凡生活之下,打造一个令读者为之倾倒的中心人物,则需要作家抛开超验幻想的堆砌,围绕着主角脉络诉说芸芸众生的喜怒哀乐,达到一目了然而又意味悠长的效果——其中难度之大,需要一个作家付诸毕生的知识储备,来熔铸大众的生命理念。正如陈彦在《主角》后记中引用陀思妥耶夫斯基的话语感叹道:“长篇小说的主要思想是描绘一个绝对美好的人物,世界上再也没有比这件事更难的了。”[①]

庆幸的是,陈彦与秦腔打了数十年的交道,从语音腔调到剧本唱词无所不晓,因此他借用最熟悉不过的剧团生活百相,在《主角》中打造了饱满的各例典型,开掘出十足的艺术震撼力。除了选材巧妙外,作品的成功之处还凸显在创作方法上:作者并不迂回,直接借用现成的剧本人物,形成对主人公的互文解释,诉说了小人物的成长困惑,表达了他们在民族场域内的大义担当。

2.戏与文的双重典型

“戏中戏”的结构方式渊源久矣,在《红楼梦》和《金瓶梅》中已比较早地出现类似的两重嵌套文本。在小说渐趋成熟的后半部,秦八娃为秦娥量身打造的《狐仙劫》和为宋雨原创的《梨花雨》,以现实主义的声音介入“文本内的文本”叙事,戏剧内容由此“既是情节性的元素,也是象征性的元素”,“将思想变为了镜像”[②]。

同时,戏曲与民众之间的滋养关系亦并非单向度的,在那块俗称“戏窝子”的一方水土上,似乎只有豪放激越的秦腔,只有手执铁板高唱“大江东去”的悲壮才能释放人内心久被郁积的心理力量;而作为一种文化补偿,《主角》中戏曲人物的选取必然有其选择性,戏剧中的主角与现实中的主角互为表里——每一处唱词既与现实互动、强化悲怆氛围,又与人物自身状态建立起互动关系,构成忆秦娥成长道路的种种注解。这些都强化了戏曲的符号意义,人物的主体性与人的主体性由此续接,艺术经验与人性之美

① 陈彦:《主角》,作家出版社2018年版,第771页。

② 陈奕如:《论戏曲音乐的特性》,《安徽工业大学学报(社会科学版)》2017年第5期。

互补互渗,很好地平衡了自我与外部世界的情感距离。[①]

荀存忠教给忆秦娥的第一折戏是杨家将戏《打焦赞》,关于选择剧本的考虑,作者首先借人物之口作了注解:“你了解烧火丫头的禀性,容易把握角色。”[②]折子戏里的杨排风作为杨家女将之一,是民间传说中家喻户晓的巾帼英雄形象。她原是天波府中的烧火丫头,众人皆瞧她不起,后因善使一条烧火棍,杀法迥异,令众将士心服口服:“你休要,道我排风夸口高,上阵不用枪,不用刀,全凭青龙棍一条。”[③]最终大败韩昌,救回宗保而扬名天下。忆秦娥与这位比武女将军的出身经历极其相似,纯真灵巧的心智也如出一辙,可见作者为忆秦娥出场的安排有特别的考虑,相似的开端亦暗示了今后命运的“超克”。戏文之间水乳交融,小说的复杂层次感得以提升。

忆秦娥名伶之路的第二次升阶源自一本重戏《白蛇传》。白娘子的戏排成后,她似“突然开了窍”一样,对人物眼神火光的拿捏进步了许多;其中大量爱情表演还激发了对异性初体验的神秘感,也使她与封潇潇互生情愫。也正因此,楚嘉禾的嫉妒之心愈发放纵、昭然若揭……梳理下来,一部简短的折子戏排练过程竟囊括了爱情、敬业、妒忌、挣扎、成长等杂烩的故事,同时戏曲角色的光环呼应了后来刘红兵和石怀玉的“白娘子”情结,使嬉笑怒骂的细节鲜活如角色本身的自然展示,作者穿插戏曲的意义正在于此。更巧合的是,许仙与白娘子的爱情悲剧也暗示了忆封二人的初恋难以维持,甚至因为对秦娥的极度思慕、爱而不得,封潇潇的形象从开场时的白马王子骤然崩塌,直至后来“竟那样快地烛灭线断、烟消云散了”[④]。

在《打焦赞》和《游西湖》之后,陈彦有意为戏曲设置的诠释痕迹一点点透露出来。譬如《鬼怨》《杀生》里救郎报仇、善良坚韧的李慧娘,《狐仙劫》中生性刚烈的九妹,以及《同心结》为了抚养傻儿子而放弃个人事业的女人,这些看似旁征博引的多面人物,实际上是对秦娥主文本的增益——“人

---

① 参见李建军:《文学的态度》,作家出版社 2011 年版,第 267～268 页。“距离是产生美的前提条件,对于试图包含复杂生活内容的史诗性作品来讲,作者自己将要处理的对象和题材内容保持适当的距离,实在是一件必要的事情。……像《创业史》《秦腔》《信任》都是与外部世界距离太近的作品,《废都》则是与自我距离过近的作品。”

② 陈彦:《主角》,作家出版社 2018 年版,第 126 页。

③ 张实:《中国戏曲故事 · 传统京剧卷》,中国文联出版社 2016 年版,第 103 页。

④ 陈彦:《主角》,作家出版社 2018 年版,第 411 页。

物”的主体性仅限于叙事语境，而“人”的主体性却扎根于生命体验的本能；她唱活了剧本角色，反过来凝聚了悠久人文精华的剧本角色也把一个几近蛮荒的易青娥给“唱活了”。

3.“主角”光环下的个人典型

在写作中，现实主义作家常面临这样的理论困境：如果说典型化实际上是一个从生活个别到艺术个别的过程，但必然事件却常常不会复现于日常，那么情节的可信度是否也会有所折扣？其实在既有的文学序列中，我们不难发现，作者为了所谓“典型”而特制的典型常常与现实相去甚远，样板戏的艺术偏差便是一种极端代表。而忆秦娥由小人物向大女主的逆袭模式，亦不乏乌托邦色彩。

正如陈彦在后记中所描述的：“……甚至屡屡准备回去放羊，或者给剧团做饭、跑龙套。对做主角，她是有一种天然怯场与反感的。”[①]秦娥在戏台上求真求善，一旦回到生活，却处处逃避、不知其他。念及她生长于剧团、缺少父母教育的背景，这种不谙世事的“瓜”或可理解，但在人际方面，秦娥直到四五十岁还只会在领导面前“捂嘴傻笑”，可见定性过于幼稚反而招致了读者反感；而人物在情绪波动中的简单头脑更显狭隘，诸如在从艺生涯中多次决定“再也不唱了”、回家放羊，起因却是因为家庭琐事、吃苦受累，甚至有时只是一句旁人对她“瓜”的调侃；此外在感情线中，秦娥亦是被动接受而从未有所经营，她对封潇潇、刘红兵和石怀玉的感情回应，总是以自我和事业为先的，都不算平等意义上的真正爱情。

由此观之，作者尽管有意利用负面情绪来刻画底层人物骨子里的缺陷和自卑，但对忆秦娥性格的处理实际上有流于简单化之嫌——这样的审判也许过于严厉，不过小说中的逻辑漏洞和牵强情节确乎不可避免地伤害了文学性和审美意图。笔者个人认为，在处理戏曲和生活关系时，《青衣》[②]中筱燕秋同样有着进退失据的行为，而毕飞宇能注意利用身体规训等理由来解释，将人物因时因地的言行举动处理得滴水不漏，从而令人容易接受；而与之相比，陈彦的书写则更多依赖于个人的文学想象而非女性本相，因而细节方面缺少鞭辟入里的完善，令小说的描写效果与读者的期待视野发生

---

① 陈彦：《主角 · 后记》，作家出版社 2018 年版，第 786 页。

② 毕飞宇：《青衣》，长江文艺出版社 2001 年版。

错位,减损了忆秦娥这一典型形象本身的价值稳定感和精神力量。

进一步说,现实主义所强调的典型环境和典型人物,尽管带有某种程度的美好乌托邦色彩,有时却也流于理想化、观念化,这时“主角”被“主题”所绑架、渗透,一个普通的忆秦娥因此被迫在时代指令中“戴着镣铐舞蹈”;可见过度的修辞往往使作家爱笔下人物胜于爱真实,对塑造典型的过分在意暴露出了自身的理论困境。

因此,尽管现实主义号称“为大众理想的张目”,但因其本质是虚构观念的产物,未必适合拿来作人生的圭臬信条。正如韦勒克解释其中的妥协性,“在描写和指示之间,真实和教诲之间有一种张力。逻辑上不能解除,但正是现实主义文学的特征”[①]。在这种张力的要求之下,如何力求全面、精准且真实,避免典型人物被“物化”,已经成为对现实主义作家的基本规约。

二、情感与性别视域中的客观性缺失

“谕人布道”“传时代大音”是陈彦在创作《主角》时一以贯之的信念,可见他令作品的主题意义承载了一种目的。不过从写作的自觉性来看,我们有必要去追问:这个“意义”究竟是生命力本身的自然外化,还是由外而内强加给生命的附属物呢?答案需要从对作品的细读中寻找。

1.他者化的女性谱系

由典型书写策略的缺陷切入,《主角》重新改写了女性之为女性的故事。毋宁说,若“子非鱼安知鱼之乐”的价值质疑存在合理性,那么陈彦根据个体想象而塑造的秦娥,实质上仅仅是男性眼中的变形而非女性本身。于是,目力所及,家庭内外,婚姻前后,处处强调着忆秦娥外貌体态在男性眼中的美妙,或曰一种被物化、被幻想了的镜中水月色彩。

在社会层面,忆秦娥天赐的面容帮她捧稳唱戏的饭碗,却也对她的生活造成了极大困扰。譬如文中十多次写到忆秦娥因极像奥黛丽·赫本的面庞而被男性们争先恐后地围观,“都说喜欢她的戏,其实更是喜欢着她那张酷似奥黛丽·赫本的漂亮脸蛋,还有她的名气”[②]。一不留神暴露出众人

---

① [法]加洛蒂·罗杰:《论无边的现实主义》,吴岳添译,上海文艺出版社1986年版,第160页。

② 陈彦:《主角》,作家出版社2018年版,第636页。

的薛蟠嘴脸。再如"七匹狼"群体根据忆秦娥创作的观赏性诗作，爱慕中不乏戏谑的"嗨骚"——"带着古巴女排'黑珍珠'路易斯的翘臀，带着东方我们没有见过的传说很酥的杨玉环的胸脯"[①]——所谓的"朦胧诗句"，因了过分赞美臆想的美人体态，充其量也只是怡红公子追求戏伶的套路而已。可见女子"'盘盘(脸蛋)'太靓"却招致了祸端，这种畸形的巨大的"逻各斯"令人物难以自我原宥，成为女性的原罪。

在婚姻层面，秦娥也始终摆脱不开舞台角色的身影。一方面刘红兵和石怀玉都深沉地爱护着忆秦娥，另一方面他们的出发点却都不约而同地来自于对传奇性的"白娘子"和"李慧娘"扮演者的占有欲：

> 他最不敢相信的，就是这个千人稀罕、万人迷恋的李慧娘、杨排风、白娘子，竟然是自己的……并且此时就躺在他的床上。把一切美，都献给他一人了。[②]
>
> 石怀玉一脸坏笑地说："我就要的是化了妆的白娘子。让我也当一回许仙，跟白娘子睡一回。"[③]

可见，两段爱情中的双方并非寻常的真情伉俪，刘红兵和大胡子对秦娥的喜爱因为光辉的"白娘子"角色而无限放大，甚至时时怀有一种近乎变态的与"白娘子"而非秦娥睡觉的执念。而当秦娥回到现实家庭做相夫教子的主妇时，刘红兵和石怀玉则皆表现出失落的幻灭感。由此陈彦对"主角"面相的塑造便产生一种投机意味，广得男性青睐的美貌变得不再纯粹，满是物化的色彩。

因此，从家庭事业两方面省视陈彦对女性题材的处理，可见即便有刻意的变形写作，其实仍无法拒斥天生的个体两性意识，以致文笔流于幻想、过于幼稚。作者将人物先理解为一个"女人"，努力沿着女性的行为去琢磨，其次才考虑人性的本质；这与女性作家的创作思维却恰恰相反，她们更有底气而从骨子里去审视女性，因此中立态度和客观性更强。

《主角》将人物罹受的灵肉冲突皆归因于时代精神动摇等宏观因素，即

---

① 陈彦：《主角》，作家出版社 2018 年版，第 252 页。

② 陈彦：《主角》，作家出版社 2018 年版，第 523 页。

③ 陈彦：《主角》，作家出版社 2018 年版，第 787 页。

便女主被男性情欲物化、被臆想,即便秦娥戏曲生涯中的波澜与舅舅、团长、丈夫等男性脱不开关系,可惜的是,作者始终未表露出任何对男性威势的讨伐与反思,暴露出男性作家在书写女性历史时的失语症。正如韦勒克根据主体情感的克制与否将诗人群体分为二等,“叔本华不断把第一等诗人,诸如莎士比亚与歌德等客观诗人,与第二等的诗人即‘口技表演者’,如拜伦区分开来——后者不过是借人物之口在发言”①,从这个意义上来说,陈彦无意识的预设使他站到了第二等作者的队伍,而现实主义客观性问题因此也未能得到应有的重视。

“客观性即对主观性和浪漫主义自我膨胀的反感:常常是对抒情性和个人情绪的否定。”②“客观性”是现实主义的另一个关键字眼,作者为了扮演好“不在场”转述者的角色,需要尽量压缩主观情绪,甚至“无动于衷”,以达到类似结构主义文学中零度写作的状态,从而最大限度地完成“文以载道”“诗言志”的客观任务。然而,“客观逻辑”本质上是意识形态的尺度,对于目前的文学创作来说,要彻底消除主观性和个人性还是一种奢望。③

书写过程是现实主义文学的绝对客观性难以实现的第一步发酵。考得威尔曾说得非常明确:“作为个人主观世界的经验A须与社会共有的语言天地B综合,从而产生C。C就是改变了的社会B中的新经验A。”④这种经验内化而又外化的过程势必产生二次创作。在《主角》中,作家经验对现实的修正结果除了站在男性立场讲述女性成长故事的态度之外,陈彦对饮食男女不自觉的是非评判也很值得借以作客观性的研究。

2.单向延伸的两种面孔

在兼任作家之前,陈彦首先是一个戏剧创作者。在戏台上,人物有血有肉是第一要义,剧本必须直观呈现善恶形象,这种次序分明的创作思路势必延续到他的文学创作中。因此《主角》作为一部“用生命灌注的人间大音”,容纳的几百号人物性格特色都有鲜明的区分,增强了效果的冲击力;但戏曲

① [法]加洛蒂·罗杰:《论无边的现实主义》,吴岳添译,上海文艺出版社1986年版,第160页。

② 王向峰:《现实主义的美学思考》,文化艺术出版社1988年版,第115页。

③ “就目前的历史时段,要达到理想中的现实主义美学范型所要求的高度的客观性,看来还是一种奢望。”参见路遥、王耿:《客观性的悖论与话语权力的博弈——论现实主义无法回避的现实》,《山西大学学报(哲学社会科学版)》2017年第2期。

④ [美]考得威尔:《浪漫主义与现实主义》,薛鸿时译,三联书店1988年版,第9页。

色彩过于浓重的两极化性格却也犯了绝对主义的错误，甚至部分人物仅作为情节推动力或作者的话语工具而设，如石怀玉勉强的幽默成分令人不堪卒读，丁至柔等人也不过被当作了绊脚石形象，面目并不清晰——由此许多角色的多义性被漠然小写，乃至抹杀。可见，作家客观态度的不彻底暴露了写作情绪的起伏，文本的阐释空间因此缩小。

在现实主义作品中，为了避免修辞介入的失度，给人一种太露太直的印象，作家需要降低另类的他者化冲动，用路遥的话说，就是尽量“要给文学界、批评界，给习惯于看好人与坏人或大团圆故事的读者提供一个新的形象，一个急忙分不清是好人坏人的人”[①]。

而在《主角》中，陈彦尽情利用戏曲的“高台教化”功能，通过贬低反面人物来对比褒扬嘉言懿行，目的性时刻追随主题不言而喻：以外部观之，每段争斗故事中都有善与恶的两极形象，当负面人物如黄正大、廖耀辉为非作歹，令秦娥无路可走时，总会有舅舅、胡老师、秦八娃、莲花庵住持等人如及时雨一般地出现，为她指路；以内部观之，作者在深耕人物个性时亦尽情渲染大是大非的色彩，对于楚嘉禾及其母，陈彦放纵反向的写作力量，令楚嘉禾一生构陷、打压秦娥不依不饶，即便晚年也要不惜代价利用网络暴力搞臭秦娥的名声。尽管期间作者也曾关照过人物的两面性，譬如楚嘉禾争抢不过秦娥的沮丧，廖耀辉晚年瘫痪后的悔悟，都表现了可恨之人的可怜之处，但相比于《白鹿原》等作品，这种双向的考量在《主角》中毕竟少见——更多的是善恶性格的一以贯之，譬如楚嘉禾为恶一生，结局并未有悔悟的交代；黄、丁两团长唯一的面孔也不过是压榨主角——无论是善恶双方的比对还是恶人群体的极端化，过分积极的修辞姿态反映了作者的主观意图和引导倾向，决定了他介入型的修辞姿态，不完全的客观性导致了人物的扁平化，也使得阅读成了一种“未读卷末，已知用心”的直白讲述。

三、为有源头活水来——敞开的现实主义之门

文学的发展既是一种“前喻文化”又是一种“后喻文化”现象。[②] 罗杰·

① 《路遥全集》，广州出版社、太白出版社 2000 年版，第 19 页。

② 参见李建军：《文学的态度》，作家出版社 2011 年版，第 262 页。“文学后喻”现象即指后代作家摆脱前代作家的“影响”而另辟蹊径的过程。

加洛蒂在《论无边的现实主义》中说,“现实主义作品就是不断对现实提问,并用神话虚构创造的作品,即表面上看来不现实但走向更高现实的作品”[①]。21世纪以来,中国的城市化已经发展到一个十分热烈的阶段,当人们的心灵状态与社会状态发生错位,越来越多的作家开始牵引大众回到赖以寄生的文化大地中,现实主义逐渐由艺术真相走向生活真相。所以如今言及现实主义小说,指的是一种调整后的概念,陈彦以其特有的戏曲文化韵致和历史理性,提供了有价值的经验和启示。

《主角》这部小说在艺术上呈现出一种独特性,源于生活却并不完全仰赖生活,传统文化精神、朴素人道主义、民俗艺术的救赎、全球视野下的文化担当……皆有所言。陈彦远远超出单一主题的建构而向四周辐射,其目光不仅止步于复归传统、回望历史,也不局限于当下的现实关怀,而是包容“历史”的一切,超越了“现在”而指向了“未来”,这种广义指涉强有力地证明了当代现实主义叙事的敞开面向。

1. 主角内涵的活泛性

诗人海涅有言曰:“每一个人物在它的地位上都是主角。”[②]对主角的解读自当从释义入手,忆秦娥的蜕变不过是其中最强烈的一种,作品中对这一隐喻有更多的讨论——无论是忆秦娥与楚嘉禾、龚丽丽,胡彩香与米兰这些名伶间的主角之争,还是胡三元与郝大锤对鼓槌的争夺,抑或宋光祖与廖耀辉主厨地位的不断变动,朱继儒与黄正大的主任权力之争,甚至暗线中胡三元与张光荣对胡彩香的爱情之争,对剧团在新时代风格走向的分歧……主角意味着中心,意味着成功、权力和食物链上层,因此小说中二三百号人物为了主角地位无差别地在争斗中生活着,寻求,征服,报复,平地起高楼,斯人独憔悴,试探别人也被别人试探,构成了一对对权力话语的角逐。

另外,梦境作为“与现实映射的互文本,现实的前叙述”,也承担了一部分教谕功能。作者变相现身于小说中,借牛头马面之口,以戏剧化的鬼魅形象折射时代,“都唱了主角,谁给你搭台呢?”[③]……处处皆为对争抢“主

① 张德祥:《现实主义当代流变史》,社会科学文献出版社1997年版,第117页。
② [德]海涅:《海涅散文选·论浪漫诗派》,钱春绮译,百花文艺出版社2005年版,第43页。
③ 陈彦:《主角》,作家出版社2018年版,第538页。

角”乱象的诘问,恶俗的语言风格将控诉与嘲讽推向极端,以此来抵达暴力的高潮。

可见,从超出人性的单一角度观来,《主角》并不是借着利益冲突而摆设的一场情欲盛会,而更是时代文化转向的产物。整部小说充满了危机感,有传统文化的生存危机,艺术精神的堕落,甚至人性的破败。但有限的艺术资源决定了没有一以贯之的成功,谁也不能做真正意义上的主导者。譬如胡三元最后成功取代了郝大锤,保留了纯粹的鼓艺,但又正是这种近乎偏执的坚持造成他中年恶化的人际关系和坐牢经历,以及无路可走而回到九岩沟敲皮影戏的晚年结局,都不能算完全的圆满。作者在结尾处留的一阕小词意味深长:“喜剧悲剧。转眼半百主角易,秦娥成忆舞台寂。”[①]因此,何以算主角,谁是主角,谁可以、怎么样当得上主角,是作品中处处隐现的终极之问。

2.儒道佛美学精神

在解读“主角”内涵时不难发现,陈彦自开篇便有了将其纳入传统文化体系中的自觉,古老的秦腔艺术配合陕秦地方精神资源,使得个体的蜕变之路又更上一层。忆秦娥纯真至极、退让不争的性格,以及四个师傅身上的“忠孝仁义”,都与儒家“约欲”“求仁”“达义”的道路相通;在人生的“求是”方面,忆秦娥则“不动心”而整日钻到练功场里“焖戏”,这种浩然之气也是“内圣外王”理念的拔高。其次,秦娥对于唱念做打基本功亦是每日孜孜,日臻化境,“‘卧鱼’一卧小半天,朝天蹬一扳半小时”[②],不免让人联想到道家“心斋”“坐忘”的心意状态;而从烧火丫头的“无所待”到秦腔小皇后的“有所待”,她对戏曲的热爱依然如故,只不过身份的改换使她有理由“待于”艺术的自由,“待于”人生的澄澈平淡。

佛教思想在《主角》则有着更深的痕迹:人的本质是痛苦,这是佛教的人学定义,于是人物以赎罪意识来吁求宽恕,成为陈彦作品中的典型模式。无论是《装台》里的刁顺子,还是主角忆秦娥,或是《西京故事》的罗天福,都将命运中的自然悲剧归咎于宿命的辖制,只有更多“下苦力”方可获救——这是人物纯良天性所致,也是一种面向佛祖的虔诚反省。妻子的离开和死

① 陈彦:《主角·后记》,作家出版社 2018 年版,第 779 页。

② 陈彦:《主角》,作家出版社 2018 年版,第 494 页。

亡、自己的痔疮病、装台时遭到的非难,在刁顺子眼里莫不归因于自己“往日昧了人家啥东西的报应”[①],最爱听的戏曲《清风亭》也讲述了一场因果报应的故事;《主角》则更甚于此,忆秦娥因儿子刘忆的意外死亡而憎恶自己,越来越认为“自己如野兽一般的‘荒淫无度’”才真正害了孩子,甚至梦中反思罪状,定义自己为“死有余辜”的恶人;又把个人的婚姻不幸、事业不顺、所爱非人,皆当作因果报应而默默忍受,每每准备出家以求得超度——他们都把众人看作可怜人,殊不知自己才是佛祖所说的“可怜的不觉者”而已。

此外,中国禅宗的特质也在文本中有所显现,石怀玉正是其化身一种。他在终南山下弹奏《广陵散》时令人惊心动魄的癫狂状,为作品《秦魂》被毁而自杀的极端自由,实际上象征了禅学中“消烦恼”“重解脱”“无念无相无往”的心性追求——利用本土传统思想哲学,陈彦寻回人之为群的应有秩序,重构了历史与人文的关联,表述了一个普通人如何能不纠结于生存之外的烦扰而生存,如何忠于生命本身而使生命自显庄严。

谈及佛禅思想的影子,典型者另有一位——作为秦娥灵魂导师出现的秦八娃,这一具有救世功能的智者形象乃是现实主义题材中常见的典型,一如《白鹿原》中的朱先生。这种近在目前却难以抵达的个人英雄正是文学中常见的“卡里斯玛”[②],代表的是全民最高的精神寄托。

回溯文本,秦八娃每次的现身与抽离都有着传奇色彩,实际代表了超我对本我的抑制,正符合禅宗“绝对通达无障碍、绝对自由无束缚”的境界——为青年秦娥量身打造的《狐仙劫》助她达到事业巅峰,在秦娥中年苦于谣言时的规劝助她重振出山。在秦娥多次被推落人生谷底时,这位乡镇文化站长总能及时出现,挽救她于深渊。荣格曾在《心理学与文学》中讨论过三种基本原型,提到除了“阴影”和“阿利玛(神奇女性)”之外,还有一种以思想形式出现的“智慧老人”。[③] 这类形象曾在新时期的中国文学中集中出现,正如《人生》中的德顺老汉,他们作为历史力量的化身居于日光之下,

---

① 陈彦:《装台》,作家出版社 2015 年版,第 378 页。

② 参见翟文铖:《卡里斯玛形象的倾倒——论新生代小说对英雄人物的颠覆性叙事策略》,《当代文坛》2008 年第 3 期。

③ 参见[瑞士]荣格:《心理学与文学》,冯川、苏克译,译林出版社 2014 年版,第 132 页。

不仅能弥补主人公在智力方面的不足,有时还能检验社会的道德品质。

不过从另一角度看,相较《白鹿原》中朱先生身怀大义却不得不依附于官僚的缺陷,秦八娃的形象却具有太多的超个性因素,过于完美以致近于虚化、趋于神性,不能不说违拗了寻常的人性特征。毕竟如林德荷姆指出,现代社会的“卡里斯玛”仍旧是非日常性的,它并非寄居在某个人身上,而是弥散在社会的方方面面。坦诚地说,秦八娃这种艰巨而万能的目标有时仅为了作家的雄心而设,而真正现实的人物,即便再伟大不过,以人性的本质论看来也只能算削弱的一个“卡里斯玛”而已。从表达效果分析,这种人物塑造方式虽然简便却显得廉价,尤其在现实主义文学领域,过分依赖崇高性的美学建制控制了叙事本身的自由空间,这反过来为其他的文学创作者提供了一种去概念化的警示。

3.民俗救赎与文化担当

《主角》的成功在于它很好地解决了“可读性”问题,在于它将戏曲秦腔与大众接受之间的链接,在于它以世界性视角对中国非遗文化凄凉在念的关怀。传统文化不是新时代的“田园牧歌”,民族的、乡土的也并不意味着“下里巴人”,相反,正如列维-斯特劳斯将“封闭与开放”作为一种特定文化存在与繁衍的双重节奏,当民俗文化已经成为中国符号走向世界舞台,在“封闭与开放”中以一种“遥远的目光”重塑被遮蔽的中国形象,“以古人之规矩,开自己之生面”,在如今文化保守主义和现实主义多元化的新背景下尤为重要。

坐而思之,作而行之,陈彦凭借独特的个人经验,进行了一场别开生面的现实主义叙事。在此意义上审视《主角》,一些更关键的追问便是:一部作品要聚拢如此复杂的碎片化的发言,陈彦是如何运作小说肌理的?要建构中国文化形象,如何“寻找属于自己的句子”?在当乡土美学难以维持,如何保持民间艺术的原汁原味?

以陕秦特有的地理环境而言,远离江南水乡的叽喳世相,相对封存的生态造就了沉雄阔大的地域精华,历史网开一面,留下了沉雄老人般的陕北,大文化背景亦造就了豪迈剽悍、自命不凡的人类之群。从文学形象上看,陕秦作家笔下的人物多具有孤愤气质,在逆风而行中展现出不屈压迫的超越性。这样一种在野的文化力量使秦地文学在不断更迭的历史命名中得到了身份确认,文字因此更具古道热肠。而其地土生土长的特有民俗——秦腔文化正提供了一束淡弱有力的折光,与作家们在悲怆氛围中激扬起的美学基调同构异质,赋予了作品令人心向往之的地域神韵。

“山川不同,则风俗区别,风俗区别,则戏剧存异;普天之下人不同貌,剧不同腔……或问:谁为历史最悠久者,文武最正经者,是非最汹汹者?曰:秦腔也。”[①]陈彦写时代动荡和秦腔艺术,并不依靠意识形态来勾连;写小女性在陕秦地方的命运蜕变,也并不降格为琐碎的个人痛痒。因此《主角》既是一本游离在秦腔演员饮食生活中的微型小传,又是一部承载了戏曲大道与生存命题的煌煌之作。当大众逐渐厌倦了文坛上挥之不去的缱绻滥调和爱情诉说,渴望具有震撼力的形象出现时,此类民风民俗系列或许更能给人以眼的远视与心的飞翔。

其实文学与民俗同作为人类文明菁华,二者对话关系的密切性本即不遑多让。无论是物质实体民俗还是心意精神民俗,无论是沈从文之浪漫边城还是周作人之封闭鲁镇,文学与民俗之所以自古代便相伴相生,及至当代仍占据艺术题材的两大高地,正由于二者皆循着“为人生”的创作目的而来,为人的喜怒生死而歌哭,都是人类为突破自然选择的压力、超越肉身窠臼而创作的精神文化产品。

文化本身是一个极为复杂的系统结构,一如当代美国文化学家克罗伯总结的,“文化是一种架构,包括各种内隐或外显的行为模式,通过符合系统习得或传递;文化的核心信息来自历史传统,有自身的规律”[②]。而民俗艺术正符合这种“历史传统”的要求,延续了未竟的启蒙任务。它凭强大的自我更新能力,能适应千百年时代的变迁,同时又不断调节本民族精神与时代精神,将各种营养消化于自己的肌肤之中,抗击着企图改变民族精神的一切外来影响。

民俗救赎的提出,不仅出于怀念古风世道的情绪,也并非为建立一个新新的文学流派。因为文学本不是“私有形态”的事情,人们期待的文化复苏,绝非简单地展现这块地域上的远古残梦,而是为了观照在如此严峻生

---

① 贾平凹:《秦腔》,作家出版社 2008 年版,第 55 页。

② [美]克罗伯·克拉克洪:《文化,关于概念和定义的探讨》,李冲译,上海文艺出版社 2009 年版,第 74 页。

存环境下群体生命的历程，歌颂用坚定意志战胜命运的震撼人心的壮举。其中的苦难叙事受益于地域恩赐，在不经意间已具备了某种深度——大苦之中必有大乐蕴藏，恰似淤泥包容着莲花的清洁。

正如《秦腔》赵宏声题于戏楼之对联："名场利场无非戏场作出泼天富贵，冷药热药总是妙药医不尽遍地炎凉。"[①]在为秦娥镀金的锤炼过程中，陈彦立于终极关怀的高度，描绘了诸多残缺性人生场景，展示了一个成熟作者对时代的百忧交集。苦难的不断袭来既推动了主角的心灵裂变，又暗含了对于名利时代中人性异化的批判——在民俗文化、历史结构、人性本质等多维度的合力中，陈彦成功把握了文学功用的多层次性，这既冲击了文学专业领域内的热闹假象，又为新世纪现实主义文学作品如何"讲好中国故事"的疑问提供了最直接的答案，"方寸行止，正大天地"[②]。《主角》为文学的"载道"功能提供了新的立足点，塑造了一个"集体安顿心灵"[③]的世界。而作为一种学术视角，这部小说带领大众见识到了文化中国的安身立命之处，在如今"传统与革命、全球化与地方化、现代化与国家化等各种话语体系彼此交融博弈，有摒弃、有再造、有濡化、有复兴"[④]的框架下的意义则更加清晰，它以开放鲜活的视野吐故纳新，廓清了民俗救赎与国家在场之间的内在可能性。

《主角》的出世对当代作家的写作倾向亦有纠正。陈彦在剧团中多年的任职和剧本创作经历，令他与社会底层的衍变之间能达成某种共振，因此见解深刻，写下的并非无的放矢的论说。他对生活中的大爱大勇皆有理智的抓取，观照到人物在大起大落中如何负重前行，因此笔尖带着刀斧的凿痕，常显露出极度的强健和生命的充实。而且转录了当代中国巨大变化的这部作品，还延续了未竟的启蒙命题，完成了由他在、客在到自在、本在的过渡，完善了从迷失彷徨到回归与深化的过程。正如葛亮在《北鸢》自序中的讲述："这就是大时代，总有一方可容纳华美而落拓的碎裂。现时的

① 贾平凹：《秦腔》，作家出版社2008年版，第392页。

② 陈彦：《主角》，作家出版社2018年版，第779页。

③ "在对传统文化的想象和神游中体会到安身立命之处，我们中国人，我们接受传统文化教育、熏陶、塑造的中国人，还是有集体安顿心灵的地方的。"吴重庆：《无主体熟人社会及社会重建》，社会科学文献出版社2014年版，第55页。

④ 麻国庆、朱伟：《社会主义新传统与非物质文化遗产研卿》，《开放时代》2014年第6期。

人,总应该感恩,对这包容,和对这包容中铿锵之后的默然。"[①]

四、结语

且将分析视角转回总体的知识清单上来,本文尝试借助现实主义文学的两种主要原则和新时代的开放性,解读了茅奖新秀《主角》中隐含的多重光芒。在"典型""客观"的理论困境中,作者既有顺承又有突破,同时又因难免陷入窠臼而遮掩了现实主义的谎言。而以上手段皆反映了《主角》的工具性,其目的性直接指向文化启蒙中的民俗救赎主题。

陈彦提出"文化要以历史理性烛照现实"的主张已有十年之久,《主角》亦以合拢四面的伟力呼应了秦地悠久的文学主张和新时代的精神困境。这种无畏的实践反馈给当今文坛的是直面现实的勇气,启蒙力量激励着我们在激烈的新文学纷争与思潮回落后尝试重新找寻民族自信力的表达,去审视当代文学中一个既老又新的现实主义写作公案。

(特约审稿人:马兵)

王治涵,山东大学文学院2017级本科生。

① 葛亮:《北鸢·自序》,人民文学出版社2016年版,第6页。

经典

Classic

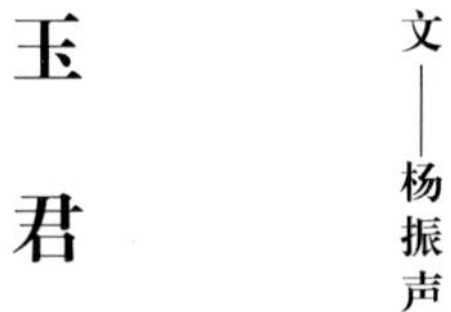

玉君

文——杨振声

一

正是初秋夜里，窗外月清如水。我一个人独坐在屋子里，单零的影子照在书架子上。不免回想到未离家以前，父母俱存，姐姐未嫁，亲友往来频仍，家中总是热闹闹的；现在呢，一个人远游归来，只剩下孤另另的一身与几个老仆同居。正在低回往事，忽听到"乒乒乒"一阵扣门的环声，把我的旧梦打断了。

张老头出去开了门，回来往我的窗外打个招呼道："杜少爷来瞧你啦。"

我正要迎出来，杜平夫已经一头撞了进来。把帽子向桌上一掷，转身像块大石头似的坐在沙法上，两手抱了头，一声不响。只见他两扇脚在地板上一起一落的。

我问他话，他也不理我。我退两步坐在一张摇椅上，一面摇着一面望着他。

他忽地从沙法上跳起来，在地上绕了两个弯子，拿起一支香烟，自己燃着，把火柴狠狠地一掷；掷在地板上。一蹲身又坐在沙法上。痛吸了一口香烟，对着喷出的绕缭烟雾出神。我过去把火柴的余烬用脚踏灭了，又回到自己的摇椅子上望着他。

他毫无声息地吸完了半支烟，把其余的半支掷在地板上，用脚狠狠地擦了个粉碎，把身子向沙法背上一仰，哈哈了两声，又无一点声息。我仍是一面摇着椅子，一面望着他。

他闭上一回眼，像似有所回忆。忽然两个眼圆睁起来，冷笑道，"哈哈，胡子胡子！你的女儿不能与仇人的儿子结亲,仇人的儿子却偏要娶你的女儿。不错,偏要娶你的女儿。”说着他又把脚一顿。

他停了一回,把背离开沙法,两手抱了头支在膝上,眼望地不动,微弱的声音问我道:“你记得周玉君不记得?”

“周玉君?”我的声音不知不觉的从嘴里跳出来,同时我的心也乱跳起来。

“不差,花市街周胡子的女儿。”他慢慢地这样答。

“周玉君怎么样?”说着我仿佛看到十余年前朗目皓齿的玉君,歪了头站在我面前。

“我在北大,她在师范的时候,我们两个人认识的。”他说着站起来,又以拳抵案道,“今天到她家里去提亲,被胡子骂了个落花流水!”

我的头渐渐低下去。停了半天,又问他道:“你们两家,也算是门当户对了。胡子因为甚么生气哪?”

“谁不是这样想!”他拍着桌子说,“那里料到胡子想起几十年前的旧账来！他说是当他与先父同僚的时候,先父为了一件事,不念乡谊,把他参了一折子。现在他的女儿不能与仇人的儿子结亲。可惜玉君的母亲已死,无人替她作主。她的继母,又是漠不相关的。胡子又拉扯上甚么自由恋爱,洪水猛兽等话。最可恨的,他把玉君教到跟前,痛骂一番,不许她再到北京去。”

“今天晚上,”他停一回又接着说,“我会到玉君,你看,这是她泪洗了的一条手帕——”说着他的眼也红了。又退一步坐下去,低了头不作声。此时屋内屋外都无声息,只有小猫球儿在软椅的角上,团了身子,肚皮一上一下的咕噜咕噜酣睡——万事都不关心的酣睡!

停了好久好久,他站起来说:“我明天就要动身到上海赶法国船去啦,去后关于玉君的事,一切请你照顾。我已同她说过了,明天早晨,她到海岸送我上船。请你也要来的。”

说完他拿起帽子来,迈步走出去了。

他去后我一个人对灯独坐。回想当我十五六岁的时候,祖母尚在。她最喜欢招来亲友中的女孩子们到我们家里,陪着她老人家听鼓儿词。当时大家最心爱的一个小女孩子,就是周玉君了。她是父亲的朋友周胡子的女儿。那时不过十一二岁。乌发雪面,明眸皓齿,常常赤着两行小牙,腮边一对笑窝,抱了花跑来找姐姐。

有一次她同姐姐在后院子里灌花,手里提了水壶。仰着脸同姐姐说笑,冷不防被老树根绊倒了,抛了水壶,溅了新衣。我过去拉她起来,她擎着两只小泥手只是哭。姐姐过来替她用手帕擦干衣上的水,她还是哭个不休。我跑到屋子里,找了一把斧头,过去对那老树根拼命的叮叮乱砍。她见了才转哭为笑,从两眼的滢滢泪光中,射出感谢我的笑意。

我那时痴头痴脑的发了许多儿童的幻想。她虽是一个十一二岁,天真烂漫的小女孩儿,然在我心中,她是我的思想的中心轴。我读书是想日后作大官,骑了马回家对她夸耀的。她的先生责罚了她,我知道了总是义愤填胸,想替她报仇。

又常幻想她与我在漆黑夜里,跑到高山深林中去逃难。狂风怒吼,野兽咆哮,她吓得紧紧地抱住我的臂腕,悄悄无言地走路。忽见山头上现出一片火把来,一群强盗,露胸攘臂,手持明晃晃的板刀闯过来,要抢劫玉君。我把玉君藏在石后,一人奋臂当前,夺过剑来和强盗打退,却是自己也受了致命的重伤。玉君出来,见我倒在地上,跪下伏在我胸上哭,眼泪都滴到我的伤痕里。我一时想坐起来安慰她,告诉她我一点儿都不痛。但是身不由己,刚抬起半身,便又倒下。一阵心痛,就死过去了。她从此接着哭我。直至她长到十五岁,十七岁,十九岁都不忘我,嫁了人还时常到我坟上来吊我。

这种痴呆的思想,直至现在十余年后,还在我心中留下印痕。不过自从两家老人凋零,玉君的哥哥早逝,我的姐姐已嫁之后,两家的往来便渐渐的断绝了。我在外前后十余年,竟未得见她一面,而她的消息也久经沉杳。于今我回来,家中剩下孑然一身,而她也快要嫁人了!

我正在想的无聊,忽被小猫球儿苗了一声,把我的思线碰断了。我抬起头来,只见它在软椅上翻转身来,对我伸开两只前爪,鼻子向上一痉,赤了牙,打了一个深深的呵欠,又咕噜咕噜一阵,仿佛是警告我天不早了,快睡觉罢!

二

早晨六点钟出了城门,见朝日刚从树梢探出头来,照在盖满露珠的草地上,蒸起一层晶雾。远远地望见几个村落中冒起缕缕炊烟,直冲上新开放的淡蓝天空。我沿着一片菜园子向海边走去。一面走一面回想昨天晚上杜平夫对我所说的话。想起要见多年别过的玉君,心中不免突突地跳。想到平夫是个有性情的男子,又私为玉君喜。但是,平夫去了,要我照应玉君;在中国这个社会里,男女中间,都是隔条天河的,那里有互助的机会呢!岂不是令人搔头的事吗?

我说着一抬手,把个路旁站定,拉菜车子的驴儿,打了一下。我是低了头在菜园旁边走,打驴儿正在那里打盹。我这抬手一下,又正碰在它的眼上,它冷不防吓了一跳,脖颈一仰,向上一跳,拉了菜车子就跑。把车子上刚刚装好的清新油绿的韭菜,菠菜,王瓜,大葱,小白菜,紫胖的茄子,红脆的水萝菔,都倾翻在地上。还有几个肥的青椒,冬瓜,王瓜在地上乱滚。

菜夫正在抱着菜向车上装,见驴儿跑了,快放下怀里抱的菜,把那个受惊的驴儿拉了回来。那驴儿直仰着长脖,竖起一对大耳朵,吁吁地喘气望着我,用两条后腿向地上乱踢,大有对我过不去的样子。

我对菜夫抱了歉,帮他把菜装好了,又向海边走。

穿过菜园子,便是一片沙田远接海岸。过了沙田,我便望见一对人儿在海岸并肩散步。他们走着渐渐慢下去,又渐渐地那位女子停住了脚,脸转向一边,头渐低下去,看地无言。那位男子站在她面前,伸开膀子,似乎对她有所请求,但是她不应,那男子的膀子,渐渐地垂下去,也低了头看地无言。

离他们不远,有一个六七岁的小女孩子在那里低头躬腰拣石子。此时海岸上只有他们三位,静悄悄地站在朝日中,背衬着一片海水的清碧,远接天边。

我不好意思走向他们,只得低下头向那位小女孩子走去。只听背后有人叫道:

"一存,我同玉君在这里等你半天了。"

我转过身来,见杜平夫与周玉君正向我走来。玉君高细身材,眉目间犹是幼年的秀朗,而神采越见飘逸了。我正想向她迎上去,而两足偏偏趑趄不前。玉君乍见时红了脸,蹒跚地走过来。海风吹得她的玉白纺绸刺花短袖与下身的哔叽百褶白裙都翩翩向后飞舞,像似止她的前进。她的柔黑的睛珠，满含着羞涩的笑意道："林先生，你可记得十几年前的玉君？"

我从她的笑中，犹依稀见到她幼年的憨态，便答道："只有你笑的样子和你哭的样子，我记得最清楚啦。"

"可是我常常哭过？"她笑着问我。

"哭是不常哭。只是一哭就会闹乱子的。你可记得我们后院子的老树根是你哭断的吗？"

她听罢红了脸一笑，那披肩的雪毛，也都丝丝摇动，磨擦着她红润的双颊。

"从前家兄在着，我们还时常得到你的消息。后来家兄去世，消息就断绝了。"她说着把头渐渐低下去。又接着道，"我在北京的时候，你已经到外国去了。听说你连朋友的信都不写！"

我答道："人家有了快意的事情，才写信给朋友要他们高兴；有了失意的事情，也写信给朋友要他们伤心。我既无得意的事情能使朋友高兴，又不愿意写失意的事情教朋友伤心，所以就用不到写信了。"

她听罢把头掉过一边，假装看海，不再理会我。我又指那个小女孩子勉强搭讪道："那是谁？"

"那是我妹妹菱君。"玉君说着对菱君招手道，"妹妹，过来见见林先生。"

菱君听罢，两手捧些石子跑了过来，只见她雪白的皮肤，乌黑的头发，星目朱唇，犹是当年玉君的样子。我要同她握手，她把石子用左手向胸前捧着，抬起右手来与我握手——一只丰软的小手，指根上一行四个小窝。我问她话，她不回答，只退过去用手弄她姐姐的短裙，瞪着两个滴溜溜的大眼睛望着我。

玉君用手抚着菱君的头道："怎么啦？平常是个话婆婆，现在倒成了缄口的金人了！"

忽的汽笛一声，大家都吃了一惊。转头看时，见一只载客的小汽船，飞箭似的，从西面驶进港来。平夫把那只船恶狠狠地看了一眼，脸上忽地老了十几年似的。凑近一步，眼里冒火一般的看着玉君道：

"玉君！"他说了这两个字，再也接不下去了。他的咽喉为感情塞住了。

玉君慢凑到平夫的跟前，拉了平夫的手，两眼满含着泪光，希望，怨望，

看了平夫半晌,她微启的唇,被日光穿射,映出一种浅红的颜色,张了一会,方微微地颤动道:

“你去了三年以后就回来罢!”

“我不去啦!”平夫顿足道。说着把头低下去,好似要躲避玉君的目光。

玉君听了,眉头开锁了几次,勉强含笑道:

“笑话,为甚么又不去呢?”

“等到……”平夫咕哝了两个字便又断下去。

玉君看了他半天,放开了他的手,低下头半晌无言。忽地红了脸,对平夫嗫嚅道:

“你去罢,我一定等着你就是了。”

平夫抬起头来,眼里满含着感激的意思望着她,她低下头去。平夫伸开了膀子凑近了她。我忙转过脸,移开步,去叫脚夫。

行李都装好了,平夫与玉君还傍倚着不动。直至催客的汽笛又叫了一声,二人才如梦中惊醒。平夫依依不舍地上了船,那船便大叫一声,一溜烟向东驶去。

那船直走的剩下一丸黑影了,玉君还在那里站着不动。海风吹散了她的丝发,吹冷了她的雪腮,像一个玉雕的女神。

我在一旁低首徘徊,要过去劝她也不好,离开走了也不好,便想法把菱君招在一旁,要她拉玉君回家。菱君望了我的脸要想说话。我便躬下腰,她竖起脚尖,把嘴附在我耳边道:

“姐姐为甚么让杜先生走了,走了她又发愁?”

我笑道,“你不知道吗?”她摇了一摇头。“可是我也不知道呵。我们问问那海上的白鸥去罢。”

她听了直瞪着眼看我,表示不满意。又把头一歪,转了身跑去她姐姐身边,拉了她姐姐的手道:

“姐姐,我们回家去罢。”

玉君随着她低了头慢慢地走去。我也无精打采地走回家。

三

正是初交中秋的天气。禾稼尚在田里未获。这一天我与张老头同到西庄子上去看看田。就在一个田家用过了午饭。张老头便同几个农夫到树荫下去歇午去了。我一个人闷闷地往家里走。虽是秋日而午热尚浓,此时午日方斜,人倦欲睡。经过几个村落时,看见村头树下,几个农人围坐,吸着旱烟,大家谈天。路旁的酒店里,这边坐几个,在那里吃酒;那边坐几个,在那里打盹。我一个人穿阡越陌,慢慢走来。四围寂静,只有微风吹动禾叶,刷刷作响,与离落的几头老牛龁草的声音。我又走过一个小溪旁边,溪岸坐了几个洗衣的幼女,不远处又有几个垂钓的儿童。溪上对对的秋燕,掠水飞翔。在这种艳阳光下,生机四露的地方,我一个人总觉懒姗姗的,像个失掉同伴的羊。踽踽走回家中,见张妈正与她女儿琴儿在那里捣衣。见我进来,她们都停住手问我话。

我笑道:"刚到中秋,你们就忙着捣衣了!"

张妈笑道:"俗话说的好:'山枣一声,懒媳妇吃了一惊。'我与琴儿反正是闲着没有事,现在就把冬衣忙好了,免得山枣上市,还要吃惊呵。"

我懒懒地走进屋子。西窗上满窗骄阳,有几个长脚蜂儿在新油糊的纸窗上嘤嘤乱碰。琴儿送过茶来,问我可要吃点食,我说不要了。她又把院子里晒的书,一部一部搬进来。搬完了,站在书架子前去整理。

琴儿是张老夫妻唯一的女儿,那年已是十五岁了。生得紫胖胖的脸儿,不笑不说话,一说话就没有尽头的。她一面理书,一面报告我些东家长,西家短的话。我半听不听地同她打混,忽然听到她说甚么周小姐常到海边去的话。

"可是花市街的周小姐吗?"是我发急地问她。她眼不瞧我,只是点了点头,继续理她的书。"周小姐怎么样?"我又发急地问她。

她回过头来看我一眼,又转了过去理她的书,只装没听见我的话。

我说:"琴儿,你这个孩子怎么学坏了!我不问你的话哪,你总尽量的说;我问你话哪,你倒不说了。"

琴儿回过头来笑道:"你这一着急可就把我吓忘了哪。你刚才问我甚么来?"

我气了道:"琴儿琴儿!你老是这样地和我淘气,我明天只好搬到西山园子去住了。"

"少爷,你别动气,你听我告诉你。"琴儿一支一板地说道,"我今天吃过了早饭,跟对门的小润一块儿到海边去玩,看见了周小姐在那里站着哪,眼瞧着海,老久也不动一动。小润告诉我,说是周小姐常常地到海边去哪。从前还领着她小妹妹,后来只是她一个人。人家全都说她会跳海的。"

"胡说!"我说了却不知不觉的站起来,仿佛看到惊涛骇浪中伸出银白的牙爪把玉君抓拿下去。

琴儿看我出神,莫名其妙,瞪了眼直望着我。我觉出她的注视来,自己不好意思,正想转身向外走。忽听窗外张妈笑道:

"赵大娘,原来是你! 那种风把你吹了来?"

"你们的少爷可在家里吗?"是赵大娘的声音。

"你找他有甚么事?"

二人低声咕哝了一回,又都笑起来。

张妈走进来对我说:"赵大娘要见你哪,有要紧的事要同你商量。"说完对琴儿挤一挤眼,笑着出去了。

不久张妈领了赵大娘进来。赵大娘年近五十,瘦面薄唇,衣服素洁。我让她坐下,自己站到书架子前,假装理书,不去理她。

赵大娘把我打量了一番,说道:"多少年不见,居然长得这样魁伟了。"

我仍是不理会她。

她停了一会,又搭讪道:"当日老太太在世,我是常常来问候的。嗐!姑奶奶还不是我作的媒吗? 你看,姑老爷这几年人旺财旺的,那个不羡慕人家! 当初我到贺家去提亲……"

"赵大娘,你现在还当媒人吗!"我打断她说,"现在的新法令,凡当媒人的,都割去舌头,抛到海里去。"

"你别害怕,我不是来作媒的。"

"好的很,你请吃茶罢。"

琴儿倒了茶送过去。赵大娘一面吃茶,一面两个眼随着我的行动转。打混了几句闲话,又向我笑道:

"我们若是不当媒婆,你们也没得老婆。"

"谢天谢地,傻子才要老婆呢。"

"怎么? 连老婆都不要啦!"赵大娘说着把茶盅放下,责备张妈道,"你们老夫妻俩受过老爷太太的恩惠。于今你们少爷没人管,这样自由自性的，你们也不劝劝他！”

“我们也不劝劝他！我的老天爷，那里有用呢！”张妈回答说，“前天我们姑奶奶回家，那样地劝他！证古论今，甚么话没说到！轻啦，他当作耳边风；重啦，他抢白我们姑奶奶一顿。姑奶奶红了脸，气得两个眼泪汪汪的再不作声了。嗐，你那里晓得我们这位少爷的古怪脾气！”

停了一会，赵大娘正色道：“玩笑是玩笑，正经是正经。我提的这位姑娘，却是不同寻常。别提长的多么漂亮啦，就是画也画不出！能写能算，待人又好，家里上上下下，没有一个不夸奖她的。并且人家又入过学校，正对你的……”

“她既然入过学校，就自己会嫁人，用不到你们多嘴长舌的。”是我打断她的话。

“哎哟，人家是甚么人家，能教姑娘自己找婆家！”她不耐烦的说，“个半月前还因为甚么婚姻自由，闹了个天翻地覆的。嗐！这都是……”

“你说的是谁呀？”我急问她。

“你若是一点意思都没有，我就不用说出名字来啦。”是她留难的话。

“你不说是谁，我怎么会有意思呢？”

“是谁？”她装腔作势的道，“说起来你应该知道。就是花市街周老爷的姑娘。”

我的头忽地大起来。满屋子里的桌子椅子都乱转。赵大娘的两个眼睛也在空中乱跳。我向衣架前扑了一步，抓起帽子和手杖，闯了出来。只听背后抱怨道：

“人家一不秃头，二不瞎眼，他怎么听了生气哪？”

“你可不知道我们这位少爷怎样的乖僻啦！凡是我们说是对的，他总说是错了；我们说是错的他倒说是对了。”

我如在梦里一般地走着，不知道走了好久，也不知道走到甚么地方，只见眼前一块大石头，背后是一株树。我便身不由己的坐下去。闭了眼背靠在树上。四肢都疲软了，毫无一星儿气力。脑子里倒是热的发酵，一切心思都如乱丝一般，丝丝带着喜怒哀乐各样不同的采色，互相搏斗，互相轮转。又都扭成一股儿，变为灰色情感。心中甚么都觉不出来，只是木木的一团。

不知坐了好久,脑中的热胀渐渐地低减了些。眼前又现出许多的图画来。仿佛是在埃及的东岸,赤圆的落日,如夜火一般,照的沙漠都通红。从天边的椰树间,跑出一群野人来,飞隼一般的快,直扑到我面前来捉我,我一时四肢无力,只好由得他们绑起。再一抬头,看见平夫骑在骆驼上,像个王子。我心中欢喜,想他一定救我。那知他把头掉在一边,只装不见,满不理我。我想到我原是对不起他的,无怪他生气。后来又转出一个女王来,与平夫并辔骑在骆驼上,我气的大骂平夫辜负玉君。平夫笑道:"玉君已经嫁了你,我有甚么辜负她的地方?"我心里也承认他的话。正在焦急,忽地眼前一阵红光,一切都不见了。

睁开眼一看,正是落日照在我脸上,我原是打了个盹。

我把身子转了一转,背着阳光,又闭上眼去默坐。仿佛又觉着自己在幼年的家庭中,家中来了许多的客,热闹闹的站了一屋子。姐姐也跑了进来,对着我点头笑。我正在猜想这是怎样一回事,仿佛听到大家交头接耳的说是我定了亲。我心里也想是不错,姐姐曾经告诉我要定玉君为亲的。又想起玉君要我替她刻个小猴儿,便得意洋洋地带了刀子与木块,跑到院子树下去动手刻起来。刚一蹲下身,便觉两只小手扪住我的眼,说道:"你猜我是谁?"我道:"玉君!"

忽听到背后一阵笑声把我笑醒了。觉着两只温软的小手仍握在我的眼上。我拉开一看,一个雪白的面庞,露着两行小牙,腮边一对笑窝,从我背后转过来。我嚷道:"玉君!"

"哈哈,我是菱君。"

我定神一看,果然是菱君,才知道自己真是梦魂颠倒了。菱君又对我道:"先生,你在这里打盹,不怕着凉吗?"

我再四处一看,原来是在望仙桥下一株老柳树前。是我们约好了为平夫递信的地方。

我从衣袋里掏出平夫船到埃及时寄来的一封信。为菱君装好在怀里。我问她姐姐可好,她点了点头。又附在我耳边说:

"姐姐常到海边去,也不告诉我。"说了歪了头,鼓起小腮,很不平似的。

我拍着她的肩说:"姐姐去散步,怕你跟去冷,所以不告诉你。快把信送去,看姐姐着急。"

菱君转身沿着河边跑去,走了老远,犹时从树丛中望见她的影子。

我坐到甚么时候才回家,也不晓得。只知上桥的时候,望望天上的星斗,已渐稀白。耳边上隐隐地听到几处的鸡声。

四

自从赵大娘闹了一场提亲之后,我心中平添了许多无端的烦恼。在家看书咧,看不到几行,心里就不知道想到那里去了。出门散步咧,走不多几步,心中便厌倦了。对人无故的发脾气,对自己的鼻子眼都嫌讨厌。于是把递信的责任,交付琴儿,自己便跑到北京来了。黄土依然旧样的多,饭摊依然旧样的脏。政治依然旧样的与黄土饭摊媲美不朽。不过还有一个学者的社会,是在中国旁处找不到的。我住了一年多了,也当了一名委蛇委蛇的教员。

有一天从学校领了薪回来,将一把纸票放在桌子上——自从金钱代工价后,这种支配道德,支配政治,支配世界和战的纸票!不觉自己对自己说:

"一存,一存,你又错了!为了这几张纸,你作了个雇佣式的教员,野鸡式的兼教!

"你说,古人教书,是学者的自由结合。所以没学问的不能教书,没学问上兴趣的也不来听讲。自从有了现存的学校制度后,教员不是以讲学为生命,是因缘校长谋饭吃。分班教授,便不管学生的个性与兴趣,教员的讲演,不过是无的放矢罢了。你这个话也不算全差。但是,你到那里找得到大学为公的地方,学者可以随意设讲席,学生可以自由来听讲呢!

"你说,教员是要能激动学生对于学问上的兴趣。引起学生心中的问题,再去帮助他们解决问题的。不是教员要颟顸地去讲,学生要无抵抗地来听。那是戏馆子与说书场的把戏,不是学校中研究学问的方法。

"你说,教员与学生之间,不惟有知识上的关系,又当有作人上的关系,教员为金钱而谋事,学生为文凭而混时间的,算不得教育。

"你说,学生与学生之间,应当多有讨论与切磋的机会。学校当多制造此种机会,正式的如各种讨论,辩论会等,非正式的如牛津,剑桥大学之下午茶会等,使学生得到机会与激刺,去讨论学术,批评政治,文艺及各种社会问题。

“你说,学校中当提倡各种的运动与社会事业,以期养成大家合作的精神(Co-operative Spirit)与处世的艺术(Art of Living)。

“你说……你说的话多得呢,但是那一件你做得到,那一件你能够帮一点忙！一存一存,算了罢！如其心上背着大黑点子混饭吃,反不如……”

一阵门铃响,把我的疯话打断了。不久,听差的拿进一封快信来。我一看,是玉君的,便先吃了一惊,她为甚么要寄快信呢?忙拆开看时,见是:

……家君将以妹嫁军阀之子黄培龢,争之无效,反遭诟詈。妹誓死不负平夫,誓死不嫁军阀之子。但平夫既远隔重洋,家兄又不幸早逝,举目无亲,仗义何人！且黄家既欲速娶,家君又利早嫁,幽谷深渊,迫在眉睫。此等委琐之事,非兄莫敢告语;患难之际,非兄莫能挽救。望念昔时兄妹之情,平夫委托之重,速出一弱女子于水火之中。平夫与妹,不敢忘德。鸟语莺啼,魂惊消息;海天云际,目断归舟。

玉君,五月十五。

细蒙蒙雨在海面上打起千万个白波,洗淋淋沉重的载客小舟,拢到轮船边。在人声嘈杂中脚夫挣扎着拉下了我的行李,并我一块儿用小舟渡到海岸上。一个人担了我的行李,我在后面一声不响的跟了走。

从雨丝迷离中,望见了城郭,又望见了家里的几株老柳树。进了门,张妈惊喜交集,忙着为我换衣服,为我烘屋子。张老头也笑着跑进来,从他的草蓬蓬的胡子里露出两行白牙来。他喜的没得话说,只说是要到前街去打酒,为我驱寒气,琴儿抱着小猫球儿笑吟吟的走进来。她比以前出息了许多,说话也带上些羞涩的意味了。球儿一进屋子便从琴儿怀里跳下来。跑到我跟前,围我转了几个圈子,又用脊背来磨擦着我的脚背,嗓子里咕噜咕噜的仿佛是说:“回来了,回来了!”

张妈与琴儿,忙着作了几样拿手好菜。张老头打酒回来,我的衣服也换好了。我让张老头夫妻一同吃酒,他们客气了一回才依从了。时已黄昏以后,窗外雨声,屋内灯影,大足助人酒兴。张老头夫妻,问我些异乡新闻,我就拉七杂八的讲起他们听。讲到高兴的时候,张老头夫妻点头叹息,琴儿也忘了温酒,站在门旁,瞪了黑溜溜的眼睛窃听。

我又转向张老夫妇问些地方上的情形。张老头报告我些家乡琐事。又叹口气道：

“自从你出门这一年多，家里的样样东西都贵起来啦。人家出门，作官的作官，发财的发财，回家来买房子买地；我们家里呢，化销一天比一天多，地租子一年只有几厘利，越久越不够啦。并且……”

“可不是！”张妈抢着说，“你看北街王家，长街苏家，庙后沈家，那一家不是作官发了财，回家来买房子买地呢！更有小井黄家，人家作了甚么师长啦！回家都带着护卫，家里新起的大洋楼，华美天堂的！啧！啧！啧！少爷，只有你……”她吃了一口酒，壮一壮胆子，又接着说，“只有你还得从家里要钱化！你也不……”

张老头看了她一眼，她才闭住嘴。于是两个人的四只眼睛一齐射在我脸上，我只得低下头去不言语。

半晌，我抬起头来问张妈道：“你说的那个黄师长，他有一个儿子吗？”

“两个啦，大的三十上下，小的十几岁，是姨娘生的。”

“你看见过他的大儿子吗？”

“没见过。听说有好几次到北京上学，都不行。要入兵营，他奶奶又不答应。现在还在家里闲着哪。”

“他还没有娶过亲吗？”

“怎么没有呢！不多些日子才死的。听说就要续娶啦。”

一时大家无言，停了一回，我又向张老头道：“我们西山园子的房子，可住得？”

“住是住得，只是狼狈些。”

“没有妨碍，我一两天就要搬过去住。明天你去对哈大爷说一声儿，教他把西北角上那五间正房打扫出来，就说我快要搬过去住啦。”

张老头沉吟了一回道：“少爷你还要带些东西去吗？”

“东西倒要带一些。把书房里靠南窗那一架子书也搬过去。”

“怎么？少爷你要在那儿常住吗？”张妈瞪了眼问我。

“住一年学学种地。”我笑着回答她。

“种地？”张妈把头一扭道，“我的老天爷！你看看！你在外国多少年，是学种地的吗？咄咄！”

“我很后悔我没学种地!”

大家一时都没声响了。停了好久,张妈长叹一声道:“上自去世的老爷太太,下至我们,所有的亲戚们,那一个不指望少爷读书成名,有点出息!谁想到少爷自由自性的,要跑回家里来种地! 难道你也穿粗衣,吃粗饭,和一群庄家霸子厮混吗?”说到这里,她看一看她老头子,张老头点了点头表示赞成她,她更壮了胆,又接着说,“再说,少爷这大的年纪,早就该讨位小奶奶了。这样的光杆一个人,几时是个尽头。娶位小奶奶,也好生下几个儿子,家中热闹闹的,就是老爷太太在阴世,看了也很高兴的。”

我只是低了头不回答。

“少爷,你可是有甚么不得意的事情?”她又问我,我仍是低了头不答。

“你可是有甚么心事,说不出来?”她又接着问,“果然是这个样,你一个人住在山里头,岂不是更要伤心啦吗?”

“你不要再问啦,少爷真个伤心起来了!”是琴儿的声音。接着屋内一种说不出的凄凉,大家默然,只有我的泪点衣襟与窗外细雨断续的凄切声响。

五

回家的第二日,天气新晴,日光满院,灰尘不起。吃过早饭出来,一面走,一面打算,心里总是忐忑不安,好似要上断头台的一般。走了好一会,抬头望见了一座新起的不中不西的洋楼。心里想道:“这就是张妈说的那个华美天堂的大洋楼了!”忙向前抢了两步。忽然那两条腿,自己又停住了,像似从心中坠下一块大石头来,把它们坠住了一般。从腰里掏出烟盒来,燃着一支烟,吸着烟又打了几个转身,才转到黄家的大门口。一鼓气直走到门房前。

“您找谁?”一个四尺多高四尺多粗的人从门房里鸦子步踱了出来,仰着脸,扁着嘴,这样问我。

“你们大少爷可在家里吗?”

“您贵姓?”他把我上下打量着盘问。

我掏出一个名片递给他。他接过去,闭着嘴看了半天,嘴巴下那一片多肉褶作深深一道大纹。又仰起头来对着我说:“您在这里等一会儿,我给你进去瞧瞧。”说完转过身去，挺了胸，仰着头，向里走去。只见他脖颈上三道大纹，身下两条短腿。

等了老半天，他从里面挺了肚子走出来说：“请到客厅坐罢，我们少爷就起来啦。”

我跟他到了客厅里，坐在一把四面不沾身的方椅子上。他挺着肚子走出去了，一个长瘦的差人进来倒了茶。我吃着茶四面墙上望一望，见挂的匾联，都是些督军省长的大笔。又等了老半天，听差先进来，跟着是一阵香水香肥皂的臭味，进来了一位黄、瘦、细、小、时髦装饰的人，对我躬了两躬腰，口内说些久仰久仰的套话。我站起来问他可是黄培龢先生，他把眼挤了几挤。一笑露出满口的金牙来，答了个“是”。我心下暗想道：“他不像个师长的儿子，倒象个花旦的琴师！”

他和我客气了几句不相干的话，就问我道：“你刚从北京回来吗？”

“是的，昨天刚回来。”

他抬起手来修饰指甲，现出两手的金戒指。又抬起头来，问我道：“你常看戏罢？”

“看过了几次。”

“徐碧云真是后起之秀啊！”

“我来有一件事情求你。”是我打断他的话。

“他扮玉堂春公堂一场，唱工真好！”他赞叹不置地说，“其中二六转摇板，摇板转快板一段，变化无端，悠扬尽致。除了他真没有第二个唱的那么好！你看过他的……”

“我来有一件事情求你。”我又重新郑重地这样说。他把眼挤了几挤，望着我道：“你说甚么来？”

“有一件事情求你。”

“甚么事？”

我哦哦了半天，才红了脸说道：“府上可曾到花市街周家提过亲吗？”

“不错不错，”他听了，笑的一口金牙都露出来说，“我从去年在海边上看见了周家这位小姐，嗐！别提啦！比琴雪芳长的都漂亮十倍！可巧我的内人上月死去了。到周家去提亲，周老爷喜欢的了不得，满口答应。我们不久就要定亲啦。”

我听了眼前发了一阵黑。定了定神对他说:“这门亲事定不得的。”

“定不得?”他挤着眼发惊问我。

“你可认识杜平夫?”

“不认识。”他摸不着头脑的样子。

“周小姐认识他。”

“周小姐认识他?”他瞪了眼吃了一大惊似的。

“很认识他,他们两个人是朋友。”

“是朋友?”他的眼挤得更急了。

“是很好的朋友,两人已经有了婚约了。”

他听了两个眼一挤也不挤地圆睁起来望着我。半天一声不响。忽然问我道:“因为甚么她父亲又把她允许了我们呢?”

“因为他不承认他女儿与杜平夫的婚约,所以又把他女儿允许了府上。”

他听了把眼皮慢慢地垂下,如释了重负一般。微笑道:“这就是了!”

我又鼓了勇气说:“周小姐誓死要嫁杜平夫,因为她父亲不答应,所以来求你成全她的志愿。”

他听了立时变了脸说:“我不懂。我那一点不如旁人。她父亲愿意结这门亲,三番五次地托人来告诉,说是她十分愿意,要几时定亲就几时定亲。我又不是勉强他……”

“不是这个意思。”我解释说,“原为杜平夫与周小姐是旧朋友,所以我们要成全他们。”

“成全他们的勾当!”他愤愤地如此说。

我听了如同被刀子割了一下,刚要起来同他分辩,他慢慢地问我道:“姓杜的现在那里?”

“在法国。”

他听了冷笑一声,两个眼睛极狡猾地望着我问道:“你怎样知道周小姐要嫁姓杜的不要嫁我?”

“周小姐写信告诉我的。”我慢不经意地回答了他。

“哈哈!周小姐写信告诉你的!”他听了枭笑道,“这种事情她都能告诉你!不知道你们……你们有什么勾当呢!现在假装文明的女子都靠不住!

我娶过她来，一定要问个明白，把她关在家里，看她再能与你们……”

我眼前一片火星，听不清楚他下面说些甚么，只看见他一口冷笑的金牙在空中跳荡。我站起来，把手中的一杯茶，狠狠地向他脸上泼去。只听他大叫一声：“听差，打打打。”我叩上帽子，抓起手杖就往外走。客厅前站着两个人，见我如疯狗一般闯过去，他们倒向旁边一闪。我走出来了。

糊里糊涂地走着。日光是血色的，路旁的屋子都躺着，树也七歪八仰的，“大概这是我的家了！”进了院子只听有人说道：“少爷你回来了么，你的脸怎么那样的红！”大概这是张妈的声音。

摸进自己的屋子，看见一张床在那里，脚下忽然有些站不住了，躺下去，不久一切昏乱，不识不知了。

六

“看呀！那墨黑的乌云从海上冒出来，遮盖了半天。快起大风啦！嗳呀！那呜呜的风头扑过来了，好冷！看，那海鼎沸到甚么样子！千山雪流，万壑珠飞。水直奔腾到陆上来！怎么？海水都溅上身来了！好冷好冷！……这里暖和！盆大的太阳赤熊熊地炎在头顶上，四望的草木都烤焦了。荒沙万里，映日闪烁。热的了不得，渴的了不得。……看！那里飞奔过来一只箭猪，是向我来的。张了血盆一般的嘴。赤了白刃一般的牙扑上来。可怕可怕！看他站起来了！呀！不是箭猪，是黄培穌。这小子抓了我的手。黄培穌你着打罢。”

“打碎马大夫的眼镜了！”耳边的声音。

“这是伤寒病没出汗。”又一个声音。

我定了定神看见地上站了许多人，屋里的灯在空中乱跳。一个人，两个人，许多的人，都挤上来拉起我的身子，灌我些没味的浓水。

我眼望着那盏乱跳的灯，把身子倒下去。那一盏灯变了许多灯，又变成绛色的云。云尖开了花，落下掌大的花瓣来。渐落渐大，落到地上又都变成了仙女。轻罗被体，丝发拂肩，一齐握了手排成一个大圈。丝发飞动，罗衣飘扬，大家跳舞起来。一团明月正挂在头顶上，照出来她们的花腮含露，玉齿生光。正在跳的体软似练，娇笑如痴的时候，一阵马蹄之声，包围上来了无数的骑兵。个个如狼似虎的闯过来，把一群花嫩玉洁的女孩子强拖上马去。她们挣扎着,哀啼着,被那些强暴骑兵绑在马上。头向地,胸向上,头发散垂到地,雪臂无力地伸张倒垂着,被缚在奴驰的马背上。一片烟尘起处,不见踪影了。我眼花了,脑裂了,身体麻木了。忽然耳边一阵啜泣之声,再定神看时,原来在她们跳舞的地上,有一位漏网的女子,头发散乱在地上,面向下,长伸了身体,躺在那里。我满怀怜惜与恐怖,欲进不进地走近她,跪了一只腿,俯身将她拉起坐着。啊,不是旁人,正是玉君!月光照在她面上,颜色蜡白,衣衫半为血溅,她半天睁开了双目,似乎认识我。她目光中露出对我满怀怨怼之意。她冷白的唇颤了几颤,似乎要讲话,但终讲不出。我急要对她辩明心迹,见她双目向上一翻,身体便冰冷了。我急得要哭,又哭不出,遍体只出冷汗。忽觉一只手抓住我的肩,正要回头看时,只听耳边说道:

"少爷你吃药罢。"睁眼看是张妈。

又听有人道:"好了好了,出了汗了。"

我心里清楚一些。看出地上的人有医生,有我的姐姐,琴儿,张老头夫妻。他们都上来问我怎么样了。我说是好些。但是闭上眼睛,眼前出现的,不是颜色惨白,目含怨怼,欲言不言的周玉君,就是面呈恶笑,目含讥讽,口耀金牙的黄培龢,不然,就是圆睁二目,愤不可遏的杜平夫。直闹到五更,心中才渐渐地清平了。

过了几天,身体已渐复原。早饭后坐在院子树荫下一张竹椅子上。随便拿了一本屠格涅夫的《春流》在手里,半看不看的出神。觉得他开宗明义的一首古歌稍有意思。可意译如下曰:

昨日欢,
　今日愁,
都似春水向东流,
　一去不回头。

我又觉不妥,正想修改时,张妈与琴儿已收拾完了厨房,过来拿我开心。说我病中怎样地骂医生,怎样地摔药盅子,又怎样地打碎了医生的眼镜。琴儿又抿嘴笑道:"叫了也有一百声玉君!"我正在没法回答,只低了头假装看书,忽听张妈笑道:"哈哈,巧得很!红娘来了。"

我抬头看时,见菱君走了过来,我笑道:"好久不见,长了这许多!"又问她怎么喜客跑了来。

她笑道:“先生已经回来了吗?姐姐着我来问一声先生回来没有。”

“可说过有甚么事?”

“姐姐没说有甚么事,只是着我来问问。”

“姐姐可好?”

“好,”她锁了眉回答我。又停一回,她走近我,低声说道,“姐姐近来有些古怪:有时抱着我不放松,一味亲我!有时不理我,一个人坐着流泪。我问她话,她也不作声,只是哭!”

“没生病?”

“没有。”

她两个大眼瞪着望了我老半天,问我道:“先生,你刚生过病吗?”

“生了几天小病,现在好了。”

我站起来又说了几句闲话。走到屋子里,写了一封短信,报告玉君我见黄培穌的事,又告诉她我要搬到西山的话。写完为菱君放在衣袋里,临走时教她劝姐姐不要哭。她两个聪明的大黑眼睛满含着许多疑问。望着我写信,封信,交信与她。不解甚么意思,但是又不敢问。低了头走出去了。我叹口气道:

“一存一存!你真荒唐,生生地把玉君断送了!”

七

哈老头的儿子兴儿跑来,说是房子修饰好了,问我几时要搬。我教他在此等一等,我就要搬。张妈帮着我收拾起几件行李。“琴儿这个丫头那里去了?”张妈突如其来地说,“琴儿,把洗的那几块手帕拿来。”

停了半天,琴儿才慌里慌张地手里飘着几块手绢子跑了进来。丢下就往外跑。

“那里去?”张妈问她。琴儿哦哦了半天,才答道:“……去到后院子灌花去。”

“不要去。”张妈命令她。

琴儿倚在门框上,骨朵着嘴,两眼瞅着她娘,想走又不敢走。却是不停地探头伸脑向外望。她娘问她话,她惊了一跳,脸上红一阵白一阵的神情不定,回答的话也是驴唇不对马口的。不久兴儿得意洋洋地走了进来,嘴甜笑着像吃了蜂蜜似的,问道东西收拾好了没有。

“收拾好了,你搬到车子上去罢。”张妈吩咐他。

他站住脚不动,只望着琴儿挤眼笑。琴儿把身子一扭似恼非恼地走出去了。他才笑吟吟地躬了腰去搬东西。

东西放在一辆骡车上,我也坐在上面,兴儿赶着车,骡儿的头一摇一摆地拉出城来。

正是中夏上午的时候,一轮赤熊熊的烈日照在遍山遍野绿茂的禾稼上,暖煦煦的薰风吹得草木都懒洋洋地欲睡。啯啯儿乱噪乱叫,像不让他们睡去似的。骡儿走的比蜗牛都慢,头一点一点的好似老头子打盹。

“兴儿,你今年多少岁了?”我问他。

“二十二啦。”他答道。

“该娶媳妇啦?”我笑着说。

“哎!”

“你娘不着急吗?”

“哎!”

“现在的人过二十以上,便用不着老子娘操心,自己是会找人的。”

他回过头来望我一望,说道:“你说是自自自己找姘头?”

“甚么话!我说是男人自己找媳妇,女人自己找丈夫。”

“那末,不不不用媒人吗?”

“自己会找人,还用媒人干么?”

他望着我傻笑一回,仿佛很明白我的意思的样子,说道:

“少爷,你别别开玩笑啦,我我知道你的意思啦!”

“我的甚么意思?”

“哎!”

“我只说正经话,你这个孩子怎么这样的多心。”

“不是我我多心,少爷,是你你多心。”

“是我多心?”

“哎!”

“我多了谁的心啦?”

他不作声。只是低了头用一块火石向车板上乱划。我不好意思再问他。只好让他对车板去诉心事。我望见几个小村落,烟囱上突出炊烟来,正是作午饭的时候。微风过耳,送来几处近午的鸡声。我对兴儿说:

"快到正午啦,赶紧走,我们到了,还可赶上午饭。"

他那里理也不理,只是划他的字。我低头一看。见他在那里划了两个人的头,脸对脸儿。一面写了个十七,一面写了个二十二。那个标十七的,像似个女人头。我也不去问他,他划完了把手中的火石拼命向地下一掷,狠狠地抽了骡儿两鞭子。那骡儿象似从梦中惊醒过来,昂起头来飞跑。

及到了西山的园子,天已过午。哈老夫妻忙了一会屋子。又去杀鸡。到园里采了几种鲜菜,大家吃午饭。兴儿自从懒懒地搬完了行李之后,就一溜身不见面了。直至吃饭的时候,还不见他。他娘出去找他一回,没找到。后来见他在西北角上那个小屋子后面,坐在一块树荫的矮石上,躬着腰用一块石片划地。他娘叫他吃饭,他生了气答道:

"不用你管,饿饿饿不死!你你应该管的,不肯管;不不不应该管的,倒要管起来!"

他娘气了,也自言自语地道:"这都是那来的风,那来的雨,几时进城,几时回来怄气!"

我吃过饭到屋子里休息一回,出来跟着几个工人去灌树,割树枝子,扎葡萄架,搭葫芦棚。他们起初都不让我动手,后来看我也作得来,就听我的便了。直作到红日西沉,通身都是汗腻。挟了一套干衣,跑下山坡来就是海岸。走到一块石后沙滩上,换了浴衣。一头撞下水去。好凉快!

晚霞把海面映得鲜红。不远的几个小岛也都倒映在瀲滟生光的水面下。霎时红云变了紫色,淡蓝,深蓝,蓝云镶着浅黄淡红的边框。衬着杏黄的天色。渐渐只见一抹红线,变为几缕青芒,落日下山了。海上的一层青雾渐浓渐合,把点点小岛都拥抱在黑软的怀里去了。

我从水里出来,寒噤不堪,像一只冰箱里的去毛鸡。忙把身体擦干,换上干衣。及至身体热度复元,觉着遍体清温,筋肉怒张。跑回家来,饭只是吃不饱,吃得哈妈都笑起来。

吃完了饭,觉着有些困顿。走到树下的藤椅子前,向后一仰,仰到椅子怀里,通体舒软,像棉花似的没得一星弹力。一种温都都的感觉,串遍全身,直串到眼上来,眼皮一阵温涩,刚一接触便入了黑甜乡了。

及至醒来,见半满的月已经西斜,远山近树,都在微明迷离中。站起来往自己房里走,经过兴儿窗下,见兴儿房里的灯尚亮。从窗上照出的影子,知道他在地上走来走去的还没有睡。

八

在园子里整住到一个星期了。这天早晨哈老头说是李子,花红,桃子,香水梨,海棠果都快要上市啦。商议雇些男女工人摘果子往外发行。商议完了,他跑去邻近村里雇了一大群人来。老的少的,男的女的,热闹闹的站了一园子,好像赶山会似的。小孩子们爬到树枝上坐着,一面摘一面吃。老头老婆们抖起衣襟,在下面接了,送到筐子里。年轻的男子,少年的妇女就踏了凳子,探着身,伸着手,说说笑笑地一面摘果子,一面闹着玩。满园的绿树红果外,又平添了许多衣服的彩色。平时细碎的鸟声,于今换了断续的笑语。那满园子树枝也都跳跃招展起来。

这里树枝分处,露出一个小孩子的笑面。

那里绿叶中间,伸出一个少妇的皓腕。

这里说:“小翠把花红都吃啦!”

那里说:“小红把李子都装到衣袋里去啦。”

这里说:“树枝抓住我的袖子。”

那里说:“树刺扎破我的手心。”

这里王公公用手揉着他的秃头,说是一个大铁梨落在他的头顶上。

那里李妈妈抱住她的脚,说是张三驴踏了她的脚尖。

哈老头挺起胸板,袖着手,来到这里吩咐几句,走去那里挑剔一番。脸上露出说不出的尊严,就是他颔下的几根黄胡子也根根都想跳起来说:“看,我是主人的胡子!”

他们一直忙到太阳平西。大家都争着嚷着在井边洗手脸。这个抱怨那个泼了她一裤子水,那个抱怨这个溅了她的新鞋。这个骂那个洗的次数多了,说甚么牛角洗不出象牙来;那个骂这个嘴太快了,说甚么驴屁股掏不出马粪来。大家闹着笑着洗完了。都来到树荫下席地坐成个大圆圈,吃着水果谈天。我也坐在他们的旁边,听大家凑趣儿。大家不免讲些东家长,西家短，南家碗大，北家碟小的话。于大娘咬了一口桃子，一面吃一面说道：

“你们知道。咱们南村里有个小神仙吗？不是会治病能请仙的甚么神仙，是个套斗的小神仙。”一个人问道：“甚么叫套斗的小神仙？”她接着说：“有一天他出去赶集回来，他老婆在家里招了一个姘头。不防备她男人回来那样的早，家里又没处可躲藏。于是她就跑到房门外迎住她男人，把她男人手里拿的那只巴斗给她男人套在头上，撒娇道，‘你猜我今天作的是甚么饭？’这个工夫她的姘头就溜了出去。她男人猜道，‘米饭煮茄子，对不对？’她拿下斗来笑道，‘你真是个神仙！’现在你们这些男人里面有多少个是神仙？”

大家笑了一回，答道：“只有于大爷一个人是神仙。”

“呸，老娘讲故事给你们听，你们还拿老娘开玩笑，于今的世界，是越发没良心的啦！”于大娘说着把腿一伸，两只脚正放在小翠怀里。小翠手里吃过一半的花红，也被于大娘踢丢了。小翠气的叫道：

“你们看看，于大娘这两只大脚，还往人怀里放哪！”

“放你娘的狗屁！”于大娘说，“你奶奶的脚，比我的还大呢，你没着见。”

小红一面插嘴道：“小翠，你别惹恼于大娘，连于大爷都是怕她的。”

大家都看于大爷，于大爷在那里吸着旱烟袋，两个眼笑眯眯的不作声。

于大娘倒有点不好意思，便骂小红道：

“小红，你这个嚼舌根子的小婢才，你怎么知道你于大爷怕我哪？”

小红笑答道：“那个不知道于大爷怕老婆！”

于大娘爬起来去抓小红。嘴里骂道：“我把你这个舌头生疔的小娼妇，看你老婆不撕你那张没有夹管的狗嘴。”

小红的腿快，爬起来就跑了，于大娘抓不到小红，没处出气。回来抢白于大爷道：

“也没有你这个一千锥子扎不出血来，不争气的男人，教人家拿了开玩笑，你还蹲在那里夹了狗尾巴一个屁也不放。”

于大爷还是吸旱烟袋，两个眼笑眯眯的不作声。

旁边一个人说道：“他在那里作神仙呢！”

于大娘要笑不好笑，只得翻了脸说道：“你说甚么？”

"我说我是神仙。"那个人说着一伸舌头。

"这倒罢了。"于大娘歪了头回到自己的坐位。

谢妈妈又引出头来说:"神仙不神仙,听我告诉你们一国新鲜话。你们谁见过城里花市街周老爷的小姐?"

有一个人答道:"我见过。漂亮得狠!"

"外面漂亮,心里却不老诚!"谢妈妈道,"昨天我们的苏亲家从城里来看我。她是在周家当老妈子的,所以知道底细。她说是这位小姐人品性情,没有一样不好的;只是提起找婆家来,就和她父亲闹脾气。二年前因为一个姓杜的闹了一回;这回黄家去提亲,她父亲愿意的了不得,她偏不愿意。后来黄家气了,吹出风来,说是这位小姐靠不住,在外面认识不相干的男人,还有些不名誉的事情。周老爷听了,一气一个死,回家逼问他女儿。这位小姐也是个烈性子,气的哭了几天,恐怕还要寻自尽呢。"

她是无意说,我却有心听。我通身的血脉,全不循轨道走了。头上太多了,这样的发涨;身上太少了,这样的发冷。直挺挺地站起来,觉着这个房子和园子都不是我的,这一群人我也不认识,就是我自己,也是一个空空洞洞的纸人。脚下轻飘飘的像蹈着棉絮似的,出了园子,走下山坡,一直走到海岸,坐在一块石头上。天是空的,水是空的,山也是空的,天地一切都是空的,死的,没有情意的。

九

不知怎么还是坐在那块石头上没有动,也不晓得是甚么时候了。只见得将圆的月正照在头上,几缕淡薄的云片,轻纤如罗,白亮似雪,在空中慢慢地渡。远望淡蓝微亮的天空中,似有无限的和平与安宁。

不久海上生起乌云,飞上天空,把月遮了,月光从云缝中穿照下来。海上也渐起微波,风吹海浪,打在海岸石洞中,声调悲壮,震人心脾。

我自从出了园子到现在,似乎把玉君忘了,及听了几阵浪声,我才想起白日的事来,谢妈妈的话一字一字的新从心头经过。不禁叹道:"玉君玉君,是我把你断送了!"又不禁恨怨自己,恨不得把自己碰到石上,碰个粉碎!又想既是自己把玉君送入网罗,还要把她救出才是。谢妈妈的亲家,不知可否利用;玉君性烈,肯否出来。无论如何,明天总要进城走一蹚。但是从那里入手呢？横思竖想，找不出门径来。忽然心里一跳，是呀！不免明天就到周家去提亲，先缓住周老头子的心事；等到平夫回来，再把玉君完璧归赵。但是，此事须先与玉君说明。想到此处，不免心跳不止。

此时海浪渐高，海上的几只渔船，都渐向岸上拢。我也转身向家里走来。

回到家里，看架上的钟已指早晨一点了。坐在椅子上，想方才提亲的计画，不觉自笑荒唐。若是先与玉君约定，一时不告知平夫；等他回来，先作出假戏给他看看，让他急到不可开交的时候，再把真情告诉他。这岂不是一出有趣的喜剧吗？但是，有点荒唐！正想到好笑的时候，忽听到乒乒一阵凶猛敲门之声，我就跑了出来，心里猜想甚么事这样着急。

一开了门，乘着云间的月色，看见两个人扛了一个湿淋淋的尸身，嘴里说"快救人命"。我怔了一怔，让他们把尸身抬进来。他们一面走，一面告诉我，道是他们刚把鱼船拢岸的时候，听到有人啼哭的声音，他们朝着那个声音前进，又听到鼓咚一声，接着澌澌的水声，他们知道是有人投下水去，就赶紧过去救，好不容易找到了，捞上来一看，是个女子。入水不久，胸口还跳。他们想就近找个人家治一治，我这里最近，所以扛了来。

我让他们把尸身抬到我的屋子，放在床上。灯下一看，见她面色僵白，头发洗垂在两肩上，不是旁人，正是玉君。我一时惊呆了。天呀！这是怎么一回事？

这时候哈老头夫妻，也都惊起来了。跑进我的屋子来看，我教哈妈把尸身面向下长放着，弯过她的左臂来，头枕在臂上，面向一边。然后教哈妈上床跨着尸身，两手夹放在尸身的腰肋间，用 Schaefer 的 Artificial Respiration 方法，每三四秒钟挤压一次，再缓缓地让腰部复原，再挤压下去。尸身腹中的水渐渐从口中流出。如此一压一松，直到半点多钟。忽听到一声呻吟，玉君睁开眼一看，立刻又闭上去了。

我才放下心去，教哈妈把屋里生了火，想法替她把洗衣烘干。就让她睡在我的屋里，我在外间书屋子里坐着睡罢。

我同两位渔夫出来到外间。教哈老头温了两壶酒来，又拿几样小菜给他们下酒。我陪着他们吃酒，一面把玉君前后的事实都告诉了他们。他们都很同情。我要求他们不要在外面泄露一点风声，他们愿意来看玉君，尽可来看,但不要公然的让旁人知道。我们大家可以想个法子把玉君送到北京或旁的地方去。他们都答应了,才兴辞而去。

我进来见玉君已睡好,哈妈在床边坐着看护。哈妈向我低声问道:"这就是他们所说的周小姐吗?"我点一点头。又嘱咐她小心服侍。并要她告诉她老头子和她儿子不准声张,以后再想法子。

我出来坐在椅子上,扪着头胡猜乱想。玉君为甚么竟寻起短见来?就是要跳海,北海就近也可以跳,又为甚么夜里跑十几里路,特意的来跳西海呢?这真是个闷葫芦!

十

老早便被鸟声唤醒了,站起来抖一抖衣服,在门外唤出哈妈来,问她玉君的情形。她说是周小姐夜里睡得很好,现在还是睡着呢。我出到园子里,正是朝日照在带露的树叶上,绿润生光,鲜红的苹果,海棠果,都似睡后新浴了美人的春腮,又轻轻地敷了一点点雪粉。我从园子里跑到外面山坡上,见海水迎着朝曦,皱起万片的金鳞。远远的几个小岛也隐约地从朝雾中现出来。

心里挂念玉君,绕个弯便赶紧地跑回来。哈妈出来说是周小姐还在酣睡呢。

我在家里等着心急,便拿了渔竿跑到海边去钓鱼。那些鱼正从夜里睡醒,都很精神地在那深碧的水中游戏。我的竿儿刚入水,它们便都鹊散了;跑不远又都掉回头来,争着来赶那流动的鱼饵。有一个刚把鼻子贴上,我就慌的往上一捽,把些鱼都吓跑了。又钓了老半天,没个吃饵的。正在失意,忽觉鱼线向下一坠,我一拉很重,心里想这一定是个大鱼,慢慢的拉,别闪断竿子。两个眼望着鱼线,气都不敢喘地往上轻轻慢慢地提。及鱼钩提到水面,一看是个拳大的青蟹。晦气!青蟹也罢!就把它抓上来罢。我把线渐渐向怀里掉,刚到我伸手可以抓住它的时候,它把大钳一松,洋洋自得,不羞不急地游回去了。

空着篮子,拖着竿子,垂头丧气的走回来。刚进门哈妈便报告我,说是周小姐早已梳洗完了,等我过去问话呢。

我蹑蠕地走进去,见玉君坐在一张靠壁的软椅上。见我进来,她站起来，脸上发阵微红，羞怯怯地向我道了谢。她不十分站得住，不等让我坐下，便懒倦地先坐下去，我在背窗的一张椅子上坐了。我见她面上虽甚沉静，但是犹带愁思，颇有疑虑不安的样子。她觉出我的注意，便微羞地低下头去，不好意思发言。

"今日可好些？"我问她。

"身上不觉怎的，只是头稍晕些。"她回答的声音很软弱。

"可想吃东西？"

"一点都不想。"

我又想问她昨天的事，刚说个"你……"字便又咽下去了。恐怕她感着不好意思，或者更引起她的烦恼来，对她的身体倒不宜。她晓得我的意思，微红了脸问道："我怎么会到这里来？"

"两个渔夫救了你，把你送来的。"

她沉吟了一回，问我道："就近只有这个园子吗？"

"其余的人家都隔此处海岸一两里路。"

"可曾惊动许多人？"她抱歉似地问我。

"此处只有哈老头夫妻和他们的儿子。"

她又疑虑不安地问我道："可曾有人报告过我家里或传说到外面去？"

"一概没有。我已嘱咐过他们不要传说。至于是否要报告府上，要先问你的意思。"

她低了头不作一声。我又道："或者你在这个园子里先住下，我暂且搬回城里去，探听探听府上的消息再说。"

她仍是低了头不作声。沉吟了半晌，她抬起头来不好意思地说："你可晓得我昨夜出来的原因？"

"我正想问你。"

她叹息了一声，发出很低弱的声音说："黄家在外面吹了些恶风，父亲听见了，回家也不问个明白，就说我……"她红了脸停住了，"他说我在外有不正当的行为。"她几乎要哭地说出来。又忍着泪说，"还有许多我担受不起的话。"说着她的泪忍不住了。她急忙把头掉过一边去，望墙上的一张画。

"我想我只有两条路可走。"她停一会又接着说，"一是我自尽了，给父亲消气;不然,逃出来自己另寻生路。生命的兴趣,是全从旁人对你的感情生出来的。母亲早死了,继母待我如陌路人,只有平夫与菱君足以系住我的生命。我每起一个死的念头,菱君一笑,我就不敢再想了;我每一哭,菱君一哭,我就不敢再哭了。世上有两个爱我的人,我就可以不死了。所以我决定逃出来。但是中国的女子在中国的社会里,是完全褫夺了行动自由的。我逃到那里去呢!"说到这里,一种不可忍的悲痛止住她的声音。

"我想你是平夫的朋友,不妨先逃在这里,再想法子远走。"她一面接着说,一面注意看我,我急忙低下头去。

"昨夜十一点钟,"她接着说下去,"家里的人都睡下,我从后园门跑出来。这个水果园子,我在十二三岁的时候,来过几次。那时伯母与先母都在世,你在北京。这条道路,我还依稀记得,昨夜乘着月色,走来不难。心里只有恐慌,眼前只见道路,一骨脑儿跑到西海边来。及到看见你的房子,反倒停住了步,犹豫起来。想到自已夤夜跑来,实在要犯嫌疑,父亲与黄家晓得了,岂不更证实了他们的猜疑吗?况且不止我自己,又连累了……你。所以自己又想反不如死了干净。便顺脚向海岸走去。忽然迷离中望到一个人,在山坡上向这个园子走来,心里猜想那或者就是你。我在背后赶上几步来,又犹疑地停住了脚。眼看着你进园子,把门关上了。我想过来叫门,但是没有勇气,便不知不觉地坐在地上。哭了一阵,把头哭昏了,迷迷惑惑地走下海边。爬到一块高石上,看不见下面是水是石,眼前一阵黑晕,就跳了下去。觉着一阵凉,一阵闷,接着一切都不晓得了。"

她说完,两个眼向前直望着,似乎出神,又似乎失了知觉。

我想用话安慰她,但是一个字也想不出来。坐着不言不动,像个大傻瓜。想了大半天,想出一句话,便问她道:"菱君呢?"她听了不答,眼泪直流下来。我恨自己不会说话,便站起来,在地上打了两个转身,又坐下去。

"你想法子到北京去罢。"是我老半天又想出的一句话。

她听了叹息一声道:"咳!中国的社会里那有女子的生活,只有在家里当奴隶。是的,这是中国女子唯一的职业!"

"那末,你就到法国去找平夫,也在那里留学,好不好?"我说着高兴起来。

她慢慢地说道:"那里有这许多钱?"

“钱是可以想法子,只要你愿去。”

她默默地停了半晌,发出低慢犹疑的声音道:“听说自老伯去世后,你的家境也渐渐地衰落了。”

“既是衰落了,就让它衰落到底,”我笑了说,“富好过活,穷也好过活,不穷不富倒难过活。”

她听了笑了一笑,不赞一词。

“平夫不至于就回来罢?”是我问她。

“不至于。我虽有信告诉他我的情形,但未尽情地都告诉他。且劝他不要因此废学,过年满了三年再回来。”

“我今天搬回城里住,让琴儿搬过来侍候你。我也要常常地过来看你。老实说,我近来对于种园子很有兴趣呢。”

她又笑了笑,不赞一词。

“你缺甚么东西,我可以从城里带回来。”我问她。她摇了摇头。我辞了出来,她又在后面说:“你可能想法子告诉菱君我在这里?只怕她现在已经哭病了!”我回过头来,见她已经转过头去,用手帕盖了眼。

十一

我告知哈妈要琴儿来的话,又嘱咐她预备屋子。便同兴儿赶了车子进城。兴儿喜的嘴都闭不上,告诉我说:“我我我就是喜欢进城的。”

“这次回来,你就不喜欢进城啦。”我笑向他说。

兴儿回过头来看一看我,红了脸道:“少爷,你就就就会拿我开玩笑!”

“能教人家拿你开玩笑,那你才有好日子过呢。人的本事,就在能使人家哭,或是能使人家笑。人生的意味,也全在哭里头或是在笑里头找出来的,要哭要笑才算过日子;不然,就是不痛不痒地挨时间。”

他听过想了半天道:“少爷。”

“怎么的了?”

“你的话我我全不懂。”

“那是你的造化。话是因为要求同情才讲的,就是要把我的心,借话去碰你的心,把我心里的喜怒哀乐碰射到你的心里去,你若同享了我的喜乐,那我的喜乐就增加了;你若分担了我的哀怒,那我的哀怒就减少了。所以,你若全懂了,那是我的造化;全不懂,那是你的造化,懂错了,那是我们俩都没有造化。”

他又呆了半天道:“少爷。”

“又怎么的了?”

“你越说我我越不懂!”

“越不懂,越是你有造化,你若是连‘赵钱孙李’都不懂,那末,你连作大总统的造化都有啦。”

兴儿不再理我,只是急急地打着骡儿跑。我对他说:“兴儿,你把骡儿打坏了,咱们今天可别想回来。”

“你你还回来吗?”

“我不回来,谁把琴儿送到园里去?”

他听了吃了一惊,急问道:“那末,你你你你不不不教我回来了吗?”

“琴儿留在山上,你留在城里。”

“留在城里! 作作作甚么?”

“看猫。”

“看猫!”

“以前是琴儿看,琴儿走了该你看。”

他直瞪了半天眼,忽然笑道:“咱们把猫带到山上去,那不可以么?”

“那可以。”

“那末,我我就也也可以住在山上啦。”

“那也可以。”

我们俩讲着闲话,不久便到城里的住宅。一进门张妈便惊惶地报告我说:“你可晓得周家的小姐跳了海啦!”

“你怎么晓得的?”我问她。

“今日早晨周家四处找人,说是周小姐失了踪啦。后来他们在海边上看见海上漂流着一条白狐披肩,认明了是周小姐的,才知道她跳了海。”

我听了狂喜道:“那条披肩会从西海流到北海来,好的很!”

张妈听了,两眼露出惊异、不解、鄙夷的意思看着我道:“你这个人果真是疯了,人家死了,你不难过,倒说是好的很!”

“我并不是说她死得好,我是说那条披肩流得好。”是我分辩的话。

“人死了，你还去称赞那条披肩！”张妈把头一扭这样说。

“人死了，我就不去称赞那条披肩啦。”

“那末，人没死，还活着不成。”

“没死自然是活着。”我就把玉君前后的情形都报告他们，并说要琴儿到西山住的话。张妈和琴儿听了都喜欢的了不得。

张妈笑道：“我说，那样标致的人，是不会不闹故事就死的！那样容易地死了，岂不是枉费天工吗？”

“张妈，你几时学的哲学？”我问她。

“哎哟，甚么哲学我是不懂，我是说她是我们少爷的……”

“怎么样？”我插问她。

“……病里都不忘的一个人哪。”她说了抿着嘴笑。琴儿同兴儿也在一旁挤眼笑。

我不理会张妈，转向琴儿道：“你可愿到西山去！”

“我也不傻，怎么不愿去，我就是喜欢到西山去哪！”琴儿眉飞色舞的这样说。

我看了看兴儿，又回过头来对琴儿说：“兴儿就是喜欢到城里来，你就是喜欢到西山去。以后让你们俩都遂心愿，兴儿住城里，你住西山。”

琴儿听了先是张了嘴，后来又骨朵着嘴，及到开了嘴要讲话的时候，兴儿对她使了个眼色，两个人都出去了，张妈又要讲话时，我说是我的肚子饿了，教她快预备饭。

大家吃过午饭，我嘱咐琴儿收拾行李，兴儿预备车子，又告诉他们我到北海边走一趟就回来。

“那条披肩早教旁人捞了去啦！”是张妈奚落我的话。

“我不是去找披肩，是去找菱君。”

“找菱君！跑到海边上去找吗？”她不信服我，所以这样说。

“他们姊妹两个，都是与海有关系的，所以要到海边上才找得到的。”

说完我一个人出了门，一鼓气走到北海边。四下瞭望一回，却不见菱君，很失望地坐在一块石头上。正在叹气，恍惚听到一阵细小的饮泣之声。我穿过几个石洞，走到一块前面对海，背后三面围石的石子涡里。看见菱君长伸着身子，怀向下躺着，两只小手拥着脸腮，面对着海，哽咽地哭。我跑过去蹲在她的身旁,叫她道:“菱君。”

她吓了一跳,转过脸来,看见是我,更哭的凶了。呜咽的声音告诉我道:“姐姐跳海了!”

“海是跳过,人却没死。”

“没死?”她站了起来,半信半疑地问我道,“真的吗?”

“我几时骗过你。”

“在那里?”

“在我家里。”

她听了两眼的笑光从一层泪射照出来,往前一跳,扑在我身上,抱住我的脖子说:“好先生! 领我看姐姐去。”

“看不得,在西山园子里呢。来往要三四个钟头,你不怕你娘找你吗?”

“我一天不回家,她也不找我。”

“可怜的小流氓! 跟我来罢。”

十二

我同菱君、琴儿、兴儿四个人坐在骡车上,说说笑笑地往西山园子来。及我们到了园子,已经是下午四点钟了。我跳下车来,领了菱君先进去。琴儿和兴儿在后面咭咭咯咯地笑着搬行李。一望到玉君的屋子,我就指着对菱君说:“那就是你姐姐的屋子了。”菱君听了,撒步就往前跑,口内喊道:“姐姐,我来了。”

玉君急忙从屋里跑了出来。两个人在草地上碰在一块,玉君跪下,菱君扑到她怀里去。两个人糖股似的扭在一块,泪人似的哭个不休。我鼻酸不过,就躲开了。在园子里绕了个大弯子才回来。见玉君坐在草地上,菱君没力气地躺在她怀里,玉君抚弄着菱君的头发,看着菱君的脸儿说:“我昨天晚上是哭昏了,所以要寻短见。那个时候,你若是在跟前,我看见你这个可爱的小脸儿,我再也不肯死的。”

“那末,你再也不跳海啦?”菱君说。

“再也不跳海了。”

菱君的眼满装了爱望着她姐姐说:“姐姐,我昨天夜里梦到我们两个在海边上玩,两个人站在石头上,望那水底下一晃一晃的大月光。忽的一阵大浪,从水里钻出一个大海熊来。我们要跑,都跑不动。那个海熊快上来啦,吓的我们两个都飞起来。那个大海熊在底下蹲着,张了大嘴望我们。后来我们落在南山的大庙里,又出来了一群和尚来捉我们,我们再也飞不动啦。那些和尚拖了你走,我在后面赶着叫,直叫醒了。我从床上爬起来,一看你真没有了!我哭起来。李妈也醒了,问我为甚么哭,我说是姐姐没啦。他们也都吵起来。不久天就亮了,他们出去找,回来说你跳海了。"

"他们怎么知道我跳海呢?"玉君问。

"他们拿回来你的披肩,说是在北海上找着的。"

玉君笑道:"怎么这样巧!"

"还有巧的呢!"我说,"我到北海沿上去找她,可巧就碰到她,她在那儿躺着哭你呢。"

菱君听了,羞的把脸藏在她姐姐怀里,口里说道:"姐姐,他悄悄地跑到我身边,把我吓了一跳。"

玉君领了菱君去看园子和她的屋子,我让她姊妹两个在一处尽量谈贴己话,自己跑到山坡子上,树荫下草地上去睡觉。

睡醒起来,通身发板,在山上跑了一回才好了。掏出表来一看,已经是六点钟了。急忙回来找菱君。她姊妹两个像几年没见面似的,还在那夕阳草地上并肩偎着,玉君讲故事给菱君听。我等到玉君讲完了故事,就提醒她说:"菱君应该回去啦。"菱君听了,抱住玉君的脖子说:"姐姐,你也回去罢。"

玉君两眼含泪说:"我不能回去,好妹妹,你先回去罢。以后有工夫,常常来看我。"

菱君只得慢慢地离开她姐姐,过来拉了我的手,仰脸对我说:"你以后常领我来?"

"那是自然的。我住在城里的家里,你几时愿意来,就去找我罢。"我拍着她的头这样说。

玉君送我们到园门外。姊妹两个又依依不舍地拥抱了一回,像要隔几年才能见面似的。最后玉君又替菱君整理了一回头发,勉强笑着安慰她几句话,才分别了。我们走了老远,回望玉君,她还站在园门外夕阳里望我们。

夏日天长,我们进了城,天尚未黑。我把菱君送到她家门首,自己回来。

吃过晚饭后,与张老头夫妻商议卖东庄上的一块田。张老头夫妻一声不响,只是叹气。我教张老头去找地拉子,他也不动。我气了,回到自己房里,写了一封信与平夫,并玉君交给我的一封信,一同发出去。晚上胡乱睡了一夜。第二天早晨起来,张老头夫妻都垂头丧气的不言语。我也不理他们。自己随便吃了早饭,就去找高长脖子。听说他近来大宗买地,他与我们家里稍有来往,所以我决定去找他。他见了我很客气。世兄长,世兄短,说了一车子不相干的话。

我打断他的话道:“我来商议卖地给你的。”

“卖地给我?没有钱,没有钱。”他说着只是摇头。

“我可以公道一点卖。”

“没有钱,没有钱,那一块田?你要多少钱?”他把脖子伸了老长的来问我。

“东庄上那二十五亩南北田。价钱三千元。”

“没有钱,没有钱。那块田我晓得,价钱太高了。”

“你说值多少钱?”

“两千六还有个商议,没有钱,没有钱。”

“依你,两千六就是啦。”

他不防备我这样的痛快,倒吃了一惊,摇头道:“我说两人有个商议,不是就要买。”

“你到底出多少钱买?”

“你若是要卖的话,我只可出二千四。没有钱,没有钱。”

“二千四就二千四。”

“那末,现在就作文契。”他倒着急起来了。

“依你。”

“我们还得请中说中见哪。”

“那自然。你可以找人吗?”

“可倒可以,”他说完走出去,不大的时候就领进了两个人来。这两个人都是新月一弯的嘴,不过那个中说的嘴是向上弯,那个中见的嘴是向下弯。中说是胖胖的大胸脯，像新华门前的石狮子，中见是瘦瘦的小胸脯，像社稷坛外的石狮子。原来这两位中说中见是常常在他家里的。

我立刻作好了文契交给他。他接过了文契说："我现在是没有钱的。"

我惊了道："我等钱用，才急着卖地；又不给我钱，岂不是等于不卖吗？"

"我先交你四百元。"

"其余的呢？"

"半月以后。"

与他交涉了半天，没有效果，我便摔手走出来了。回家来告诉张老头，张老头叹了一口气道："那块田值三千多元，你只卖了两千四！"

"两千四也好，只求他快付钱。"

"他快付钱！谁不知道高长脖子的利害！最短也要拖欠两个月，他把钱放利息呢！"

张妈听了气道："我到他家去要回文契来。"

我止住她，说："算了罢，我们既然卖给人家了，怎么又可以反悔呢。"

张老头摇头道："文契是要不回来的了，他得了便宜，是万不肯再吐出来的。"

一时大家无言，我也闷闷地走回自己房里。

十三

玉君在西山园子住下去。虽是园中花鸟，尽她享受，架上旧书，供她消遣；但她总是闷闷的像一枝不见阳光的花。终日盼菱君和我去看她。菱君不来，她着急；菱君来的太频了，她也着急。而一面高家的钱又不肯早交出来。大家都不免急闷。我时常在城里物色点新鲜菜品或断乱新闻，兴兴头头地送了去，东扯西拉地讲给她听。但也是件难事，因为我来的太频些，她心中不安；来的太疏些，她心中又犯疑。这种情形，她也晓得，我也晓得，只有感情本身不晓得。

菱君方面呢，在家里总是淘气。她的先生是个老病残疾的人，一星期中不过来教个三天两天的。她闲了就跑到我家来，来了就要我领她去看玉君。好在她父亲因为心绪不佳，到北京去了。她继母不管她。有时不回家吃午饭，她继母问起她来，她只说在她姨娘或姑母家中吃的，她继母与这些亲戚少往来,也就无从追究了。

这天她一早跑来,要我同她到西山去。我们商议好不坐车子,要徒步走的。她初出城时太高兴了,又跑又跳地走了几里路,老是跑在我前面,又跑些歪道去采野花。后来她便渐渐地慢了下去,再后来说是腿骨发酸,一步也走不动啦。她的腿也真听话,向前一屈就坐在草地上,怎样地劝说她也不理,只骨朵着嘴不动。我等她休息一回,再教她走,她还是不动。我说:“狼来了,快跑!”她吓的立刻爬起来,跟着我跑。跑了一回,这次却真不成了! 她曲了腿坐在地上,交握着手,眼望着天,像个祈祷的幼儿。我说:“狼赶来了!”她说:“就是狼来吃我,我也是不走的。”

“这个冤家,过来我背着你走罢!”说着我过去蹲下身,让她爬在我的背上。她喜的笑道:“你若是早背着我走,我们不是早就到了吗?”

“你可是站着说话,不害腰痛!”我回她说,“你这个小流氓,快说个故事我听,不然,我把你摔到沟里去。”

她开口便道:“有一回牛郎骑在老牛背上,老牛要牛郎说故事给它听。”

“这个没良心的猴儿!”说着我就蹲下身去。她的脚尖触了地,便嚷道:“怎样的了?”

“老牛走不动啦!”我说。

她两手仍然抱着我的脖子,急忙哀告我道:“好先生,好先生,我再不说你是老牛就是啦。”

我又背了她走。她这回一声也不响了。我说:“怎么的啦?”她说:“我一说话,你就不背我了。”

“这个淘气的猴儿! 你说罢,我背你走就是啦。”

她不急不慢地把牛郎的故事讲完了,我们也到了园子门口。我把她放下。她说:“先生。”

我说:“怎么的了?”

“我就是牛郎。”

“不差。”

“姐姐是织女。”

“也不差。”

“先生你呀!”

“是甚么?”

“是老牛。”她说完一气跑进园子。我从后面笑着赶她,骂她过河拆桥。她直跑到她姐姐房里,一头撞在玉君怀里。玉君问是怎么的了,她撒娇道:“林先生要吃我呢!”我跟下去说:“谁要你叫我老牛呢。”

玉君替她重新梳洗了,领她到园子里去剪花。

哈妈与琴儿忙着作了几样菜。大家用过午饭,来到树荫下乘凉。玉君同我都坐在藤椅子上,菱君坐在一个蒲团子上,手里拿了些马鬃草,和琴儿两个编小狗小兔子。

玉君笑道:“一存,我要对你上个请愿书。”

“现在的小姐们都是下命令,请愿书是用不到的。”

玉君笑道:“就是把你书架上那些程朱陆王的书搬了出去。我有个怪脾气,见了这些书在屋子里,我住了就不舒服;好似觉到那些方板面孔的先生们在那里板着脸督责我。”

“好啦,明儿把那些书奉送担粪的老王就是啦。”我笑了说,“老实说,宋儒对于汉儒的反动,是推陈出新,功在不没的;而宋儒之讲性理,却无一处不背乎人性。若说是‘性犹水也’,那末,宋儒之理性,有似伯鲧之治水,伯鲧不去疏江导河而去杜水,结果是‘洪水泛滥于中国’。宋儒不讲率性修道而讲杜性,结果是‘人欲横流,不可收拾’。”

“孔子可曾有过绝人欲存天理的话?”玉君笑问我。

“我敢以割头担保,那是没有的。”我答说,“不惟孔子没说过,就是他的门弟子也没说过。孔学是绝对承认人的本性,不过要以礼乐去节和它,所以喜怒哀乐是大本,发而中节是达道。绝人欲存天理的话,是直到宋儒以佛家静坐参禅的方法去治‘孔席不暇暖’,‘实事求是’的人生哲学方才参出来的。就是孔子听了,也要吓一跳的。因为宋儒所绝的人欲,就是要绝了‘天命之谓性’;宋儒所存的天理,就是存了‘……以思,无益……’思出来的‘桮棬’。”

“中国最有害的两种学说,”我停一会又接着说,“一是‘不孝有三无后为大’,一是宋儒绝人欲存天理的话,因为有前一种勾践谋生聚的办法,就造成中国人的早婚,纳妾,跛瘸残疾的都要传种,闹得个人口媲美于螽斯,生活污贱于婢妾,国民是病夫,国家是神经病院。人口多了,生产不足分配,于是乎有争。怎样的弭争呢?一是西洋人的战胜天然,使它'取之不尽';一是东方人的'清心寡欲',根本上就不会争。所以宋儒的绝人欲,第一先绝掉了人的生产力,饿得'槁项黄馘','仰不足以事父母,俯不足以畜妻子'外不能'执干戈以卫社稷'。不能养家,所以闹的'年丰而妻啼饥,岁煖而儿号寒';不能卫国,所以辽金元清入中国如入无人之境。第二又绝掉了人的喜怒哀乐的情感,使音乐美术文学诗歌可以培养性情的东西不能充分发达。宋儒的存天理,就是存了人在生后习惯中所染受的礼教(Moral Code)。久而久之,这些礼教成了精,变为真桎梏与假面具。入了真桎梏的,就成为'塚中朽骨',戴上假面具的,就变作'禽兽食人'。"

我一时说的忘情,惹得大家都看我。菱君放下她手里编的小狗,跑过来拉了我的手,眼望着我的脸说:"先生,你别生气,我再不叫你老牛就是啦。"说的玉君和我都笑起来。我拍着她的肩说:"我那里舍得气你,我气旁的老牛啊!"

十四

这天是七月七日,民间相传,有对织女乞巧的风俗,不过这个风俗,在城里的居民中早已丢失,乡间也不多见。而岛上居民,却多有演行的。去西海岸不远,有许多小岛子连绵掩映。岛上的居民,总以捕鱼为业,每到天晴水平,或小雨连绵,鱼近水面的时节,总看到点点小舟,在水上织梭般的往来,而夜间则星星渔火,在深黑无垠中明灭隐现。

这天我同玉君商议去岛上看渔民乞巧,岛上的居民,既不认识我,又不认识玉君。玉君去游玩一次,也可破破她一向独居的寂寞。我们商议定了,趁早吃过晚饭,上了小船,慢慢地向岛上渡去。此时红大的晚日,刚落在绛色云里,把水面,海岛,船上的白帆,水上的白鸥,人面的颜色都映得鲜红。我们的小舟,从许多渔舟旁经过。他们正在收网的时侯,一面摘鱼,一面高唱渔歌。歌曰:

打鱼乐,乐合合,
　大鱼一千头,小鱼十万伙。
我问你,打了鱼儿干甚末?
　还用说!打鱼回家换老婆。

换得老婆俏不过。

俏不过，一年生儿郎，二年生女娥。

儿女满堂酒满樽。

　烹尾鲜鱼请四邻。

请四邻，大家吃上个醉醺醺。

我们听着渔歌，不久来到岛上。时已初更，只看见一个个灯笼，在暗中悠悠地走，又见一群腿动，合照在地上长大的黑影。我们向着灯笼去的方向走，一直走到山怀里一块平原。平原中间起了一架棚，是用船桅合船帆扎成的。棚周围挂了些灯笼，棚前一张供桌，两端排的是一对红纸糊的风灯，中间是些水果碟子与香炉杯盏之类，桌面的方向，正对着银河边织女星。棚底下高高矮矮拥拥挤挤地站了无数的女孩子，都是自十岁至二十岁的样子，大红大绿的衣服，油光的头，扑满红脂的脸。大家咭咭咯咯扑扑哧哧地笑语不绝。中年老年的男女人们在四周围凑成个大圈子，都竖了脚站，引了颈，张着嘴，含着笑向中间望。

玉君同我也挤过去，他们看见我们是生人，很客气地闪条路，我们就挤到前边去。那些女孩子正要行乞巧礼，大家一齐向织女星跪下，合了手，闭上眼，脸向着天默祷。有的脸上现出庄重的样子，有的悄悄地睁开一半眼去觑旁人，有的心里发了痒欲笑不敢笑，但是鼻子眼都活动起来。不久只听到扑哧一声，有一个禁不住笑了。这一来不要紧，你听吧，这里嘻嘻一阵，那里咭咭两声，不久，大家都忍不住了，便嚇嚇笑起来。一个十七八岁鹅蛋脸的女孩子，抱怨她身旁一个十五六岁满月脸的女孩子道："你这个没好处的笑些甚么？惹得人家也忍不住。"说着把她扭了一把。只听"哎哟"一声，那个满月脸的叫起来了。又低声骂那鹅蛋脸的道："你这个穷砍头的扭死我了！等你嫁了人，也是这样地扭你汉子不成！"后面一个十五六岁瘦脸的女孩子抱怨道："悄悄地，有话家去说，别在这里噪人！"那个满月脸的回道："谁噪你来，谁教你不把耳朵握上呢？"三个人你一嘴，我一舌地闹起来，直到三个人滚成一球，大家才笑着替她们拉开。那个满月脸的吃了亏，哭着骂道："你们这些狠心的死穷鬼，巧伶姐姐一辈子也不教你们的！"一时大家行过礼，都到供桌上取了一根花针，三枚细长的绿豆芽子，踱到黑暗地方，要把绿豆芽子穿在针孔里。她们的意思是谁能先把豆芽穿在针孔的，就证明她是织女的高徒,全岛的人都要尊敬她的。所以现在她们都庄重起来,专心诚意地去博这个彩头。看的人也都不响地等着。

忽然一个高细身材十七八岁的女孩子,手上擎着针与豆芽,又惊又喜地跑了过来,把针与豆芽交给两个中年妇人,口里喊道:“我穿上了!我穿上了!”

那两个作她们评判的中年妇女接过去看了一看,也随声道:“果然李家二姐姐穿上去了,你们都用不着再穿啦。”

那个女孩子喜得眉飞色舞,齿粲目笑地说不出话来。我仔细一看,原来就是那个狠心扭人鹅蛋脸的女孩子。一时大家都跑过来对她贺喜,她现在却倒害了羞,红了脸不言语。

离她们不远,一个人独自站在那里,噘了嘴,两个眼满含着妒嫉,远远瞅着那个得意的鹅蛋脸的女孩子。她就是那个挨了扭,满月脸的女孩子。一个八九岁的小女孩跑了过去,对她道:

“姐姐,你没穿上针吗?”她举手就打那个小女孩儿一个耳根子,口里骂道:“用你多嘴长舌的!我穿上穿不上,管你甚么事!”那个小女孩子无故地挨了打,就哭着骂道:“你穿不上,怨你手拙,为甚么来打人呢?”她气得又要过去打那个小女孩子,被旁人拉开,她才一个人低了头,慢慢地踱到黑角上去。

我掏表一看,已经是十点半了。我对玉君说:“天不早了,我们快回去罢。”

玉君点了点头,还是恋恋不舍地慢转过身来。我们赶到海岸,上了船,驶开海边,放到中流。此时半规明月已向西斜。海面起一层银雾,远山近岛,都在迷离隐现中。四围清空,万籁无语,只有荡漾的波纹对月闪烁。在此种境地,心中往往微动悲哀,而悲哀是恋爱的变相。悲哀到了极度,一转头便是恋爱的猛热。但惟其在过分的清寂环境中,心里的情感,也如外境的玲珑透剔。过于清楚了,自己倒害怕起来,所以只是默对无言,陷于爱情的恐怖中。我偶一抬头,见玉君的两眼正对我出神,二人的目光相碰,玉君不好意思,急急地把头低下去。我正要向她说话,但是不敢开口,只望着她。玉君慢慢地抬起头来,见我正在看她,羞得立时又低下去了。我又想开口的时候,只听水上扑棱棱一声,船过处惊起一双水鸥,打水飞去,打得水中月影,随波荡漾。

二人默无声息地上了岸,又默无声息地我把玉君送到园子门口,自己转过身向城里走。此时月清如水,人影在地,玉君站在园子门口,望我下山。刚走不远,只听背后一声叹息。我转过身来,见她已转了脸向园子里走。我望着她的影子进了园子,一个人低了头转身向寂寞路上走去。

十五

第二天我去到高家门上讨债,交涉了老半天,他才答应了一星期后交钱。我没精打采地走回来,听见张老头夫妻在家里吵嘴。“你养的好女儿,看的好家,难道你是瞎了聋了,一点都不知道吗!”是张老头的声音。

“谁家养女儿,都和猫看老鼠一般,一天看到晚不成!这种事谁也想不到呀!丑事家家有,不犯是好手,教我看,别吵得四邻都知道了,还少丢些脸。”是张妈的声音。

他们两个人自顾吵嘴,没有听到我开门进来,直至我走到院子里,他们听见脚步响,才不吵了。我走进去,见琴儿在屋角的椅子上抱了头哭。张老夫妻一个像吃了大姜,满面红热;一个像吃了黄连,鼻子眼睛都叫苦。见我进来,他们都闭了嘴一声不响。我也闷闷地没得一句话可说,胡乱地吃过午饭,我因为琴儿这两日回到城里看她的父母,玉君落得寂寞,所以吃过饭又往西山来。刚刚要到园子了,远远望见山坡上坐的一个人,一手支着腮,两眼看着地,像似洛丹刻的《思想者》。我走近一看,不是旁人,正是兴儿。我笑道:

“兴儿,你几时受了哲学的洗礼,也在这里想‘玄学与科学’的问题哪?”

“没没有甚么事。”他抬头看看是我,也没听到我说的是甚么话,就脱口说出这一句。

“傻孩子,没有甚么事,也值得这样地绞脑筋!你若是有事,就去做事;没事做,就去睡觉。若是不愿做事,又不愿睡觉,那你就莫如去跳海。”

“人家有有心事,你你还来开玩笑!”是他不高兴的话。

“有心事?那是因为你吃饱饭,没事干,才闹出来的。”

“我我今天还没有吃饭咧!”

“那可使不得,告诉我你有甚么心事,我替你排解排解。”

他听了低下头去不言语。

“你想做官?”我问他,他不言语。

“想发财?”他听了也不言语。

“不然,你就是想老婆了。”他听了还是不言语。

“这也怪了。世上有心事的人,不过想这三种,难道你还能想出个别的花样来?”

“我我告诉你,你你可别告诉旁人。”他说,两眼直望着我的脸。

“我不告诉旁人。”

“我我和琴儿……”他说着红了脸,又停下不说了。

“我明白了,你要讨琴儿做老婆。”

“不不是……”

“那末,是琴儿要讨你做丈夫。”

“不不是……”

“其余的办法,咱们中国的圣人没说过。让你说罢。”

他红了脸道:“今年春天……有有一天……琴儿来到园子里玩,我我我……我和她在那些石头后后面……”说着他指着海边上的一行岩石,停下去不响了。

“一定是在那里钓鱼了。”我说。他不作声。

“作白话诗?”他听了更不响。

“那末,是敦伦一次!”

“不不是敦伦,是是是……是睡觉来。”他喔喔期期了半天才这样说。

“也不是睡觉,恐怕是妖精打架来。后来又怎么样?”是我又问他。

“只只那一次。”

“你莫告诉我有第二次,问你那一次以后怎么样?”

“只那一次,她就有有有了妊了! 前两天她回家,就就是因为张大娘知道了这件事。”

“你这个傻瓜,要讲自由恋爱,不能学法国人的避妊,也应该等到柏拉图的共和国行到了再讲。为甚么闹出这样的事来! 现在琴儿吃苦,你倒逍遥法外。在这里学哲学家的空想,也救不了琴儿的痛苦呀。”

“你你说怎么办?”

"我说的是我自己的办法,对于你是无用的。必要你自己想出来的办法,对于你自己才有用。"

"我我想去见张大爷,告诉他我我要讨琴儿做做老婆。"

"好极了,这才是好孩子,能作能当。走! 咱们一块儿去。"

我同兴儿回到城里。当着张老头夫妻,兴儿把前前后后的话都说了,又告诉他们,他要娶琴儿做媳妇的意思。张老头夫妻初听了生气,后来看兴儿这个孩子诚心诚意地要娶他们的女儿做媳妇,又经我从一旁劝说着,他们老夫妻倒也看得开,就答应把琴儿嫁与兴儿了。于是大家转愁为笑,不知不觉地热情起来。独有琴儿羞得不敢见面了。这个冤家!

兴儿又要我同他去见他老子娘。说不了,我又得折回西山来。路上兴儿欢喜得了不得,同我商量了许多关于他们结婚的事情。

"兴儿,你这可是俗语说的双喜进门了。"

"甚么双喜进门?"

"老婆孩子一齐进门,岂不是双喜进门吗? 你别笑,哭在后头呢! 你若是尽量生孩子,单只供他们吃,都不够;哪里有钱供他们入学校。那末,你的孩子就没有教育,旁人再像你,孩子也没有教育,我们这个社会,岂不是要变成猪仔社会了吗?"

"少爷,你别说啦,我我不懂。"是兴儿不耐烦的话。

"旁的你可以不懂,这个你非懂不可。你若是不懂,是你就没有娶媳妇的资格。我要同张老头讲,不把琴儿嫁你。"

"少爷,你别别生气,你说罢,我我懂就是啦。"

"好啦,就是这样办。你听我说,譬如你种一百亩田,养一头牛,一头骡儿。你夫妻两个,每年可剩下一百吊大钱,二十年可积下两千吊大钱。你若是只有一个孩子,小学毕了业,你就可以供给他入中学校或职业学校。他有了些学识,将来做的事,可以比你高。他一年剩下二百吊大钱,二十年积下四千吊大钱,他再像你也只有一个孩子,你的孙孙就可以入大学了。如此则就一代盛似一代,我们中国岂不是一定好了吗? 反过来说,你若生上四个孩子,那你供给他们吃饭都不够,就没得余钱让他们入学。他们既不能入学,将来也只能像你种田,或反不如你。你死了,他们每人分到二十五亩田,半只牛。他们每人再生上四个孩子,那你的孙孙每人只有六亩田。

请问他们岂不是都要变成讨饭花子吗？那末,我们中国也不免变成个花子国。你懂得不懂得?”

“我懂得,我懂得。”

“让我考一考你。假若你有两个孩子,你怎么办?”

“一个上学,一个不不上学。”

“那末,中国有一半希望,因为只有一半人识字。”

“假如你一个孩子没有,你又怎么办?”

他想了半天答道:“把我剩下的钱,给给旁人的孩子上学。”

“好得很！你真够上娶媳妇的资格了。天不早了,让我们快走罢。”

我们急急忙忙地赶到西山,晚日已经红圆了。我把兴儿的故事说与哈老夫妻听了,他们老夫妻倒也欢喜。大家定了个日子,要赶紧把琴儿娶过山上来。

我又过去看看玉君,她的态度很沉静,眉目颜色,越发显得朗秀了。天已不早,我只陪她说了几句话,就乘着初白的月色回到城里来。

十六

高家的钱居然有交出来的希望了,我倒非常的高兴。这天一早我领了菱君坐着骡车同去西山。起初我是极端的高兴,后来又变成极端的不高兴。高兴的是有了钱可以帮助玉君留学。不高兴的是谈聚未久,又要离别。菱君问我道:

“先生,你怎么不说话了?”

“话都变成了水,从嗓子流到肚子里去啦。”是我答她。

“在肚子里干么?”

“在肚子里演‘天河配’呢。”

她听了,两个白黑分明的大眼望着我,表示不明白的意思。我接着说:“织女不久要划道天河,把牛郎隔在河的一边。”

菱君听了,两眼瞪着,想了大半天,问我道:“你说是姐姐要走吗?”

“我没说是姐姐要走,我说是织女要走,撇下了牛郎去和老牛作伴!”

“先生,我不教姐姐走!”菱君说着抱住我的脖子。

“你拉住我有甚么用？我们还是解下牵牛的绳子,去把织女的腿绑住了罢。”

我们急促地赶到园子里，菱君一直跑到她姐姐房里，过去就抱住了她姐姐的腿，嚷道：“先生，快拿绳子来！”

玉君笑道：“这是怎么一回事，要绳子干甚么？”

“要绳子绑你，不让你走。”是我接着说。

玉君道：“哪里走得了！”

我把钱有希望的话告诉了她。菱君嚷道：“姐姐，我一定不让你走！”

玉君含泪道：“好妹妹，你放开手起来，我不走就是啦。”

菱君半信半疑地松了手，站起来。又急忙过去两手握住玉君的手，眼仰望着玉君的脸道：“姐姐，你别诳我呀！”

玉君不敢看菱君，把头掉过一边去，停了一会儿才转向菱君道：“妹妹，让我们慢慢想法子一块儿走罢。”

菱君依依地守着玉君，再不放松一步，好像玉君就要走似的。

我笑对菱君道：“菱君，你单把老牛撇下啦！”菱君看着玉君的脸道：“姐姐，让我们也带林先生一块儿走罢。”说的玉君和我都笑了。

大家商议了一会怎样离开此地，怎样到上海定船的计画。玉君又提到平夫好久没有信来，不免疑虑。最后她又问及兴儿为何定亲这样的急促。我把兴儿与琴儿的故事告诉她。她道：“兴儿总算难得，不然，在现在的社会里，只有琴儿吃亏了！”

“岂惟琴儿吃亏，琴儿的父母，社会的本身，都要吃亏的。”我接着说，“若要公平，第一要先打破了男女间的鸡狗思想（谚谓，‘嫁鸡跟鸡飞，嫁狗跟狗走’），第二女子在社会中要有独立的职业，第三儿童归社会公育（由不婚的男子出所得税百分之二十以上供给之）。如此则男女欲终身同居，取夫妻的形式亦可；各有独立的职业，不必终身同居，取朋友的形式亦可。今日的社会，还是农业社会留下来的豢养妻子的遗制。”

玉君道：“你说农业社会的遗制！我们中国大有几位负名的人物，提倡中国以农业立国，还要以农业兴国呢。”

“那是中国的逻辑，大家把小前提定错了的缘故。”我回她说，“依照他们的逻辑应当为：

以前之中国以农业兴国，

以后之中国,犹以前之中国也!

故以后之中国,亦必以农业兴国。

“这个‘以后之中国,犹以前之中国也’的小前提,只有逻辑家懂得,我们是懂不得的。我们所懂得的,是国家都要由牲畜进步到农业,由农业进步到工商业的。若说是中国是例外,是永久不会进化的。人家都进步到工商业,我们仍去守着农业为外人供给原料,让外国的工制造成了货品,再由外国的商来卖给我们,那我不得而知。若是中国人也逃不出进化的公例,那末,那种农业式的家庭组织法,是不能与天地共久长的。

“在艺术与工商业发达的社会中,”我又接着说,“人的共同生活,不在家庭里面,而在社会里面;人生的乐趣,不限于家庭几个人,而实在于‘与众乐乐’,成一种 Club Life。男女的关系,也不是夫妻的,而是朋友的;柏拉图所说的 Free Love 就是。”

我说完了,一时大家无言,只听窗外的鸟声乱嚷,像似对我的话大不赞成。

玉君提议我们一同到岛子上去游玩去,她携了菱君的手,我们三个人一同上了船。此时正是初秋天气,天高日朗,海水新碧。日光射在海面,光辉闪烁,像似一面放光的镜子。菱君把鱼线放下水去,向前探着身子,两个眼滴溜溜地望着鱼线,玉君叫她,她也不理。玉君怕她有闪失,就把她拉回搂在怀里。菱君挣扎着脚道:“好姐姐,你放开手,你看,刚才有个大鱼来吃鱼饵子,你一拉我,它就吓跑了。”

玉君不放手道:“妹妹,你别这样地随便,若是真有大鱼,恐怕连你也拉下去啦。”

我找了一条绳子,一头缠住菱君的腰,一头缠在船的横梁上。就由她去钓鱼罢。不久的工夫,听她叫道:“快来快来！有鱼有鱼。”我过去帮着她收线,那线在手里颤动,果然是有鱼。我们收了半天线,拉上一尾六寸多长肥圆的河豚来。菱君喜得发狂,急忙伸出两只小手来去抓它。偏偏那河豚是滑皮而又刁皮的,一蜿蜓便从她手里滑下船板,在船板上乱跳。菱君用手去扑,刚扑到,它又钻了出来。直闹了好几分钟的工夫,菱君才把它又抓到手里。喜得她站起身来,腮上现出两个小笑窝道:“姐姐,你看,我这次可抓住它了!”谁知一句话没说完,那尾河豚一蜿蜓,便又从她手中滑下船边。

没等菱君躬腰,它一跃就溜下船边,堕入水里,又浮到水面,黄肚皮朝上,一点不动,像似死去。菱君急得探身去捞,那条腰间的绳子牵住了她。她正在瞪眼着急,那尾河豚苏醒过来,翻转了身,小尾巴一摆,留下水纹一道,就不见面了。菱君急得顿脚乱叫,但是没法子。

我们三人来至岛上时,天已近午。山坡上离离落落几户人家,烟囱中已冒出午炊的几缕白烟。我们顺着自海岸通到山间住户的羊肠小路走去。绕上山坡,爬到山岭,便望见大岛后更有无数的小岛,参差罗列。其远者直与天边白云,接连一片。在此秋水长天,上下一碧的中间,只有片片白鸥,翱翔上下,与天边的几个顶着白帆的小船出没隐若。

大家坐下谈了一回儿天,菱君便嚷肚子饿了。一句话提醒了我,肚子就跟着咕噜咕噜叫起饥来。岛上没得卖饭的,而我们出来时仓卒,又没有带点水果与点食。这怎么办?我提议玉君在山上等着我们,我同菱君去到山坡上的人家,在墙外偷些枣子与晚秋的苹果来吃。菱君听了,站起身来就往山下跑,我也随后赶上去。

我们走到一家,两层三间的茅屋,周围一带土墙。房后的几株大枣树伸出了几条枝子,上面满挂着一串串火红的大枣。

菱君在前面,回过头来向我招手。我望望四下无人,就把菱君放在肩上,让她探了身子去摘枣,她不大的时候就摘满了衣袋。说声要下来,把树枝一放手,打得旁的树枝都震动起来,接着便是一阵犬声。我急忙把菱君放下。刚要转身跑,墙上树枝间露出一个女孩子的头来。问我们道:“你们在这里干甚么?”

菱君吓得藏在我身后。我抬头一看,这位女孩子不是旁人,就是七夕那天受了气,发牢骚的那位十五六岁满月脸的女孩子。我不安地回答她道:

“对不起,我们饿了,来偷几个枣子吃。”

“你们没饭吃吗?”她问我。

“有饭吃谁偷东西。”我答她。

菱君听着壮了胆,从我身后跳出来道:“是呀! 我的肚子都饿得痛起来啦。”

那位女孩子看见菱君可爱的样子,也就不生气了,笑着问她为甚么没饭吃。我把我们忘带点食的话告诉她,并问她能不能替我们做一顿饭,我们情愿多出几个钱。她答道:“我问妈妈去。”

不大的时候她同她娘从门内出来。我们也转到前面。她娘有四十岁上下,是个很强壮又颇和善的一位妇人。我又重新把我们的情形告诉了她。并告诉她我们的姓名,又问她,知她姓郑。她说:“可是可以,只怕饭粗,你们不能吃。”

我回答她,说是我们饿了,甚么饭都能吃。又告诉她我们还有一位小姐在山上,我们去迎她一同来吃饭,请快点做。

我同菱君又绕回山上,见玉君正在对海出神。她看到我们来了,笑问道:“你们这伙强盗,可曾掳掠了东西回来?”

菱君从衣袋掏出一把枣来,送给玉君道:“姐姐,你看看我偷的这些大枣!”

我笑道:“偷是偷得不少,只是犯了案。”

我们三个人一同下山来到郑家。郑家的母女正在忙着做鱼饭给我们吃,看见玉君进来,她们停了手,呆呆地看玉君,闹得玉君反不好意思起来。她过去同她们母女说了几句话,又要帮她们做菜。她们拒绝道:“像小姐这样,只是长了看的,那里好做饭!”

玉君听了,羞红了脸。她们母女不好意思过拂玉君,就让她来做菜,她们母女去做饭。岛上只有鱼,她们母女替玉君把鱼洗好了,一切的材料都预备好,让玉君去做。她做了一个清蒸鱼,一个红煨鱼。做出来倒是非常的漂亮好看。到吃的时候,清蒸鱼淡得吃不得,红煨鱼咸得吃不得。问起来是玉君把该放在清蒸鱼里的盐也放在红煨鱼里面去了。而红煨鱼又煨得过了火,连鱼骨都煨焦了!大家开了一会玩笑,才随便吃过了饭。郑家的女儿领了玉君姊妹到海岸上玩去了。

郑家的男人回了家,我们两个人谈了一会钓鱼的事情。他又说甚么自从有了水上警察,而偷鱼的反比以前加多。每季他们还要纳五元或十元的渔税。现在的日子,不如从前好过了。

他又煮些山茶请我吃。我们两个吃着茶谈天。直到太阳平西,我起身说是要回去。送他饭钱,他无论如何不肯收。我只得谢了他出来,去寻玉君。

走到海边,只见在旷阔的沙滩上坐了一圈十几个女孩子。及走近些,看见玉君坐在中间,正讲故事给她们听呢。她们都张了嘴望着她的脸,听得津津有味。玉君看见我过去,笑着站起来要走。她们那里肯放她走,都上去拉住,要她把故事讲完了。她讲完了,大家还是舍不得她走,前后围护着把她送到船上,才依依不舍地分了手。直到我们的船走去老远,她们还站在岸上飘扬着手帕打招呼。

十七

玉君自从去过岛上旅行以后,便与岛上的女孩儿们生了感情,差不多每天要到岛上去。不几天的工夫,她们都已认识她,爱惜她。她在海边沙滩上教她们读书画画,居然成了她们的织女了。

这天是八月十五,平夫去国已二年了。我同菱君于午饭后来到西山园子,报告玉君,高家的钱已经交出来了。她的精神比往常格外活泼。一时倒不提去法国的话。只对我叙说她在岛上的生活。又说道:

“世间到处都是生活,只要我们自己去寻找,去创造。也必是自己找出来的,创出来的,才有生活的乐趣。”

她又提议我们到园子里树荫下去谈天。于是大家出来,还未坐定,忽然看到一位少年,大踏步走进园子来。我心中正猜疑不定。忽听玉君惊喜道:“平夫平夫,平夫回来了!”我听了真是惊奇。玉君撇下菱君,抢步跑过去,我也急急地赶过来。玉君伸出膊子像似要往平夫怀里投,口内说道:“平夫!我真做梦也没想到,你现在就回来了!”平夫满面怒容,把头连身子向旁边一扭,不理玉君。玉君满面的笑容变成僵白,两只伸出的膊子慢慢地落下,头也渐渐地低垂下去。停了好久,玉君才开口道:“你为甚么这样的生气呢?”

平夫听了不作声,又停了好久,玉君又叹口气道:“你回来,我梦想不到;你生气,我也梦想不到!”

“哼!你梦想不到!”平夫带气道,“你与林一存的关系,满城里哪个不知道,只是大家都瞒着你家里罢了!我昨天回来,我家里同我讲,我不信。后来人人都是这样讲,你还有甚么话说?”

我听了像似触电一般,全身一种说不出的麻颤。只听我自己的嗓子里咕哝道:“一存,荒唐荒唐,你又把玉君断送了!”

抬头看看玉君,只见她两眼直瞪瞪地望着地低了头一动也不动。两道眉锁着,好似不敢信这是梦是真。再看看平夫,红涨了脸,直瞪着眼,平望玉君。看了一回,他似乎看着玉君可怜的样子,有些不忍;不觉向前凑近一步,想去抱住玉君似的。但是他又中止了。低下头想了一会,慢慢的转过身去,向园子门走去了。

我看了玉君受委屈,一种可怜的样子;菱君在旁,眼含了泪望着她姐姐,满怀不解,又不敢问。望望树间平夫向外走去的影子,再看看我自己,觉着自己真是一切万物的罪人,一切万物都在那里构成我的罪恶。我慢慢移步去赶平夫。及我走出园子,见平夫并未走远,只在园门外夕阳里低头站着。我走了过去,正要替玉君分解,他看见我走近他,便一转身下山去了。我一时退既不是,进又不可,只一人撇在夕阳荒草里。举目四顾,山则岸然昂然,对我睥睨,像似我对它有所请求,它傲慢不理我;海则挤眉弄眼,对我巧笑,像似它见我被人拒绝,在一旁笑我。

我转过身,慢慢地走回园子里,见玉君还是站在先前的地方,眼直瞪瞪地如失了知觉。菱君拉了她姐姐的手,望着她姐姐的脸,要哭不敢哭。我过去对玉君说:“玉君,是我不小心,把你断送了!”她听了还是不动。我又说了一遍,她才叹息了一声,眼中流下泪来。

她又慢慢地转动身子,同菱君走回房中了。我不敢跟过去。只垂头站在园子里。耳中只听到树头暮鸦,一处处一声声地哀鸣。

停了一会,菱君哭着跑出来,说是姐姐病了,要我过去看看。我急忙同菱君赶进屋子里来,见玉君卧在床上,两腮赤热,如胭脂一般,两眼闭着,似在昏眩之中。

我一时的心境,由脉脉自伤而变成热烈的怜惜,而着急,而悲痛。菱君必要赶回城去,但见她姐姐病了,她哭得如泪人一般,如何肯离开!不请医生,怕玉君的病发展大了不易治;要请医生,又怕流言。

急忙叫过哈妈来看护玉君。千方百计地劝好菱君离开园子,把她送回家去。我又找了一位旧同学习过医学的,把玉君的实情告诉了他。他起了同情心,便星夜同我赶回西山来。

及我们进了玉君的屋子,见玉君的病幸未发展。医生诊治了一番,说是并无危险,不过一时所受的激刺过重了。病者的身体尚好,只要安息静养,休见强烈的光线,过几日便可复原。医生来时,就带了几种药,他断定可用。留下话要一点钟服一次,他便星夜又赶回家去了。

琴儿既不在山上,哈妈又上了年纪,恐怕她服侍不周,我一时未敢离她,就留在山上,与哈妈一同看护玉君。及到五鼓的时分,玉君已服过三次药,精神渐渐清平。忽然睁开眼向我道:"菱君那里去了?"我回说是已经送回家去。她合上眼不言语。停一会她似睡非睡地喊道:"一存,快来救我!"我急忙抢步到她床前。她已从梦中惊醒,见我站在那里,她定神看了半天,仿佛辨不清是真是梦,忽然害了羞似的,把身子向里一翻,假装睡去。

至拂晓时分,玉君的病势渐平,药可以缓服。我教哈妈把灯全熄了,又小心把窗上的遮阳与软帘都放好,让玉君在暗中睡去,哈妈与我在门外听候。

我坐在椅子上睡过去。及到穿窗的阳光,射满在我的面上,我才醒了。看看哈妈尚在那里点头打盹。我放轻了脚步,走到帘子前,掀起一点帘缝儿,望望屋子里漆黑,无一点声息,知道玉君睡得很好,就悄悄地唤醒哈妈,让她做点稀饭我吃,肚子里实在饿得不得了。

我们直等到傍午的时分,玉君尚在酣睡,忽听到园子里一声"姐姐,我来了!"我便急忙迎出来,见菱君跑了过来。我过去拦住她,告诉她姐姐已经好了,尚在安睡,不要声张。她听说是她姐姐好了,着急的小脸儿堆下笑来。我问她这老早就跑了来,不怕她娘知道吗,她摇头说:"她近来连话都不和我说。我告诉她我要到姑妈家里去,她只点点头。"

"你的先生呢?"我问她。

她听了笑道:"他今天一早就来了。我跑到书房里对他说:'你今天生病去罢,我不愿意上学。'他听了立时就咳嗽起来,拖着拐杖往外走。我看了一笑,他听见又回来了。要打我,我哭了。他又咳嗽了一阵才走了。"

我又同她说:"别在这里闹醒了姐姐,我们一同到山坡子上去捉几个促织去罢。"

我们俩出了园子,见一片金色的太阳照遍了满山的荒草,田中只留下些收获后的断梗残根,山腰间一堆堆秋风吹聚的落叶。山坡上离离落落的几个牛羊,有立着吃草的,也有卧着曝日的。我们俩寻着声音去翻石拨土地捉促织,找了一回,一个也没找到。我困倦了,让菱君自己去玩,我自己就在一块青石前的一片金黄的落叶上躺下去。暖煦煦的日光照得我遍体发软,一合眼就睡过去。

忽觉得脸上一阵奇痒,把我从梦中闹醒了。一睁眼只见菱君在一旁赤了小牙笑。我再一摸脸上,原来是一个促织在鼻洼间爬搔。

我笑骂菱君道:“你这个淘气的猴儿,又来作怪。还不快快把你的促织拿开?”

她歪了头笑道:“我要你来找促织,谁要你来睡觉来?”

说完她过来,拿她的促织,谁知那个促织一跳,便从我脸上跳到地上去。菱君急得去赶,那促织接连地跳了几跳,便无踪影了。菱君急得顿脚。我笑道:“这才是现世现报呢!”

我们俩沿着田畔寻去,忽见一个田角上有一大堆落叶,落叶下蠕蠕地动。我们俩都停住了脚,伸头看,见那落叶的中间,竖起一只雪白的小尾巴。菱君喜道:“小兔儿!”我急忙止住她的声音,悄悄地偷步过去。刚刚走近那堆落叶,探了身子,伸出手来要捉那兔儿时,菱君在后哈哈一笑,那只小兔儿吓得从落叶堆里向上一跳,落叶乱飞,那兔儿像一团雪球飞去,一转眼就不见了。

我抱怨菱君道:“你这个淘气的孩子,一哭哭走了先生,一笑又笑跑了兔儿!”

十八

我同菱君回到园子里,见玉君已经醒来,头发蓬松,手支了残红半褪的腮儿在床上斜倚着出神。

她的精神已复原,不过是身体软乏些。菱君进了屋子,便一跳上了床,扑在玉君怀里,抱住玉君的脖子说:“姐姐,我昨天晚上回去,做了一夜的梦。有一回梦到林先生同我们在山上玩,来了一个强盗,把林先生杀了,你就哭起来。”

玉君听罢,红了脸,又用两只手把脸捂住。停了一回,忽然揭开手向菱君笑道:“谁教你也……”又改口道,“谁教你做这样的梦来?”

玉君说罢,把菱君放在身旁,把自己的腮偎在菱君的头发上,以手摸着菱君的腮道:“妹妹,你因为甚么专做这样怕人的梦呢?”她又望着我道,“一存,我昨夜有些失掉知觉,可曾说过甚么疯话?”

我向她说:“梦里和病里说的话总是真话,晴天白日说的话总是假的,在说假话的时候,说了真话,人家就叫作疯话。人并非失掉了知觉才说疯话,是失掉了知觉的压迫,才说疯话。”

玉君笑道:“假如我到岛子上,教小女孩子们读书习画,你可叫这是疯话?”

“这不是疯话,这是梦话,因为我做梦都这样想。”

“你相信我可以教她们吗?”

“若是中国的社会要把女子都变成囚首丧面而谈诗书的禄蠹与德之贼,那只有请冢中的朽骨与教堂的牧师作教员,最相宜了;若想把中国的女子,养成才智充畅,美性发达的社会之花,那我要替岛上的女孩子们请你去教她们。”

玉君道:“中国的女子到社会里,除了当教书匠,就没有旁的职业可谋!”

“是呀,因为当初定社会制度的人,是我们男人,所以单只为了我们自己打算,就没有替你们打算。”

“没有替我们打算? 感谢之至! 你们要把我们放在家里作奴隶呢,是不是?”

“岂惟作奴隶,还有许多的法制与礼教要你们作奴隶中的婢妾,寡妇与烈女呢! 因为这些法制与礼教,也是我们男子定的。小姐,你们根本上就是‘不识不知,顺帝之则’的。”

玉君又道:“我以前是离开社会,伏在家庭里,所以没有生活;以后我要离开家庭,跑到社会里,自己去造生活。你可肯帮我的忙?”

“你的留学费尚在那里,或到欧洲去留学,或在岛子上办学,都由你用。不足时,我还可以想法子。”

“能到欧洲留学是最好的了。不过没个伴儿,我又舍不得菱君,只好到岛子上去做‘人之患’罢。以前我是怕家庭知道,现在我要公然地在社会上求生活了。”

“你要甚么样的设备? 明天我就动手办去。”

“只要五间长房,墙上挂画,中间是会话的桌椅,靠壁是图书,靠窗是习书习画的桌子。椽前要有走廊栏杆可以养鸟,前怀要有空地花台,可以栽花。我教她们读书习画之外,种花养鸟。晚饭后大家讲故事,读诗词。闲了还要作戏玩。”

“那你真要成她们的织女了!”

“谁是牛郎?”菱君瞪了大眼问。

“你是牛郎。”我答她。

“那么,你是老牛了。”她说罢,把脸藏在玉君怀里。

“正好,咱们的脚色已全,开学第一出戏就是《天河配》。”

大家笑了一回,又商议些旁的事情。兴儿已搬了琴儿来到山上。有她服侍玉君,我就同菱君回城里去。临行时玉君又招我问道:“岛上的土,种了花可能开的?”

“不能开时,你滴上两滴泪,她就开了。”是我回答她。

玉君笑道:“你从这个园子里,运去两担土,种上一株自由花,她寒了我用爱烘她;她干了,我用泪灌她;她开了花,我用生命保护她。”

“她若是不开花呢?”我问。

“我以身殉她。”她答。

十九

过几日玉君的身体复了元,她提议要到岛上看看学校地址。我们吃过午饭动身,她很高兴地带了她的日记本子,说是她在日记上已经画好了房子的图样,并拟了学校的办法。我们兴兴头头地来到岛子上,她择了山南坡的一块长方田,前怀右手是海,背后左手是田。房子成后,屋后又有几株疏疏落落的柏树,周围更有一带矮林。她正要找出日记来看图时,才晓得把日记本失掉了。她着急道:“我的日记有些疯话,旁人看到,如何使得!”我说:“就是失掉了,不在船上,就在园子里,回去还可以找到的。”我们就坐在山坡上商议了许多关于学校的事情。觉得有些口渴,我们又重到郑家去讨茶吃。郑家的母女,看见玉君来了,都喜得眉飞色舞起来,忙着烹茶买点食,如侍候神女一般地款待她。大家谈了一回闲话,玉君同我来到院子里,去看墙角下几丛初放的菊花。我们正在批评那菊花的种类,忽听到背后郑家的妈妈对她女儿说:“他们俩真是一对儿!”

玉君听到,红了脸,低下头说:“咱们走罢。”

及到我们回到园子里,树影在墙,落日衔山,对对的鹊鸦已都向巢儿飞归。进了园子,便望到有一个人在树下徘徊。他看见我们进来,便一直迎过去。细看不是旁人,正是杜平夫。他走到玉君面前,玉君站住,半转了身,低下头不言语。平夫对玉君陪礼说:“前次是我误会了。我自那日以后,时常到西山来,不过没进园子罢了。我今天无意中拾到你的日记本了,读了万分惭愧,我不该误信流言,辜负了你与一存的好心。”

玉君听了不理。平夫又赔礼说:“实在是我一时发了昏,万分对你不起,请你饶恕我!”

玉君仍是不理。平夫又说了一遍,看玉君无动静,也渐渐地低下头去。

玉君忽然转身对平夫道:“我日记上说是誓死不嫁姓黄的,因为他爱的是我的皮肤,你爱的是我的灵魂;故宁肯待你而死,不愿嫁姓黄的而生。其实你所爱的也是我的皮肤,不是我的灵魂!

“一存爱你如弟,爱我如妹,你竟以怨报德！我为爱你而弃家庭,为爱你而受污辱,为爱你而寻自尽,为爱你而累及一存！你待遇我竟不异于旧家庭,猜疑我有甚于恶社会!

“你猜疑人有那种卑污的人格,便是你心中先存了那种卑污的榜样!以前我为爱你而屈伏于社会的恶制度,以后我将为反对你而反对社会的恶制度。反对你,是为了你心中所存的假人格;反对恶制度,是为它以伪道德造成了伪君子。

“你何不离开此地?你玷污了这园子的树,这园子的草,这园子的花鸟,我们是为了真爱而忘记一切;你是根于假爱而生出嫌猜与妒嫉。你何不离开此地?”

玉君说完,移步回到自己房中去了。平夫低了头半晌不动,又慢慢地转过身向外走出去。我过去看看玉君,见她在房里抱着头哭,我便悄悄地退出来,垂着头走回城里。

我又接连地去过岛上几次,与岛上的居民商议学校的事情。他们听到玉君去教他们的女儿,大家都欢喜得了不得,情愿帮助我们筹措一切。他们因为现造房子要几个月的工夫,尤其是他们的女儿们等不得了,于是大家提议就在岛上的海神娘娘庙中的后园子里先组织起学校来,新房子明春再动工。那海神庙坐落在山后坡,近抱山海,远对云岛,风景极佳。而后园子的房屋又广洁,院子里又雅静。玉君看了合意,大家便商议赶紧布置,三星期内玉君就可以搬过去。

正在布置中,有一日我去到岛上,见岛上的居民都惊惶地互相报告。我问起缘故来,是前一日晚上岛上发现了强盗绑票的事,据说大概是溃兵,因为不但绑去了男子,并且奸淫了妇女。我听罢哑了半天,一个人垂头丧气地回来。要报告玉君,又恐怕她难过,就一个人闷闷地回到城里来。刚刚要到家了,忽碰到旧同学于更生君,他叫道:"一存,这几日我正在找你呢。"我问他有甚么事情。他说是他妹妹要到法国去留学,问我在法国可有朋友,写几封介绍信请他们照应些。我问他可有女伴同他妹妹一块去。他说是没有,他要亲身送他妹妹到上海上船。我又问他几时从家里动身,他说是九月十五。我计算还有两星期,就对他说:"请你十四日晚上来取信,我或者还有事相求。"

几日来我每到园子,玉君便问我岛上学校的事。我告诉她一切进行很顺利,只不把强盗绑票一案对她讲。她提议要到岛上去的时候,我总想法子阻止她。

有一天她问我道:"因为甚么这几日你总不见面?"

"我忙着备办人家上学的事情呢。"是我回答她。

"你备办的好! 这几日连消息都没啦。我问你,我几时可以搬到岛上去?"

"九月十五日上午九点钟。"

"真的吗?"她不信似的问我。

"谁骗你来?"

她听了高兴,便开了一张单子递给我,要我到城里替她买些随身用的零物。我又叮咛她,要她于十四日一切东西都预备好,以便十五日早晨我来送她到岛上去。

十四日我又来看她,她果然把东西都预备好了。

"你不是骗我罢?"她又笑着问我。

"你几时被人骗怕了!"

“你因为甚么笑？”

“你走了我才哭呢，现在得笑且笑。”

她听罢红了脸不作声。

我临行时她又问我道：“你明天可能把菱君带来？”

“我早就预备好了带她来。”

“可惜我们不能在一块儿住！”是她叹息说。

我辞了玉君回来，写了几封介绍信与在法国的几位朋友。一夜辗转不寐。十五日起来，天晴日丽，菱君老早就跑来了。我们一同来到西山。教兴儿把行李搬到小舟上，玉君携了菱君，我们一同从西海向北海渡。

玉君问我道：“我们因为甚么要往北海去呢？”

我回她道：“从北海岸可以乘船到上海，从上海可以乘船到法国。”

“到法国？”她惊问我。

“你不是想到法国吗？”我问她。

“想只是想，其如办不到何！”

“想出法子来就办得到。”说着我拿出一包信来递与玉君道，

“老伯方面，我已经把详情报告他，且为你请求留学的事。他现在已经转意了。这一封是他回我的信，昨天刚接到的。这一些是你到法国的介绍信。这一个封里是二千元的支票与四百元的纸币。这一封信是我替你拟好了给你继母的，报告她，你带菱君留学的话。你若是以为可用，就签了名，我代你送到，免得你见她又要打麻烦。伯父方面，请你到上海后就写信给他。即有差错，由我担当就是了。至于友伴呢，有于更生的妹妹于话梅小姐。岛上发现了抢案，你是去不得的。”

玉君听罢，怔了半天，若惊若梦地去看信。我对菱君道：“跟你姐姐一块儿到外国去罢，只是撇下老牛在后头！”

“你呢？”菱君瞪眼问我。

“在家里耕地。”

玉君看完了信，拉住我的手道：“一存！”她不觉流下泪来。菱君过来抱住我的脖子说：“先生，你别哭，咱们一块儿到法国去罢。”

不久我们的小舟拢到轮船边，我扶了玉君菱君上船。在船上遇见于家兄妹；大家介绍了。轮船鸣了汽笛，我下到小舟上。刹那间轮船开了。走

了老远,我还望见玉君在栏杆前站着,菱君飘着手帕向我打招呼。

我一个人坐在小舟上,左右漂流,不知何处归去。举目四顾,海阔天空,只远远地望到一个失群的雁。在天边逐着孤云而飞。

(原载《现代丛书·文艺丛书第一种·玉君》,现代社1925年2月初版)

杨振声(1890～1956),字今甫,亦作金甫,笔名希声,山东蓬莱(今蓬莱市)水城村人。现代著名教育家、作家。教授,曾任国立青岛大学(今山东大学的前身)校长。